秘密

林筱聆 著

中国华侨出版社
·北京·

图书在版编目（CIP）数据

秘密 / 林筱聆著 .—北京：中国华侨出版社，2019.6
ISBN 978-7-5113-7857-6

Ⅰ . ①秘… Ⅱ . ①林… Ⅲ . ①短篇小说－小说集－中国－当代
Ⅳ . ① I247.7

中国版本图书馆 CIP 数据核字（2019）第 089836 号

秘密

著　　者：林筱聆
责任编辑：刘雪涛
责任校对：孙　丽
经　　销：新华书店
开　　本：670 毫米 ×960 毫米　1/16 开　印张：18　字数：283 千字
印　　刷：河北省三河市天润建兴印务有限公司
版　　次：2019 年 8 月第 1 版
印　　次：2024 年 5 月第 2 次印刷
书　　号：ISBN 978-7-5113-7857-6
定　　价：50.00 元

中国华侨出版社　北京市朝阳区西坝河东里 77 号楼底商 5 号　邮编：100028
发 行 部：（010）64443051　　　　传　　真：（010）64439708
网　　址：www.oveaschin.com　　　E－m a i l：oveaschin@sina.com

如果发现印装质量问题影响阅读，请与印刷厂联系调换。

自序

决定自己作序时，意外冒出了这个书名，至此推翻了之前的 N 个方案。为什么是"秘密"？"秘密"的是什么？这个词铺陈了人生中与文学偶然相遇的底色，也勾勒了我小说创作的主旋律。一切，从秘密中来，到秘密里去。

27 岁之前，人生一直有些浑浑噩噩。走的虽然是自己的路，过的却似乎是别人的生活。读小学的时候，最大的梦想是成为伟大的灵魂工程师——当年几乎百分七八十的同学都以此为梦想。上了中学后，梦想着自己将来可以成为法官或者律师——现在看来，这更多是资深法律工作者父亲的想法。阴差阳错，没有读成中国政法大学。阴差阳错，几次在乡镇和县直机关之间兜兜转转，工作了几年后，我被调到了县文联工作，开始比较多地接触文学。在那个安静的、窄长的、常年照不到阳光的石头小屋里，办公室的门经常是虚掩着的，自己从不曾注意到的少年时期秘密埋下的一颗小小的文学种子居然就破土发芽了，人生就此突然有了自己的方向与目标，有了完全属于自己的梦想。文学让我的内心一下子安定了下来，让我体会到了一种安静的欢愉和从未有过的充实感，也让我看到了生命中的更多光亮——人生不是随波逐流，人生应有更多自己的想法。

如果说当年走上写作道路纯属机缘巧合，那么，多年后闯进小说创作队伍则是误打误撞。2004年，报考了福建省委党校文化社会学专业的研究生，两年后撰写毕业论文时又出乎意料地选择了地下六合彩彩民群体作为研究对象，对其行为、心理等做了较为深入的分析。写完四五万字的毕业论文后总觉得意犹未尽，就又动手写了起来。也没有一个明确概念说要写小说，只是随着性子写着，写着，就写出了长篇小说《漩涡》。有出版社看上了，还居然有稿费，只是出版发行时把书名改成了更合乎市场营销需求的《致命六合彩》。碰巧又得到个别文学前辈的"肯定"——现在想来，那绝对是一种鼓励后生的言语。但在当时就以为自己真是有一点点写小说的天分，就浑身打了鸡血般地继续写，放手写，写《嫁给女人的男人》，写《女镇长》。"小说的话，只要能写写文章，手头有一支圆珠笔和一个本子，再有点说得过去的编故事的本领，就不必接受什么专业训练，人人都能提笔就写。或者说，大致都写得像小说的模样。"这是村上春树说的，我对此深信不疑。当然，他还说了，"跳上擂台容易，要在擂台上长时间地屹立不倒却并非易事……写出一两部小说来不算难事……靠小说养家糊口、以小说家为业打拼，却是一桩极为艰难的事情。"所以，我还是有自知之明的，知道自己难以成为靠小说养家糊口之人，知道自己无非跟村上春树那个说"那种玩意儿都行的话，我也能写出来"的同学大抵相似，只不过，他的同学没去写，而我写了，仅此而已。所以，很长一段时间，一直觉得自己像是不小心混进麦田里的一棵韭菜，一样油油的绿，一样蓬勃生长，却终究是韭菜的样子。对文学也不敢有太多的奢望，每一分成绩都觉得是多得的。

幸运的是，有一股秘密的力量推动着我继续往前走，往前走。幸运的是，在文学创作的道路上时不时有人愿意伸手相扶不吝赐教，自己也还不算太愚钝，总能在受教中有所感悟。几经高人指点，知道小说不能是写得那么顺的事，知道小说最终是要书写人心。于是，决定回到中短篇小说的创作路上进行训练，这才有了收录到这部作品集里的这些中短篇小说作品。写小说这么些年，肯定不只写出这几篇，只是再回过头去看早期写过的一些东西，自己已经很难接受，所以就只是把最近几年省级以上刊物发表过的、选刊转载过的一些文章收进来。那些名刊编辑都已经替我把过关了，该算是相对上得了台面的吧，就权且拿来集中示人。话说到这里，真要感谢小说，它让我学会了更深层次地思考。它像是一个双向调节的开关，一方面让我的思想往外打开无限大的想象空间，一方面让我的心灵向内寻求一种安静的思考。年轻时看人看事，非黑即白，非此即彼，世界是如此简单，我也只想让它简单。写小说以后，总会试图探寻事件发展的更多可能性，探寻人物内心深层次的缘由和秘密，探寻人的多面性，于是，一次次让小说复杂起来的同时也一点点让自己的眼界开阔了起来，终于慢慢明白，很多时候我们看到的其实只是表象。当我学会更理性地去看待和思考，我小说中那些小人物便丰富和立体了起来。无论是后来写的长篇小说《心弈》《茶王》，还是这些收入集子中的中短篇小说，从高智商的信息诈骗犯、铁观音茶王，从心理咨询师、出版社编辑，到企业家，甚至到农民、小市民，生活中随处可见的小人物秘密背负着尊严大义，背负着母爱亲情，背负着人心的考量。与其说这是我赋予他们秘密的精神世界，莫若说是小说赋予他们的意义所在。

写作本身其实也是一件秘密的事。我已坚定在这个秘密的小说村里精耕细作我或长或短或宽或窄的田园的信念，生命不息，创作不止。一直相信，每个人心中都藏有秘密。有秘密的人物并非都适合写入传记，却是都可以写入小说的。赶上这样一个高速发展的时代，生活如此多彩，很多人都有立传的想法。有朋友说，我亲戚是个很有成就的医生，他身上有很多故事，你帮他写个传记吧！我嗯啊半天说不出来。有领导说，这个是很成功的企业家，林作家可以帮他写一本书，那个是很有影响的茶师，绝对值得入传。有个与父亲相识的退休教师，因为喜欢乐器，退休后自学了琵琶，组建了一个七八个人的小南音社，时不时地吹拉弹唱一番。因为自学成才，县里报社采访过他，后来，县电视台也采访过他。知道父亲有个会写作的女儿后，有一天就跑到我办公室，告诉我说，他人生的诸多经历太值得我帮他写成传记了。我委婉地说，你可以自己写回忆录，到时再帮你看一下。他说，你不是很会写吗？我讲给你听，你可以帮我写啊！诸如此类的很多。我很清楚，人的时间、精力非常有限，我不可能一一去为他们立传。毕竟，有些事情于个体来讲是有意义的，于大多数人来说并无多少意义。写到这儿，自己也会停下来问一问自己，我的小说又是否对很多人有意义呢？不管怎样，作为小说作者，我关注更多的绝对不是你的奋斗史，而是你作为一个人的复杂性。所以，我知道，在漫长的写作长河中，那些不可能被立传的小人物一定会在将来的某个日子以某种合适的方式出现，成为我小说中的人物。

　　我的家乡安溪盛产铁观音。与不发酵的绿茶和全发酵的红茶相比，作为半发酵茶的安溪铁观音在制作工艺上最难的就是关于发酵度这个"半"的掌握——茶乡人认定这是一个无法说得透的秘密。掌握这个决定性因素的工艺环节是三到四遍的摇青——摇动茶叶，让叶片边缘被摇破、走水，进而发生化学反应，让芳香烃释放出来。摇青环节控制的这个"半"，并不是死死的 50%，它可能是百分之四五十，也可能是百分之五六十，可能需要摇青三分钟，凉青一小时，也可能需要摇青两分半钟，凉青一个半小时。如何把握这个时间是长是短，没有一成不变的公式，也没有专门的仪器可以检测，制茶师傅只能根据不同季节，不同温度、湿度，茶叶采摘的不同时间段，茶叶本身的不同等因素，用眼睛看，用鼻子闻，用双手掂量，用心感悟，最后做出全面综合的判断。这个过程既含有与制茶师傅技艺及经验有关联的必然性在其间，又含有与自然界的天时甚至人的心绪有关联的偶然性，这该也是茶的秘密吧。把握得好，一泡有"观音韵"和"圣妙香"的极品铁观音就出炉了；把握得不好，可能就酸了就涩了就苦了。只有优秀的制茶师傅才可能正确解析这一套复杂的秘密，制作出这样一泡极品好茶。总喜欢把一部好的小说比喻成一泡优质的铁观音茶，它该是有清雅的花香果香，有清脆的声响，有透亮的汤色，有回味无穷的汤水。生活的素材就是那一片片鲜活的茶叶，小说家便是那制茶师傅，将生活的叶片经过摇青、凉青、炒青、揉捻、烘焙，最终才制作成一泡美妙的铁观音茶。

现在，不用多说了，我就要将我不同年份、不同季节制作出来的香气与韵味不尽相同的铁观音茶端到各位茶客面前。《关于田螺的梦》通过一位女心理医生的视角，书写了一群病着的丈夫和妻子，以"我"找到并确立了陌生人之间的关系，重新打量了身边的人。《老宅》写一个嫁入程家老宅的幼儿园老师发觉原本斯文、体贴的丈夫婚后像变了一个人，夜晚的他变态、神经质与多疑，可到了白天又恢复了常态。她在矛盾的情感中解开疑窦，最后抵达一场十几年前的大火、一个事关家族尊严的秘密。《百鸟图》写茶馆里原本约好的牌局因为纺织大王的意外失联而早早收场，他去哪里了？发生什么事情了？是拿钱跑路了？每个人都不约而同地赶到他家。当所有人为各自的利益争执不下时，电话来了……《趁凤飞》写了一个妇人原本拥有一枚表姐折价卖给她的翡翠戒指，却因为生活的窘困和丈夫的冷嘲热讽将其出售给好友，当有一天她得知这枚戒指升值数倍而懊悔不迭、想重新得到它处心积虑之时，那可怜的一点算计、得意和自尊再次被撕开一个口子。《杨柳依依》写一个遭遇丧夫之痛的出版社编辑为年幼失父怨恨母亲十几年，母亲则以自己的方式守护女儿，守护着一个不为人所知的真相。《王爷抓去》写一个把"王爷抓去"挂在嘴上的女人在丈夫病入膏肓之时强力支撑家庭的故事。她用尽各种方法延缓丈夫死亡的脚步，在丈夫即将到来的死亡面前，她淡定、从容，像在迎接一道既定的命题。《吃岁》写一个在村民眼里一次次"吃"掉儿孙"岁"的百岁老人，在生命的尽头不肯咽下最后一口气。而作为孙子的"父亲",对病床上的"太祖母"和远在美国的教授"叔父"都充满了怨愤,他们之间到底藏着什么样的爱恨情仇?如何解开这埋藏了几十年的家族谜团?《佛跳墙》描述了观音岩上一个出门、行事都完全遵从各方佛神指示的老茶农,为促成儿子的婚事做出了一系列荒唐举动,最终落了个令人哭笑不得的结局。《被判处死刑的鸭子》通过一个卧病在床的老妇看起来有些过激的情绪和行为,描写生命中永不消减的尊严和活力。《居易难》写一对感情至深的姐妹关于情感的负累。姐姐患上尿毒症后,与她配型成功的妹妹执意捐肾救姐,这本是令人动容之事,却引出了几十年前的一个改变彼此命运的秘密,姐妹俩为此都在寻求救赎,寻求心灵的坦然。《逗阵》描写了抗日战争时期,日军侵占凤凰岛,中国茶王与已经成为日军军官的日本朋友的儿子之间在民族大义面前的情感矛盾与纠结,他们该何去何从?《双螺旋》写一个深夜醉酒的男人在自己一潭死水的婚姻面前,在28年前初恋情人的主动追求下,面对深夜入侵的歹徒架在抑郁症妻子脖子上的一把刀,为什么有那么多犹豫那么多难舍?他将做何选择……

关于这些秘密我只能说到这儿了,至于这茶的味道如何,就留待各位自己慢饮了。

林筱聆

二零一九年初春

目录
contents

1 / 被判处死刑的鸭子

　　她别扭地曲着双腿，半脱在大腿处的裤子支在那里，屁股上黏糊糊的也湿漉漉的，滞留其上的尿液像一条条不知死活的鱼，带着她的体温顺流而下，流向她的腰部——在那里纠结成群，挠着她咬着她啄着她。屁股是她的脸。她万万没想到——不到她这步田地，不会得出这令人诧异的结论。她不愿意自己的脸污秽时，还不得不被打量——哪怕是自己的丈夫。她要他端来水拿来毛巾，她必须要把自己清理干净。可是，蘸湿的毛巾拿在手上，她才发现不知如何才能够得着自己的屁股。她摔伤的明明是腰，却似乎连带着把手也摔残了。要抬起右手伸到腰部是困难的，要把它再往下移几乎是不可能的。自己的屁股明明就在这里，就在躯体的那个地方，却显得那么遥远，她甚至连想抬起它都是困难的。

　　哎呀你这个人啊，别逞能了——他抢过毛巾，掰开她的两腿，把她的裤子再往上一拨，她拼尽全身的力气让自己的双腿尽量并拢，哪怕只有一点点，同时死死抓住自己的裤子，让它停在那儿。毛巾滑过那个最敏感的部位，瞬间抵达屁股。她倒抽着冷气看着他。如果忽略头顶处那一小圈微微发着黑的半黑半白，他几乎可以算是满头白发了。当然，被白色包围着的那圈黑正在一天天地稀疏、稀释；脸颊上随处可见大大小小的老年斑，有深有浅，每一块都在生长，每一年都更凸显；拿过手枪、丢过手榴弹的手上不知从什么时候长满了小白斑，密密麻麻，像是他偏暗肤色上不小心喷溅了白灰。已经是七十几岁的老男人了，所有青春可以炫耀的资本已经不复存在了。

她刚摔倒的那会儿，身为骨科主任的儿子要他们先去拍个片子，一看，尾椎有裂缝，再加上原本就有的骨质增生，只有躺是硬道理。躺在床上吃，躺在床上喝，躺在床上拉，切忌下床！儿子在电话里一遍一遍地叮嘱她又叮嘱他。说实在话，这情形想让她下床也是根本不可能的。起码从一个星期前开始，她吃不下饭、睡不好觉。那天看到窗户上的那个蜘蛛网在她眼里晃来晃去时，起先是想让他上去擦，或者干脆任它去，偏偏这个时候他说了一句：它在那里又没碍着咱什么，干吗一定要现在擦？她火了，腾腾就爬了上去。擦也擦完了，从阳台上下来时一跳，就滑倒了。她怀疑从阳台上摔下的那一瞬间，她摔裂的不仅是身体的尾椎骨，还是她 70 年人生的尾椎。每根骨头，捆扎骨头的每块肌肉都疼得像要裂开。只要一动，那种痛感就千军万马般奔来。当年生孩子，痛也不及这十分之一。

他从来没有照顾过人，如果自己就此躺倒不起——这样的念头一生出，她立马就冒出一身冷汗。

嘴是唯一不疼的区域，她必须以最快的速度从那里装上止疼的弹药。她盯着他，言语中灌进了风夹进了冰倒进了醋：让你刘大局长来做这种事真是委屈你了！我早死你早解脱啊！我告诉你，我不会轻易让你得逞的！就是死我也拖死你！

他不耐烦地将手上的毛巾往盆里一丢，用力把支在她大腿上的短裤往下拉。他没掌握好力度，也没控制好方向，拉了几次才让短裤勉强遮到她杂草的区域。

不知哪里来的力气，她咬牙拨开他的手，自己揪住短裤往身上拉。

他索性甩手不管了，一手抓起脸盆急急往外走。脸盆里的水溅了出来，地上的红砖像被染了黑，这儿乌一片那儿暗一片。

就知道你肯定烦我，你肯定烦我！她转不过身去，只能朝着天花板说话。我告诉你，刘荣祖！如果你去找了别的女人，我做鬼都不会放过你！我做鬼都会回来找你！

怕我找别的女人，你就好好活着看着我跟着我管着我！别动不动就死不死的！走到房门口的他又折了回来。有本事你现在就自己起来，不要我伺候！

他不想多说什么，他也不必再多说什么。他将一盆污水泼了出去，把搪瓷脸盆往架上一丢。她听见"吭——棱——哐——唧"的声响在老房子里回响了老半天。如果不是有那个脸盆架钩着拦着，刘家祖上传下来的老房子估计会被砸出一个洞来。老房子的正中间有个小天井，天井里种着石榴树、桂花树，树下摆着各种兰花，有高的有矮的，有宽叶有窄叶。天井张着大大的口，半小盆的水连流动都没有了机会，而愤怒却还是郁积在他的心里。时间磨蚀了她的容颜，更磨蚀了她的思想。曾经的冰雪美貌，曾经的纯真可爱。曾经的善解人意已经全额支付给了她的过往，留下的只有猜疑只有间隙。在文化局的二十年，特别是他当上分管剧团的副局长后，她对他的猜疑愈发具体了。原本他是侦察连的领导，他却成了被她侦察的对象。他去洗澡，她会偷查他的手机；晚上带队下乡演出或者观看彩排，她会"碰巧"出现在现场；他去酒店喝酒晚回，她会给同桌喝酒的人挨个打电话。猜疑就像阳光里的各种色线，明明无处不在，却又要仔细分离才能完整提取。这种状况一直延续到退休，延续到他几乎没有饭局才变成间歇性发作，直到他们去上海照看孙子才彻底停止。孙子上了小学后，有高楼恐惧症的她执意要回老家居住，两个月前他才选择了妥协。

今天这情形，他是怎么都不想妥协的。他搬了把藤椅半躺着，将二郎腿翘得高高的，就这么踢着晃着摇着，任藤椅"吱吖吱吖"地响着，那响声钻进沟沟缝缝，填补了一院子的清净，他想对她说的话都在那声音里。

一个人的时间如此难熬。

一个人艰苦躺着的时间加倍难熬。

一个人艰苦躺着的时间被那"吱吖吱吖"声拖着拽着切着割着，像是窗台上的那只带壳的蜗牛，粗粗地喘气，好半天才走出半步路。她听出来了，他现在是越来越不让她，越来越不能忍她了。刚结婚那会儿，他多疼惜她啊！他夸她的眼睛里都是水，他被她淋湿了；他夸她的眉毛像是柳树叶子，比文工团里的女兵拿眉笔描的还好看；他夸她的大辫子真黑啊，像发亮的黑瀑布……他的表述是她闻所未闻的，她只觉得城里人就是不一样啊，真会说话啊，观音岩的人是从来不会这么说的，他们从来就是统一的"这姑娘真美啊"。她心里受用着，嘴里却打着转地说"你们城里人说话嘴上像抹油"。后来，女儿出生了，他嘴上的油少了。再后来，儿子也出生了，他嘴上再揩不出一滴油来，甚至连话都少了。

荣祖啊，怎么这么逍遥啊！一个软得没骨头的声音幽幽地传了进来，声音里抹的不是油，是蜜。那声音甜得发腻。银娘呢？

她知道，他那个又温柔又贤惠的嫂子来了。

在屋里躺着呢！他答着话，立马就起身了，"吱吖"声密集地响。不一会儿，两人一同进了屋。

银娘啊，给你熬了碗鸡汤，趁热喝吧！他嫂子身子未到跟前，话已先到耳边。不用担心，去了油的，很清淡的！

不想吃！她双手作势在床上撑了两下，终是连上半身都显示不出什么动静。

不想吃怎么行？这老人家伤筋动骨是最麻烦的事，一定要补钙！他嫂子抓了把椅子在床边坐下，打开汤罐说，荣祖啊，你去拿把汤匙来，我来喂！

汤匙很快拿来了，他递上后站在嫂子身边说：一直麻烦你，真不好意思！

自家人怎么说得这么客气！嫂子我可不爱听！他嫂子说得娇娇嗲嗲的，

接过汤匙时把头转了过去，似乎是突然才想起。对了，今天刚好兰花分盆，我帮你多分了一盆放在楼梯口，你自己去拿一下！末了，又多解释了一句，我刚才手里拿汤带不来！

没事，没事！我自己去拿！他急急转身往外走，几乎要一路小跑的样子。没事，没事，我自己去拿！

如果他嫂子的身子没有挡住她的视线，她相信他嫂子刚刚转过去横他的那一眼里不知充满着多少暧昧。如果他尾椎上的那根尾巴长出来，她相信此刻那根尾巴一定会摇来摇去摇得不知多么欢腾。原来他嘴上的油还在啊，只不过流向的不是她。

两个上了七十岁的女人有一句没一句地说着话。他嫂子情绪饱满地谈论她三个孩子的各种孝顺各种优秀各种好，她听出的只有落差只有失意。上了这样的年纪，他嫂子仍有几分她所不曾有过的风韵——或许那就是县城气吧。除了他大哥几年前去世让她守了寡，我还有什么可以与她相比拟？她有三个孩子，我才两个。她的两个女儿住在县城，有事没事三天两头地往家跑，住在厦门的儿子隔个两三周也会回来一次。自己呢？碰上这事，女儿在西藏援建，远在美国出差的儿子只是每天一个电话地询问，人却是要一个星期后才能赶回来的。怎么跟人比？他嫂子话语的落点在子女上，她把受力点调整到了那碗汤上。汤本是好汤，在她，终是寡淡无味的。论厨艺，他嫂子确实是一把煲汤好手。简单的一碗鸡汤，不仅被她捞得一点多余的鸡油都没有，还被她调配出了令人愉悦的色彩，三两粒红红的枸杞，再加七八段绿绿的葱花，顿时活色生香。可她知道，她此时需要的不是一碗汤，而是一碗好听的话——当然，厨师必须是他。

他终于又进屋了，她也不喝了。他没有端来好听的话，只是与他嫂子谈起了兰花的种养，什么施的什么肥啊，什么用的什么土啊，什么春季早晨才能移盆啊……她听得有些厌烦了，说：我累了，想休息一下，你们去客厅泡茶吧！

他们就真的去客厅泡茶了。她听得很清楚，他们继续兴致高涨地谈论那些花花草草，甚至谈到了花草的生命。他和她离开老屋去上海的这些年，天井里的这些花花草草都是他嫂子帮着打理。虽然是嫂子，却还是小了他一岁，他们曾经是邻居，还同过桌——搞不好还传过小纸条呢！半个小时，他们居然还在滔滔不绝地说着话——话里还时不时地渗出笑渗出开心。他们哪来的那么多话？他跟自己一天讲不上一两句话，讲的多是柴米油盐之俗事，哪来的这些花啊草啊生命啊之雅事。

她后悔了。她千不该万不该，不该给他们创造单独相处的机会啊！

荣祖——她叫。她同时听到了客厅里传来那个女人说得几分神秘的话。这回怕真是要拆了！

她没有听到他对她的回应。但她又分明听到他压低了声音回应了那个女人很长很长的话。她不知道他为何突然压低了声音，他怕她听到什么？他在防着她什么？ 47 年前，刘家老房子还算是很好的居所，那时刘家兄弟还住在同一个房子里。80 年代末，兄弟俩分家，身居供销社主任要职的大哥将分得的隔开十几米远的一处老屋翻盖成了两层楼，后来又加盖了一层。而他，只在儿子结婚那年重新粉刷了老房子，大小与格局则一直处于原地踏步。拆迁的说法几年前就在传，时传时停。那个女人有个亲戚在镇政府当一把手，这消息该是相对准确。有人帮他们估算过，房子虽是老房子，一旦碰上拆迁，起码城中心两间店面，三套房子。他一定怕她知道他有这么多身家。她冷笑。是啊，以这样的身家，他想要什么样的女人没有？

女人？那个女人！她的心又揪紧了。一旦碰上拆迁，那个女人最起码是两间店面，六套房子。如果他们两个整到一起，那可真是强强联手门当户对珠联璧合啊！

她为自己这个疯狂的想法而沸腾，再难冷静再难平息。她死死盯住桌上的小闹钟，强忍着——再过两分钟，一分半钟，一分钟，他们再不停，我可就叫了！

刘荣祖！分针正正地指向"9"，她像得了特赦扯开嗓子喊，刘荣祖！刘荣祖！

她听到他们起身的声音，听到那个女人嗲嗲地说，那我先走了啊！还听到他拖鞋拖磨在红地砖上的几分不舍，几分不愿。

自己老婆都快死了，你倒是和别的女人聊得很开心啊！她估摸着他已走经到了门口，就迫不及待地泼出一大串的话语去迎接。你是不是巴不得我赶紧死啊！一个鳏夫一个寡妇，还是青梅竹马的，多合适啊！

真是莫名其妙！他索性就不进屋了，勒住自己已经跨过门槛的脚往回一收，在门槛上重重一踢。亏你也在县城生活了几十年，亏你也到大上海见过世面，怎么就改不了乡下人的狭隘？！

是啊，我是乡下人，你是城里人，她是城里人，你们都是城里人！她像是找着了可以入刀的地方，一句接着一句，噼里啪啦地砍着杀着。嫌弃我们乡下人你当初就不要找乡下人啊！又没人逼你！后悔了是不是？还来得及，还有机会啊！

真——他把剩下的"受不了你"几个字也紧急逼停了，几乎是跑步出了老屋。很多时候，他觉得，他就像是她的砧板，她随时想切想剁操刀就来，不分时间，不用缘由。他知道除非他硬成刀枪不入的钛金板，如果只是硬成钢板铁板，激发的只能是她的"斗"志，她会剁得更凶更狂，他会受更重的内伤。只有当他软成棉花，她才会收了乱拳。很多时候，他会怀疑，她还是四十多年前那个美丽可爱的她吗？当年年轻的他们分居两地，一切多么美好！难道是年轻和距离掩盖了一切？什么时候发现她变得这么掉渣的土？应该是退伍回城的第一年吧？那年，他出差到省城，给她买了一件橙黄色的羊毛衫，胸口有一朵牡丹刺绣。他看中的是那朵纯手工的牡丹刺绣，多雅致多美啊！这恰是她讨嫌的。穿着那么大朵花，谁敢走出去？她皱着眉头说。

怎么不敢走出去？人家好多城里人穿的可比这个花色艳多了！

花心的女人才穿这么花！她拿手抠着牡丹花，仿佛那是一块抠得掉的污渍。我又不是坏女人，才不穿这种会让花心男人看花眼的衣服。

就一件羊毛衫就一朵花，怎么就扯到女人男人上了？至于吗？

我说错了吗？你说城里女人是不是比较花？你说你是不是被城里女人迷惑了？

对话就这么搁浅了，那件羊毛衫便也顺理成章地搁浅在她的柜子里。他问了很多次，她终于穿上了。穿上的那天，他惊呆了：你——那朵牡丹呢？

我把它剪掉了！她回答得倒也干脆，一点没有遮掩，甚至还颇有成就感地仔细描述她如何一剪一刀地剜掉那朵花，如何剪破了口子，又如何把口子缝上。

自此开始，他再没给她买过任何一件衣服，哪怕只是一方手帕。她倒是经常给他买，衣服、裤子、鞋子，买的多是地摊上的便宜货。他不穿，她就酸溜溜地说他骂他。他还是不穿，她只能是不买了。

一天天，一年年，她土她的，他洋自己的，居然就过了 47 年，日子居然还没发霉。

午餐吃的是菠菜瘦肉粥。他出去转了半个多小时，十二点之前还是回来了。粥熬得足够稠，菠菜切得足够短，瘦肉也剁得足够碎。她怀疑他是不是出去向谁取了经，"手不动三宝"的他居然也能下厨，居然也能熬出一碗像模像样的粥来。不知是这种出乎意料打开了味蕾，还是几番发泄着实耗费了体力，一口接一口，她居然吃下了将近一碗粥。

他还是不怎么说话，像机械手一样一口接一口地喂着。她的心情莫名地就好了许多。连午后照进屋内的阳光也跟着明媚了起来，大半个屋子都暖和了。他不仅拉开了窗帘，还打开了整扇窗户。

美丽怎么还没来？好心情软化了她，她主动打破沉默。

不知道。他一开口便是再化不了的简式。

她的兴致连同汤匙和纸巾一起被他收进了碗里，目光却粘在他的身上，粘在他的脚步声里。这个曾经那么老那么矮的小老头，似乎只是提前攒下了他的老，真到了该老的年纪反倒不怎么老了。背还是那么直，脚步还是那么矫健。头发是四五十岁就白了一大半的，现在也无非多白了几根；身高是永远不可能再往上长的了，与她航空母舰般的胖身体凑在一起，她的身高放大着她的肥胖，而他的身高与他的精瘦倒是搭配得恰到好处，哪一块肉都不会是多余的；眼神里的光芒是弱了是淡了，却多了几分成熟的沉稳。一种强大的成就感像他眉角的那根长寿眉不知什么时候从她心底冒了出来。

她最想见的人还是迟迟没出现，倒是先后来了几拨她不是特别想见的客人，有他的亲戚，有她的朋友，有他的同事她的工友。不论想见不想见，她跟他们、他跟他们这说说那说说，她总算把一个下午的时间熬了过去。

那个叫美丽的女人直到将近五点才出现。确切地说，出现的只有她的声音——更确切地说是她笑的声音。她的笑声是跟随着一只鸭子的"嘎嘎"声一起到来的，两种声音交织着"扑扑"声、花盆倒地声、桌椅移动声、脸盆摔在地上的声音，在天井里在客厅里转啊绕啊飞啊，就是一直不见人。偶尔有他不知是咸是淡、是酸是甜的一两句声音，他的声音被所有声音夹得细细的扁扁的薄薄的，压在了声音的最底层，或者塞在了夹缝里。

银娘啊，我真要笑死了！咯咯咯——外面各种杂音好不容易消停的时候，叫美丽的女人终于进了屋。她一进屋，就将整个屋子塞满了叮叮当当的笑。你不知道啊，鸭子原本老老实实地待在一只竹笼里，你们荣祖非说那竹笼里都是鸭屎，非要把鸭子抓出来洗一洗。那只鸭子一被解放便反了天，张开翅膀在天井里绕着圈地跑，我和荣祖就在天井里跟在鸭子屁股后面追啊追。好不容易快追上，它又跑到了客厅大闹一番。要不是最后荣祖拿了你们的桌罩罩住它的头，还不知道要怎么折腾……她捂着肚子笑得花枝乱颤。哎哟哎哟，笑死了，你是没看到，那场景，好玩死了！它站到花盆上，荣祖一扑，咯咯咯——它便扇着翅膀往下跳。荣祖一扑，咯咯咯——差点趴到地上……

看这个叫美丽的女人笑了半天，她才听明白了。这个叫美丽的女人不仅带来了她交代买的 2 两燕窝和 30 只虫草，还抓来了一只会飞的鸭子。为了这只会飞的鸭子，他们两个人在天井里在客厅里玩了一出大戏，一出让人笑破肚子的大戏。

可是她笑不出来。她非但觉得这没有一丝笑点，还直接被戳中了痛点。她将那 2 两燕窝和 30 只虫草紧紧攥在手里，咬着牙说，煮熟的鸭子都会飞，何况是一只大活鸭。

你说什么？这个叫美丽的女人还沉浸在自己的笑里，没听清楚她说的话。

我说我这几天才算是彻底想明白了，女人只懂得对男人好不懂得对自己好点最傻，从明天开始，每天一只虫草，一片燕窝……

这就对了！对别人再好都是徒劳，对自己好才是根本。男人没一个好东西——说到男人，这个叫美丽的女人就关不上话匣子了。她使劲地谈起她无情无义的前夫如何花天酒地、如何朝三暮四，又谈起她孝顺的儿子如何带她周游列国又给她买了什么什么，接着又谈到这次在东南亚的吃和玩，谈她在新加坡电视里新学的舞蹈。兴之所至，她居然亮开嗓子扭动腰肢又是唱又是跳。

这个叫美丽的女人已经换了几个谈话的频道，她却还停留在刚才的话题里：你不知道他是一个多么无情的人，我如果死了，过不了几天，他肯定会去找别的女人！

你怎么会这么想？这个叫美丽的女人这才收了腰肢，收了笑，收了脸上丰富的表情。你只是摔了骨头，又不是得了什么治不了的病！

我知道我一定得了什么不好的病，不然也不会查不出什么来！

你这是什么理论？查不出什么就没关系啦，怎么就有不好的病啦？

查不出来才可怕呢！我感觉得到，那些病菌最近肯定一直在我身体里扩散……你不知道，他年轻的时候啊……

你这样想可不对！这个叫美丽的女人打断了她的话。我跟荣祖说一下，改天让他带你到大医院去查一查！

我才不去查呢！她一边轻松答着话，一边沉重地觉出了这个叫美丽的女人话里的不对。他是我的丈夫，什么时候轮到你龚美丽"荣祖"长"荣祖"短地叫？什么时候轮到你龚美丽让他带我去医院了？她后悔自己以前怎么跟这个所谓的老闺蜜说了这么多，让人家有了插入的缝隙。年轻的时候，她们是厂里的两朵花。一朵是城里的玉兰，小巧芬芳；一朵是乡下的番薯花，大气质朴。而现在呢？现在呢？她无法往下接话了，目光粘在龚美丽伸过来的那只手上，再一点点往她身上爬。那手真是细嫩啊！她手腕上的那个翡翠镯子被那细嫩的手映衬得翠流欲滴、水光漾荡。毕竟她是大上海南下干部的女儿，毕竟以前她的前夫让她养尊处优过多年，离婚的时候她也要了他好多资产，她的手还像年轻时那么细嫩，手背那么白手心那么软；一定是什么低密度高密度胆固醇的缘故，或者是她每天吃的田七粉起了作用，她脸上的皮肤还那么紧致那么有弹性，没有任何老年斑；她比自己小了不过四岁，年轻时是在一条起跑线上的美，现在看起来却似乎年轻了10岁以上；她每天都跳广场舞，上午跳，晚上跳，走起路来还能生出风来，而自己呢，现在只能在这儿躺着呢！唉——他一直让她跟着去跳广场舞，他经常说，看人家美丽的身材，看人家美丽的气色……

刘！荣！祖！她把三个字切成一段段，肆意碾着。

不用叫他，你要做什么，我来！龚美丽赶紧起身。

刘！荣！祖！她不管，用了更大的力气在叫。

来了——他应承着进了屋。要干什么？

我要小便！她挺得直直的，捏着拳头说。

他赶紧从床底下抓了尿壶出来，递给龚美丽说：你先帮我拿一下，我帮她把裤子脱了。说着，就要来掀被子。未料，她紧紧地揪着被角不放手。

你干什么？他试图掰开她的手指头。你不是要小便？被子不掀怎么小便？

她的目光直视着他，嘴巴却朝着龚美丽的方向努了一下说：让她出去！

没关系！没关系！自己姐妹有什么关系？龚美丽笑着说。我可以搭把手！

她手上的力度一点都没有减弱，目光也还紧紧咬着他。他就什么都知道了。他伸手接过尿壶说：给我吧！你到外面去坐一下！

眼看着龚美丽已经出了房门，可她手上还在犟着气。他也来气了：人家都出去了，你到底要不要小便？

我不要！她的眼睛在他身上盯着。我知道，人家漂亮！

你——亏你说得出这样的话！他索性丢了抓在被子上的手。该化验的也化验了，该拍的片也拍了，该做的检查都检查了，你还要我做什么？我看你是闲得慌才会七想八想！

她的眼睛在他身上咬着啃着绞着，执意咬出血来啃出洞来绞出汁来：我知道，人家忙人家能干！不像我大闲人一个！

他索性把尿壶往床底下一丢，大阔步出了房间。这回，她的目光再无处下手了。但她仍不甘心，朝着他的后背狠狠地抛出了一句——我知道，人家还骚！赶紧找骚的去吧！

他不再回应她。像是突然咬到了一粒沙子，老宅里的空气突然卡住不流动了。这种安静让她心慌着，飘在空中落不到地上。这个时候，她如此迫切希望那只刚洗过澡的鸭子能发出什么声音，闹出什么动静。可它偏不配合。它似乎也闻到烟火的气息，老实得非常不是时候。

过了好一会儿，她听到客厅开始有一句没一句地传来他跟龚美丽说话的声音。他没走。龚美丽也没走。他们压着嗓音。她竖起耳朵。嘤嘤嘤——嗡嗡嗡——轰隆隆——耳鸣恰在这时犯了。火车开来了，蜜蜂飞来了。一只只，一群群。窃窃地交流着有关她的什么信息，窃窃地说着她的什么坏话，窃窃地摇头，窃窃地安慰。偶尔有他的咳嗽声揪得人心绷。偶尔有她的吴侬软语软得人酥心。窃窃地说，窃窃地笑。老婆都已经躺在床上半死不活了，他居然还有心跟人聊天？他居然还笑得出来？他的手是不是已经拍到她肩上了？她的头是不是已经靠到他的怀里了？是啊，现在的他们是如此般配啊！一个娇小精致，一个精瘦干练。在她身边，他是高大的，斯文的。在他身边，她是柔美的，需要依靠的。他们一个是水，一个是墨，轻轻一勾一描一画，就一幅什么韵味的水墨画出来了。她受不了了！她受不了了！

刘！荣！祖！刘！荣！祖！刘！荣！祖！她握紧拳头喊。喊得床在摇窗在晃，喊得房间里的空气都在发狂地打战。

她听到他和龚美丽一同进的屋。龚美丽先走到了床前，她挑着拣着，调配着每句话的酸碱度：美丽啊，不好意思啊！不能让你们俩好好说个话！

说哪的话呢！我也要回去了！龚美丽拉拉她的手。银娘姐你好好休息，我过几天再来看你！

哦，要回去了啊！荣祖你送送美丽啊！她觉得她还是有必要提一下那只造次的鸭子。人家送你的鸭子，你还是拿回去自己炖汤喝吧！

我又不会弄！龚美丽边往外走边对送在身后的他说，让荣祖弄好了，到时喊我来喝一碗就可以了！

好一个"荣祖"！好一个"不会弄"！她恨得把牙齿都咬出了响声来。龚美丽先出了屋，他一脚刚迈过门槛，她便又忍不住了：刘荣祖刘荣祖！我要大便！你快过来！

你去忙你去忙，我先走了！龚美丽的小碎步走得比他还快，她听到大门"嘎吱"了一声，他也才来到床边。她拿手当梳往头上梳耙了两下，拉过被子把自己的身体盖得更加严实，再斜斜地瞟了他两眼。他刚才一定进过卫生间了。他一定在卫生间里拿水沾过头发了。那三七分界线是如此明显，如此整齐清晰，没有任何一根头发过河越界。它们一根根骄傲地朝着两边各自领地叩拜匍匐，尽管是白的，却有着异样的光泽。每次要参加隆重的仪式，他都会把自己精心打扮一番，像要去赴什么约会。

她什么都不说。他也不说。就这么一个躺着，一个站着，中间塞满了各种东西。"嘎——嘎""扑棱——扑棱"天井里传来有规律的声响。关在竹笼里的那只鸭子又要造反了！

晚上想吃什么？他问。

吃什么？吃鸭子！吃龚美丽的那只鸭子！把它给我宰了！现在！马上！

市场宰杀点都已经收工了，要不明天再弄吧？

不行！我今天就要吃！你马上把它给我宰了！给我杀了！给我枪毙了！

他看看她，又看看那只在天井里"嘎嘎"叫得正欢不知死期将近的鸭子，走了出去。

天色和空气同时沉了下来。

2 / 吃岁

父亲踩断了他祖母我太祖母的一条腿，但他没有丝毫悔意——至少我在电话里没有听出来。

你说她一个快一百岁的老太太，都十点了还不去睡觉，还来管我喝酒，管我和你妈的事。她管得了吗？父亲说得理直气壮。对于自己的每次喝酒，他拥有着世界上再充足不过的理由——高兴要喝，不高兴也要喝；小学同学回观音岩上来要喝，同学马上要离开岩上自然也要喝。我一度以为，发明酒这东西的是父亲这样的人。

我一手扶着方向盘，一手接着电话，不知如何回答。我知道他心里的梗，也知道他最希望听到的回应，但我实在说不出来。二十多年的记忆里，醉酒后的父亲与人吵架算是轻的了，打架也是常有的事，这是我从童年开始就长在心里的梗。每个人心里都有梗，自己的梗终究是最最重要的。

说说也就罢了，还要来拉我。你说我都几岁的人了，我又不是小孩子，也没有老到她那么番颠，怎么可能对你妈下什么重手？她那么瘦小的一个人，一推不就倒了？可我喝了一点酒，哪里知道她就倒在那里，我一倒退……

我听到了骨头"嘎崩"一声响。太祖母身高只有一米四八，体重不足70斤，人高马大的父亲足足抵得上两个太祖母的重量。

我急急踩下刹车，连夜赶回观音岩。在我们观音岩，长期流传着一种关于"吃岁"的说法。村里人都说，太祖母是吃了子孙的"岁"才可以活这么久的。很小的时候，我一直相信村民们嘴里的"岁"一定是像"年"一样的怪兽，她吃起一只只的"岁"来定然像她平日里——嚼生花生米一样，"咔——咔——咔"一咬就断。只是，吃下那么多"岁"的老人笑容怎么还能如此慈祥，面目怎么还能如此安宁？这是长期困扰我童年的一个问题。太祖母吃得最近的一次"岁"是我祖父母的——虽然我们一次次地解释祖父母是因为车祸离世的，可关于"吃岁"的说法还是又一次在村民间流传。他们坚持认为，如果不是吃了那么多岁，特别是年轻人的岁，太祖母怎么可能看起来还那么年轻？我不否认，同为女人，当年七十五岁的祖母和九十六岁的太祖母站在一起，实在很难让人看出他们两代人的差距。她们脸上额上脖子上的皱纹一样多，也一样深一样密，像是久旱龟裂的土地。她们一样干瘪的手臂小腿被时光抽走了所有的水分，一层层松懈出来的皮囊充分暴露了骨头的原形。可是，这难道就是"吃岁"的证据吗？

吃过止疼片的太祖母缩在被子里，呼吸又深又重。她像是一个老婴孩，微侧着身子，双手枕在右脸处，打着石膏的左脚被架得高高的。那双没有鞋子和裹脚布掩护的三寸金莲第一次如此突兀地摆在那里，丑陋不堪。奇异的形状，扭转的肉团，弓起的脚背，深凹的脚底，连在一起的脚掌与脚跟，巨大的大脚趾，被扭压在脚下看不见形状的其余四个脚趾……她的头上却是另外一番情境。她的额头依然梳得如此光亮，俨然是要去赴什么盛宴的样子。脸也洗得干干净净，脸上的汗毛拔得一根不剩。

告诉叔父了没有？临睡前我还是忍不住问了父亲。

没有。他停顿了几秒，反问。为什么要告诉他？

还是告诉他一声吧！

是啊——他是她的骄傲！父亲的眼里闪出一丝奇异的光。他说话的语气很是奇怪，像是古厝生了锈的铁门，有的地方被卡住了，重重地拖着，有的地方却又是顺畅的，轻轻地带过。

你如果不想打，我来打吧！我马上意识到自己说错话了。但话已出口，我需要把这错圆下去，假意抬手看手表。现在将近十二点，他那边差不多是中午。

父亲的眼睛突然就空了，仿佛那里的光一下子被远在美国的叔父给吸走了。

叔父是岩上第一个考到上海的大学生，又进入上海的高校任教，太祖母八十岁生日宴，镇里的领导和村干部们都来了。一开始，大家都很开心。叔父不仅给太祖母带了礼物，他还给我们每个人都准备了礼物。送给祖父母的是每人一件漂亮的外套和一件厚实的羊毛衣，送给我几个姑姑和我母亲的一样都是一条花花绿绿的丝绸围巾，送给我们几个孩子的则五花八门：书，钢笔，棉花糖，开心果……他落下了一个人的礼物。太祖母的生日宴会办得无比风光，叔父还说了一番很感人的话，大体上是讲他一个人在上海如何想念观音岩，想念太祖母做的千层糕之类的，想念小时候和我父亲一起爬树掏鸟窝、偷鸟蛋、用蜘蛛网粘知了的那些个事。说这些话的时候，我看见他的目光除了在太祖母身上停留，更多时候会在我父亲身上跳跃。为什么是跳跃？我总觉得父亲似乎一直在躲避什么，只要他的目光有往父亲身上移动的可能，父亲就提前把头歪到一边，或者埋到地上，叔父没得交接的目光只能轻轻一点就跳到别处，但没过一会儿，又会往父亲的方向抛过去。

临回上海前的那个晚上，叔父才从行李箱里取出一个长方形的黑色小盒子。盒子里装的是一个乌光闪闪像洗衣锤的东西——他们叫它"大哥大"，据说里面存储着一个号码，头顶上长着的那根可以伸缩的是接收信号的天线，走到哪里都可以拨打和接听电话。

回来的前一天我托同学从香港帮我带来的，是一个很吉利的号码。号码就贴在大哥大上。叔父把黑色的洗衣锤递给父亲，透着巴结意味的话说得很是小心。怕你不收，闹得大家别扭，所以到现在才拿出来给你。

好酒沉瓮底，越后面给得越大的礼啊！几个姑姑都止不住尖叫和羡慕。这恐怕是咱们镇上第一部大哥大吧？二哥自己用的还只是呼机啊！

当大哥的才需要用大哥大！叔父开的玩笑似乎没有人听得懂，没有人配合他的笑。他摸着别在裤腰上的呼机说，我成天除了上课就是做实验，有这玩意儿就够了。大哥做生意比较有用。

看不出父亲脸上有任何高兴的迹象。他掂着手上的洗衣锤，像执意要掂出其中的分量。你们读书人心思就是多……

我实在听不出父亲这句话的感情色彩，像是平淡的几个词，又似乎每个词都攒着力。无论怎样，它与叔父的情境明显不在一个频道上。叔父有几分不好意思的样子。好一会儿，才接过话：明年，我可能会考虑出国留学。

出国？父亲显然被震到了。你都舒服这么多年了还不够，还要出国去享受？

尴尬像不小心滴到白纸上的一滴红墨水，迅速在叔父的脸上蔓开。

你怎么这么说文儒？祖父看不过去。

是啊，你怎么这么说？祖母附和着。

你们也太小看我了吧？一部大哥大手机就把我打发啦？父亲把洗衣锤往桌上一扔，把你的大哥大拿回去！别一副施舍的样子！

我怎么会是施舍呢？你怎么会这么想？叔父喃喃地说。好像他真的犯了错，而且犯的是不小的错。

你以为你是什么破研究生，是什么破副教授，承担了什么破课题就了不起了，是吗？父亲在每个"破"字上都下了狠劲，似乎要砸碎它后面带出来的那些新鲜的名堂。

你——你——怎么会这么想？叔父的面子好像被撕裂了，他瞟一眼太祖母的房间，说得更加小心。咱们好歹是兄弟！

兄弟？对于这个家，你永远就是一条寄生虫！凭什么你一直读书，读到上海，读到现在还不够，老子要在老家累死累活地给你赚学费？讲好听是你送我一部大哥大，归根结底还不是我自己买的？

叔父哑住了。我不知道他脑子里是不是跟我一样出现水蛭的模样，一只只软软的，牢牢地吸附在大人腿上，血从腿上流了出来。尽管我弄不明白叔父与水蛭的关系，但我确定绝对有关联——父亲从来没有这么说过其他人。

如果当年不是有人做了手脚，那现在了不起的是我，要出国的也会是我！父亲重重地丢下这句像炸弹一样的话，扭身走出古厝。离古厝几十米远的地方，是父亲几年前新建的二层楼房，房子建好后，太祖母更愿意住在古厝里，祖父母只能留下来陪她。

父亲说了这么重的话，叔父并没有回击。也许，这就是读书人的斯文和内涵吧？

好像所有人也都远远地躲开了——父亲射出一根威力十足的箭，任何人再以叔父为荣，再想维护这个白净斯文的城里人，也不想被它误伤。

自始至终，太祖母的房间都安静得像是不存在。可我没来由地相信，那一刻她一定是站在床前，面向紧闭的窗户，双手合十，默默祈祷。

已经三个多月了，太祖母断掉的骨头始终连接不起来。医生也没了办法——从大骨汤到牛奶到钙片到钙粉，他要求做的我们都做了。就像被抽掉了一个关键点上的螺丝，太祖母整个人就这么散了，再站不起来。地是自然下不了的了，饭吃得也越来越少，气息一天比一天弱。她蜷缩的幅度一天天在扩大，在床上所占据的空间一天天在缩小。她身上的一切似乎正一步步朝着死亡迈进——哪怕一阵小小的风，一次突然的降温也可能成为压垮她的最后一根稻草。唯一能阻挡她死亡脚步的是她每次睁开眼后眼里闪过的光——那光是祈盼，是不舍，是坚决。

太祖母是 1946 年腊月带着我五岁的二姑奶奶上的观音岩，进的我们王家门，成为我祖父和大姑奶奶的继母。那年她三十一岁，刚死了丈夫和两个孩子。太祖父四十二岁，老婆三年前因为难产死亡。她来的第二个月，一家大小下了岩，她用仅有的一点小积蓄租下了街上的一间小店铺，卖起了牛肉羹、牛肉面、白米粿。第二年，祖父进了学堂。

叔父隔几天就会给太祖母打来电话，接电话的只能是父亲。无法避免地在电话里相见，无法避免地在电话里争吵。

你们应该带她去大医院找大医生看看，或许能有什么更好的办法！一开始，叔父说得还很客气，用词也相当谨慎。县里小医生毕竟水平有限。

所有的医生都说这么大把年纪了，还能有什么办法？火总是先从父亲这头烧起来的。

你都没去找过大医院你怎么知道大医生就没办法？

你怎么知道我没去找？

我让你们去找上海我那个同学你们去找了吗？

笑话，中国这么大，难道就只有你同学是大医生？

我不想跟你争辩！老人也就这点日子可以活了……生意暂且先放一放！

听你讲这些老子就起火！真有孝心你就回国来，不要在电话里瞎指挥！父亲"啪"地挂掉电话。

父亲挂掉电话的那一刻，我恰巧进门。我马上就知道他下一秒会对我说出的那句话。他果真说了——整天就知道打电话来发号施令！

你知道他那么远，也不是想回来就可以马上回来的，怎么每次都这么激他？我故意笑着把一句带疑问的话说出去。我不能让父亲知道我有为叔父辩解的意思，却也不能对他的这种不理智不闻不问。我觉得我的笑成功地转化了我的几层意思。

我就是要这么说！不这么说我就不解恨！五六十岁的父亲说出这句话的时候带着孩子般的执拗。

突然冒出的一声"额——嘀"打断了我们的对话。有十几秒，屋内没有了动静。给我几颗花生米！太祖母居然开口说话了。我要花生米！

让我们全家一直纳闷的是，太祖母的牙齿并不像她身体的其他零部件那样老化，被她使用了近100年的牙齿居然还都健在，而且一颗颗非常坚固地占据着她的牙床。那发着白光的微黄即使经过岁月的侵蚀，居然看不见任何一个黑色斑点。一天里难得见她吃上几口饭，生的花生米成了她摄取营养的主要方式。你无法想象一个虚乏得连睁开眼睛的力气都没有了的老太太，居然还能一下接一下，缓缓地嚼动那看起来并不柔软的东西，"咔——咔——咔"，"咔——咔——咔"，那依然清脆的声音在她的房间里弹着跳着，像一首欢畅的歌——直到感冒叠加在她的病体上。先是头疼，接着是嗓子疼，后来，没日没夜的咳嗽榨掉了她身上的最后一丝水分。她像薄得不能再薄的纸片一样铺贴在宽大的床上。

差18天，太祖母就一百岁了。我父亲坚持认为太祖母已经老得足够去死了，一个那么小的感冒更没必要去花那些钱，住那些个医院。可叔父却一点都不想让她死。

你把卡号发给我，我给你转一些钱！叔父在短信里说。

你以为你赚美元了不起是不是？

卡号？

你不知道他有多……多……讲起钱的事情，父亲整个人从凳子上弹了起来，凳子歪到了一边。他找不到一个合适的词来接上，就越发生气了：连发条短信都舍不得多用几个字！他一个美国教授就真那么了不起？我就见不得他不可一世的样子。

在父亲眼里，叔父怎么做都是不对的。

叔父最终把钱转到了我的卡上。又直接让他的镇长同学联系了医生，联系了救护车，人和车都到了门口。看在钱的分上——这是父亲后来一直在强调的东西，可是我知道他并不缺钱——他只能把太祖母往医院送。

说心里话，我的立场跟我的父亲保持高度一致，我也觉得比太祖母年轻的祖父祖母尚且都走了，她这样的年纪走已经没什么遗憾可言。何况，她老人家很久很久以前就做好了死的准备了。可是我总不能阻止一个孙子孝敬祖母的心吧？况且，正如叔父说的，我比父亲多读了几年书，总要比他多一些理智吧！

那是1990年的中秋节。在床上躺了一个多月的太祖母让祖父搀着走出了房间。我们几个太孙辈的小孩子都不敢靠近她。她的脸像被挖了个坑，两颊深深陷了进去。她的眉骨更高了，眼睛大得吓人。凡是衣服覆盖不住，肉眼看得到的地方，我能想到的最贴切的比喻就是大象的皮肤。横的，纵的，斜的，各种纹理不是轻轻地划，而是深深刻进去，我一直怀疑是不是用墙角的那个犁耙给犁出来的。她几近枯竭的身体只剩下的骨架、骨节，勉强支起一个像人一样的身体。

进去啊，进去啊，她"吃"了她的父母和兄弟，"吃"了她的第一任丈夫，"吃"了她与第一任丈夫生的两个孩子，又"吃"了我们的太祖父，后来又"吃"了我们的二姑奶奶。她已经"吃"了那么多人，不会在意多"吃"你这么大的个小人儿的。你那么嫩，吃起来一定特别香特别甜。咬你的手指头一定像吃生花生米一样，"咔咔咔""咔咔咔"，多好听……每次我要进太祖母的房间捡皮球，长我四五岁的姐姐总是这么说。我只觉得后背生起一阵冷风，冰凉冰凉的。我确实听到了从床上传来了极其清脆的声音，"咔咔咔""咔咔咔"。那么清晰，那么吓人。

做了这么几十年的寿木，还是第一次中秋节给人送上门。方脸大爷直起腰身，擦着汗说。这团圆的节日，很多人都忌讳……

死也是一种团圆！太祖母扶着那口大木箱说。最永久的团圆……

谁说不是呢！方脸大爷轻轻拍着大木箱，像在炫耀一件艺术精湛的艺术品。这可是我店里最好的楠木，做工也是最好的……这木头还没完全干透就上漆，这漆要能再多上几遍会更油光。你们这么赶，我也没办法，这几天油漆味比较重，多放几天就好了。

好啊，好啊！太祖母抚摩着箱盖，沉浸在一种从未有过的幸福里。

我看她还挺好的，怎么这么赶？收钱的时候，方脸大爷还是忍不住多问了我祖父。会不会误诊了？你说这好日子才刚刚开始……

肠癌，已经是晚期了！祖父摇头叹气。

看她那眼神，应该也不会很快……方脸大爷瞟一眼太祖母，数起手上的钱。我见过很多马上要死的人，不可能是那种神采。

她明天去上海，她那个宝贝孙子那里做手术……父亲抢先回答。今天送来了，她才会安心上路！

很多年以后，回忆起父亲当年说的这句话，我一直在揣摩他说的"上路"仅仅是指去上海的路吗？

见他们谈的都是我听不大懂的事情，我跑到太祖母身旁，踮起脚尖还是够不着那个大木箱的箱盖。阿太，大箱子里有什么好吃的吗？

傻孩子，箱子里装的是睡觉的床，没有好吃的。太祖母的皱纹在笑。

睡觉的床怎么会有盖子？我拍着大木箱问。

人死了，往那里一躺一睡，盖上盖子，就可以去到那边了。

什么是死？死会疼吗？

走不动了，想永远永远睡下去了，就死了。一点都不疼。

那边在哪里？阿太希望早点去吗？

在天上。阿太很久之前就想去了。

那边有谁？有月饼吗？也像我们这样围成一桌吃月饼吗？我咬了一小口手中的月饼，一种美妙的甜爽包裹住了我。我也想去。

你还太小，要像阿太这么老了以后才能去。那边没有月饼……

太祖母干枯的手柴柴的，但她的手掌摸在我的头上时好像渗出了柔软。她说的这些话，像是雨刚停住后沿着古厝的屋檐往天井内的水沟里滴下的雨水，滴答，滴答，滴一下，停一下，如此轻盈，如此淡然，煞是好听。我相信太祖母说的话，可是姐姐并不是这么想的。每次晚上经过厅堂去祖父母的房间，姐姐总会说：要用跑的，不然棺材里随时都可能有人伸出手来把你抓进去吃了。你那么小，那么嫩，一定非常好吃！"咔咔咔""咔咔咔"……我像火箭一样地飞过厅堂。

那口上好的楠木棺材终究没有派上用场。就像大家看到的，没错，太祖母没有去成那边——叔父联系的一流专家帮她做了一个非常成功的手术。谁都没有等来到箱子里睡觉的机会，县里的殡葬改革就开始了，睡觉的箱子最终变成很小很窄的一个小盒子了。我曾经非常担心祖母怎么才能躺进去——除非她有缩骨术。但她自己似乎一点也不担心。她说，睡在那小盒子里也挺好，更不占地方。

每个月的初一、十五，小脚的太祖母都要敬拜厅堂上的土地公。总是天还没有亮透，她就起床，一番洗漱后，喝了这一天里的第一泡茶后，换上新洗过的歪襟蓝布衫，摆上果盘点上三根香，对着龛台又是细碎言语，又是朝拜作揖。对她来说，好日子都是包括土地公在内的各方神明所给的。在他们的那边与我们的这边好像有一条凡人的肉眼看不见的通道，太祖母时常循着那条通道一次次抵达、触碰或者对话。碰上正月初一零点刚过的贺正，和正月初九的敬天公，仪式就更加隆重、热烈，也更加复杂了。大到几盘荤菜、几盘素菜，荤菜摆在前，素菜摆在后，小到几个茶杯、几个酒杯，这些都是极其讲究的。从小到大，一年年一次次见她开始更衣点香，每个孩子心中的肃穆感便如同她手中燃着的香火冉冉而起。龛台里那个从来不说话的土地公和她对着大门方向朝拜的那个看不见的天公总能赋予她力量，每一次朝拜结束，她便被注入生机，容光焕发。她的每一天都是新的。

太祖母房间氤氲着一团特殊的气息。房间的灯开着，把父亲的脸映照得更加阴沉。没有声音。他远远地坐着，双唇紧闭，腮帮里像藏着一只小青蛙，一跳一跳，目光被削得尖尖的，直射床前。我在他的目光里嗅到了火的焦味，铁的锈味。太祖母睡在用叔父寄回来的钱购买的专用病床上，在他的目光里面墙侧卧，呼吸均匀。从厦门打点滴回来，她似乎恢复了些许精神，眼神里偶尔有略微流动的光，嗓子里却像是设置了重重关卡，把声音生生给卡在了喉咙里。小半天喝下的一碗浓浓的米汤耗费了她太多的体力，一整个晚上她连呻吟声咳嗽声都没有了。

怎么啦？我横切了父亲的目光，轻声一问。

父亲不说话，下巴往床头柜一努。柜子电话机上有一张白纸，纸上写着两堆散乱的大字，一堆左边写着"亻"，右边上面是"雨"下面是"而"，一堆左边上下各一个"亻"，右边是"言"，每个字都歪歪扭扭，简单的笔画被写得四肢开叉。它们干细枯燥，显然不是毛笔所为。

谁写的？我与其说是摊开白纸，莫若说是摊开那些字。这个应该是叔父的那个"儒"字，这个应该是"信"，什么意思？我大胆做着猜测。不会是她写的吧？上过私塾的太祖母写得一手雅致的楷书，祖父给我看过她当年记的账本，那些上了年头泛黄的每个字虽然小却颗粒紧结。我也曾亲眼见过七八十岁的老太太戴着老花镜给叔父写信的场景。她一直用不惯我们的自来水笔，更用不惯圆珠笔，每次写信都要取出那根老掉牙的派克钢笔——那是她做茶叶生意的父亲留给她的唯一纪念——自个儿吸上墨水，工工整整地写下一两张专用信纸。有时候，我甚至会怀疑，太祖母看重的似乎不是信的内容本身，而是写信前那样一种近乎仪式化的过程。她需要把每一根发丝梳得油光滑亮，梳进越来越小的髻子里，仿佛她梳得光溜了，接下来写信的笔才会跟着光溜顺畅。她还要装一小碟生花生米在桌角以备写信时食用，似乎每嚼一颗花生米，都能撬动她时光深处的记忆。穿了一辈子的歪襟衫也得捋得直直的，每一张信纸也要一捋再捋，好像她捋平的不是纸，而是一个老得发硬的思绪。

不是她还能有谁？父亲站了起来。

可是看她弱得连喘个气都没力的样子，她什么时候写的？她怎么还能写字？我的疑惑又来了。

哼，一想到她的宝贝亲孙子自然就有力气了！父亲冷笑着走过来。他寄回来的1万元我可是一分钱不剩都已经给你滴完了——父亲在"亲""完"字上用足了力气，仿佛这几天滴进太祖母血管里的不是药水，真是"他"的钱。他接过那张纸甩动起来，那纸发出"噼里啪啦"的声响。"你还想让我怎样？想让我给他写信？别做梦了！电话我更不可能打给他！"他拒绝说出叔父的名字。

父亲话里的话我算是听明白了。

叔父也在我的电话里听明白了。只是他的明白与我的明白隔着十万八千里。儒？信？嗯，好的，我知道了，我懂！你们千万照顾好她，千万等我回来！我这学期的课程已经都提前结束了，正在办签证！我会回去陪她一段日子……

一段日子？一段是几天？父亲听完我的复述，再一次拿着放大镜挑着叔父电话中的刺。别说是我把她伺候死了，最好他现在就回来，马上，立刻！

父亲的话音未落，我们同时听到床上传来了轻轻的一声"吱——"，像是失去平衡的床板刚被压了一下头便被掐去了尾，只响了一半的声音将另外一半未及泄露的声音——那该是个"吖"声急急收拢。

太祖母保持着原来的睡姿，一动不动。

到深圳去！到深圳去！我要到深圳去！

父亲在接连睡了三天后，从床上跳起来的时候冲祖父抛出了这个念头。它如此迅速地生成，又如此强大，占据了他的整个内心。祖父接到的是一个滚烫的火球，一团他从未想过的足以熔化一切的岩浆。漫长的几十个小时，我父亲没有把自己睡得天昏地暗，倒是几乎要把祖父两撇浓密的眉头点燃了。不行！我不同意！深圳是哪里？你去那里做什么？

你连深圳是哪里你都不知道，你还怎么教你的那群学生？深圳是哪里？深圳是整个中国最先睡醒的地方，改革开放的前沿，无数年轻人正往那里赶去。那里办起了一家家的服装厂、电子厂、食品厂，无数就业岗位，遍地是钱，×××去了，×××也去了，我的很多同学都去了，我也要去！这回你别想再拦我！父亲毅然决然地将几件衣裳往一个行李袋里装，装一件就用力地说一遍——别想再拦我！别想再拦我！别想再拦我！好像拦他的是那些衣服，又或者被他装进袋子里的是他一个个的爹。

你都已经结婚了为什么就不能安下心好好地代课？祖父抓住父亲的手，把袋子里的衣服往外掏。你去深圳能做什么？不行！你不能去！我不让你去！

你还想把我一辈子绑在观音岩上不成？父亲的手紧紧地抓在祖父的手腕上，俨然抓住的是一颗即将引爆的炸弹。当兵你不让我去，打工也不让我去，你难道还想要我接你的班不成？

接我的班有什么不好？很快你就能转正，只要转正你真的就有当校长的机会，一个月几十块钱，可以养活一大家子，你还想要什么？祖父感觉到我父亲手上劲明显小了，便开始打算用他惯常的好脾气，徐徐吹来一轮他最擅长的思想教育的和风。而且你想想，当个小学校长可以改变多少山里孩子的命运？可以……

那我的命运谁来改变？父亲冷冷的问泥石流般滚了下来，夹杂着冷冷的笑。是啊，在你眼里，我顶多也就是当小学校长这点出息……可是凭什么？凭什么文儒可以去上海，我就不能去深圳？凭什么他就可以在大上海生活，我就得在这破山上？难道就因为我不是你亲生的？！你从来都不想我过得比文儒好！父亲索性撒开手，迈开腿往外走。我不可能像你一样一辈子困死在这岩上。你绑不住我的脚！我一定要去深圳，谁都别想拦我！

你给我站住！祖父再没了好脾气。你个没良心的东西，你怎么说得出这种话？

难道我说的有错？父亲站是站住了，但他的理由比天大，愤怒也比天大。如果我是文儒，不是文生，你还会对我这样？

你——你——祖父的理智彻底被愤怒冲跑了。你走你走，走了你就不要再回来！

好，是你说的噢！父亲拿食指直直指向祖父，好像生怕他的父亲会把那句话收回去。不回来就不回来！死我也死在外面！

当然，父亲并没有像他自己说下的狠话再不回来，死在外面之类的，真这样，怎么还可能有我呢？父亲去成了深圳，但是只去了几个月就偷偷溜回了观音岩。他可不是反悔，而是偷偷把母亲也带去了深圳。他们不只去了深圳，还去了潮州、汕头。聪明的父亲注定不会仅仅只是成为一个打工者，他在他打工的地方看到了商机——茶叶生意。几年后，他们带着我的姐姐重新回到了岩上。几个月后，父亲一个人又出发了。这回，他去的是汕头，一起上路的还有近千斤的安溪铁观音。很快，近千斤茶叶换成了几千元。后来，他在汕头开了茶叶店，雇请店员看店，自己则一次次往返于观音岩与汕头、潮州之间。再后来，我的大姐、二姐先后都成了他在汕头的得力干将，他自己则把心安在岩上自家的那十几亩铁观音茶园里，种茶、制茶、收茶、拼配茶叶，年复一年，日复一日。偌大的老厝和新屋就只剩下太祖母和父母三个人，他们近得只有几十米远，却每天在各自的灶头煮着，在各自的屋子住着，在各自的节奏里不大交集地过着——直到父母吵的那场架。

因为二姐早产，母亲不得不连夜往汕头赶。父亲一早就熬了粥、炒了花生米端到太祖母房间。她已经醒了，正木木地盯着从窗缝透进来切向地面的几缕光线看。光线中没有他。

父亲开了灯，三两下就摇起了病床的上半部，太祖母的身体毫不迟疑地往前曲了十几度。在这个上升的过程中，呈半躺姿势的她一点点摆正了头，目光被拎着被黏附着缓缓地移动，没有角度的改变，没有力度的改变，仍是愣愣地、散散地，泻在被单上。被单上那几朵暖色调的牡丹花开得正艳正红，他看到的只有一张衰老的脸。

父亲抓了把椅子坐下，拿汤匙舀了满满一勺粥就往她嘴的方向送。她的双唇紧闭，偏过头去。汤匙在她的门口站岗。一秒，两秒，三秒。汤匙往她的唇中间顶，试图打开一条通道。一下，两下。门并没有打开。她抬手轻轻一拨，粥洒在被单上。汤匙杵在空中。她的手并没有停止，在收回的途中费劲地往上，往后，手指成了她的梳子，一下接一下地往后梳理着她的头发。额头一点点露了出来。

再明白不过的事情了。

父亲从抽屉里取了梳子递给太祖母。她梳得非常慢，非常轻，好在髻子并没有散开，她把散乱出来的几绺头发往后塞，往后别。总算将它们一根根压在脑后，这才住了手。梳头耗费了她仅剩的一点力气，她闭起眼睛，重重地呼吸。父亲举着湿了的毛巾犹豫了片刻，还是搭在她的脸上。毛巾还未及走动，她睁开了双眼，手再一次上抬，只是这回，才抬到一半，便掉了下去。再抬，再次掉下。她闭上眼睛，别过头去。毛巾得到了特许，像是一条自由的鱼，开始在脸上一路顺畅地游走。

太祖母的眼角渐渐湿了。

总得有什么来打破这种沉默。

文儒的签证已经办下来了。毛巾在眼角多逗留了一会儿，父亲说。

噢——气息是弱的。

他买的是三天后回国的机票。毛巾游过耳后沟，顿住了。

嗯——气息是短促的。

父亲不再说话。晾好毛巾，然后取了水让太祖母漱了口。简单洗漱过的她仿佛连眼睛也有了亮光，原本几近枯竭的目光重新吸收了水分湿润了几分。湿润让许多坚硬的东西也柔软了起来。

她看起来真像个无助的小孩子——父亲讲述这段经历时总是这么形容。怎么都想不到，这个小时候在我眼里如此强硬的人此时也会柔弱得像片枯黄的落叶，在风中颤着晃着，仿佛一不小心就会落下。"人啊，唉——"

一开始，我对父亲这一声"唉"也没多大感觉。这似乎只是再平常不过的一声感慨：说起二姑奶奶年纪轻轻就客死他乡，他"唉"过；说起1977年，叔父去参加高考的时候，他站在茶园里抢锄头，他也"唉"过；说起自己80年代初期挑着担子在汕头走街串巷地卖茶，他长"唉"过；说起多年前我执意到县城边上的电商园开网店时，他有了更长更长的"唉"……后来，我慢慢体会到，父亲每一声"唉"前的话语已经明明白白地摆在那儿，可没说出来的似乎比他说出来的还要多，都排在"唉"的后头堵着挤着，让这声"唉——"的尾巴沉重了起来。

我有一种强烈的预感，所有的"唉"在看不见的地方一定有着什么样的关联。它们伸出粗的、细的、长的、短的，各种根须纠缠在一起，扯不清，掰不开。

观音岩上了年岁的人一讲起太祖母没有不夸不赞的，他们最常说的话便是：那个小脚玉啊，心比男人强着大着呢，没有她，宏啊他们家恐怕早就绝了，哪有可能现在这样丁财两旺。很多时候，还会再加上一句：如果当年霞啊不跟人跑了，跟宏啊结了婚，日子得好成什么样？他们嘴里的"霞啊"是我的二姑奶奶。二姑奶奶失踪后，太祖母让祖父去邻村、邻社、邻县，各种能想到能走到的地方都去找过。有人说在同安见过她，太祖母自己跑了一趟，还是没有音讯，没有结果，二姑奶奶像是一滴水没入了溪流里。各种关于她的说法也横生了出来。有人说，她爱上了曾来公社演戏的一个同安男青年，两个人经常偷偷摸摸在学校后面的山上见面，那天戏演完，戏子就把她拐跑了。有人说，她被挑担路过村头的一个外省货郎给下了蛊，迷迷糊糊跟人走了。有人说，她为了学校一个代课老师的指标被公社书记给欺侮了，指标最后给了别人，她想不开就自杀了……太祖母一点都不避讳别人猜测的这些说法，如果我们多问一句：那二姑奶奶到底是自杀了还是跟人跑了？她顶多就补上一句：你们二姑奶奶是读过书的人怎么可能？而后仍是一副云淡风轻的样子，好像他们说的不是自家姑娘，好像二姑奶奶只是去哪里旅行了一般。

若论太祖母对祖父视如己出的爱，大家都好理解。毕竟祖父是她唯一的儿子——哪怕不是亲生的。可要讲起太祖母对父亲的爱，便多了几分说不清的复杂。父亲两岁的时候成为祖父的儿子——太祖母在同安车站捡到了他——他被抱养到我家后，从来都是太祖母在照顾。她给他洗澡、穿衣服，喂他吃饭，搂着他睡觉，走到哪儿带到哪儿。很多邻居都说，他完全不像我祖父母的孩子，倒更像是太祖母的孩子。一听这话，她总笑眯眯地说：我的孩子就我的孩子喽！只要生儿不嫌我老！

阿嬷不老，阿嬷不老！父亲像只蚯蚓直往太祖母的怀里钻。如果他再小点再细点，我怀疑他甚至可以钻进她的心里、她的血液里。

叔父出生几个月后，太祖母曾带着父亲去过两次同安。第一次只去了两天，还是没找到二姑奶奶。第二次去了一个星期时间，回来的时候，她的手里多了个盒子。到得厅堂，屁股刚挨着椅子，她就打开盒子，取出一个象牙白的瓷罐，那瓷罐圆圆的，罐子表面有莲花的图案。

阿嬷回来喽！阿嬷回来喽！儒儿想看看，阿嬷给儒儿带什么好吃的回来了？听闻声响的祖父抱着叔父走到厅堂上，伸手就要打开罐子上的盖子。让儒儿看看……

谁能想得到那么漂亮的瓷罐里装的居然是一个人的骨灰？

太祖母抢先一步抓过瓷罐抱在胸前，像抱着一个小小的孩儿。她的双眼直勾勾地盯着祖父，眼泪成串地掉了下来：我苦命的霞儿啊——

这句话一出，太祖母就昏死了过去。那一瞬间，祖父几乎是条件反射地伸手抓住眼看就要掉落的骨灰盒。她像一截失去依附的藤蔓在父亲身旁倒了下去。

你二姑奶奶的去世对她的打击太大了，她的魂魄好像被掏空跟着装进了那个骨灰盒里。祖父这样告诉我。整整五天，她没有吃一口饭，没有走出那个古厝一步。大家把注意力都放在她的身上，完全忽略了发生在父亲身上的变化。他开始不爱讲话了，他的目光里多了一种东西。那种东西可以把人挡得远远的，让人不敢靠近。一个那么小的孩子与那样的目光是不相匹配的，但它就这么生出来了，还长出了根，枝干一天天茁壮。

一个月后，太祖母起早要去邻乡探望她的一个表妹。去喊父亲起床吃饭时，才发现一直睡在床上的父亲不知跑哪里去了。里里外外找了个遍，也没找到他。她只能一个人上了路。她一走，他就从她的房间冒了出来。

你刚才去哪里了？怎么到处找不到你？祖父有些生气，轻轻一个巴掌拍在父亲的屁股上。

我躲在柜子里了。父亲跳开几步，拿手揩几下鼻子，不无窃喜之意。

阿嬷要带你去走亲戚，你躲起来干什么？祖父又一次抬手，作势要打。

我才不想跟她去！父亲噘起嘴，一字一顿地说着跑开了。

那天晚上，祖父第一次陪着父亲睡觉。半夜，他被一阵喊叫连着哭泣声给惊醒了。

阿嬷！阿嬷！父亲哭着喊着翻身起床。

生儿，生儿，阿嬷出门不在家，阿爸在呢，阿爸在呢！祖父试图搂过父亲，被父亲扭转着身体挣脱了。我不要你，我要阿嬷，我要阿嬷！阿嬷，阿嬷……他一声声撕心裂肺的喊叫融进黑暗里，连黑暗都跟着发疼。

那一刻，我的心都被融化了——教了一辈子书的祖父至死都无法理解：你爸对你阿太明明是那么依恋，但不知为什么表面上又会表现出这种漠然甚至是敌意？

估计那次去同安你阿太不小心让他知道了什么，可问他他又一句话不说。应该是从那个时候起，他知道了他不是我亲生的，所以跟我跟你阿太产生了很大的隔阂。祖父总是这么推测父亲的变化。肯定是因为这个，他一直跟我们亲不起来……

村里的茶园终于承包到户。第一次喝到属于自家茶园产的茶，已经六十几岁的太祖母不停咂巴着嘴感叹：饭吃饱了，才喝得出茶的滋味啊！无论是香气还是汤水，观音岩上的乌龙茶比我们家当时贩卖的茶叶好得多……小时候在家里，我们一家老少都会跟着我爸喝茶。我经常看见很多广东、厦门的朋友来买茶。他也把茶运到外地去卖，甚至卖到外国去。他还去参加各种茶王赛，还获得过茶王。外国人喜欢把这茶加糖喝，真不知外国人怎么想的，加了糖就掩盖了茶叶本身的滋味，喝的就只是糖水了。喝茶就要喝这种苦尽甘来的味道才好才有意思……日子好了，肯定有越来越多的人喝茶，买茶。现在茶叶是国家统购统销，不愁卖不出去。如果我们可以自己去多开垦一些茶园多种一些茶去卖……

不知道这样会不会被允许？已经当上校长的祖父小心得很。看看村里，都没人去做这种事。

有什么不被允许？等等等，等到别人都去做了，等到好山头都被占走了，那时还来得及？父亲第一次加入太祖母的阵营。现在政策放开了，鼓励大家靠自己的双手劳动致富……

你在学校代课代得好好的，不要净想这些没边的。祖父想展示一下校长的威严。

我不可能一辈子给你代课的。父亲从来都不给祖父留情面。况且，代课跟我开荒种茶有矛盾吗？王校长你怕你不用去，我去，开垦的茶园算我自己的，跟你那大学生儿子没有关系！

父亲似乎隔代遗传了太祖母的经营天分——尽管父亲与祖父皆与她没有血缘关系，但几十年的共同生活，我相信有一种比血缘更亲更近的东西流淌在他们的身体里。不管父亲承认与否，有些东西无法改变，也不以承认为前提。两年时间，父亲成了观音岩乃至整个栖鹏镇开荒种茶第一人，他带着两个妹妹上山开垦了十几亩茶园。果真，他抢先占据了朝向最好、离家最近、海拔最适宜的山头。当全村的人都加入开垦的队伍中时，我们家的茶园开垦行动便收拢了。

父亲制作的茶叶有一小部分被破天荒地定为一等品，卖了个好价钱。有一家国营茶厂想聘请他去当制茶师傅，太祖母和祖父都劝他去。他对着祖父一阵冷笑：我为什么要去？同样是制茶，为什么我不制自己的茶？再说了，我去了，这十几亩茶园的茶你来做？

尴尬。别扭。一身书生气的祖父已经被逼到墙角，不好再多说什么了。他无疑是个好校长，却不是个好茶师。他顶多只能给父亲打个下手。

太祖母替祖父打了圆场：我知道生儿一定想再考大学……现在日子好过了，如果你想考就去考吧！

我为什么要去考大学？父亲又是一阵冷笑。

你当年不是一直想考大学？太祖母也开始说得小心起来。

当年是当年，现在是现在。都结了婚有了孩子还考什么大学？再说了，我又不是像别人只会读书，只有读书这条出路。父亲的鼻腔里塞进了东西，他在"别人"的字眼上下着力气，一抛一甩都撞着人。现在我有这么多茶园，还怕我要去依靠别人才有好日子过？

你爸总是故意跟我们对着干，他从来都这样——祖父这样评价父亲。

你爸总有自己的想法，他一贯如此——同一件事情，太祖母的理解有另一个版本。

这是 1982 年的秋天。不仅是这个秋天，所有我不曾经历或者不曾记忆下的过往的日子与故事，关于父亲、祖父、太祖母的很多细节都是在他们的相互叙述中断断续续地拼凑起来的。这似乎已经形成一种奇怪的循环。我的祖父特别敬畏太祖母，太祖母对父亲似乎有几分难以说明的忍让，而父亲对祖父、对太祖母更多的是排斥，是抵触，甚至是不屑。

没人知道这是为什么。或许有人知道，但他或她不说。

对于叔父的回国，我充满期待。他所居住的美国是我网店还未触及的区域，我希望他能给我一些指导。我主动腾出自己的房间，用临时从网上买来的壁纸和各种书籍总算把房间装饰出几分读书人的气氛，还专门买了咖啡豆，买了简易的咖啡机。我想他会满意的。五年前，我们的两层楼往上加了一层半——完整的第三层加上只占一半面积的第四层"燕子窝"，并里里外外进行了全面装修，父亲还花了大价钱将房前的一片空地买下围成小院子，种上花花草草。我的卧室正居于"燕子窝"下，冬暖夏凉。卧室三面采光，铺的是木地板，通向走廊装的是落地原木门——房间是我选的，木头材质是我坚持的，它有别于其他任何房间。电脑、电视机、电话、空调齐全，还有席梦思床垫、有几分雅致的茶桌……叔父在美国的生活也无非如此吧。

不用白忙活了。父亲不知什么时候站在了门口。人家有志气，不住我这儿，说要住古厝自己的那个房间。

白费了我一番心思。我浑身泄了气：怎么这样？住在这里多好，通风、透气、向阳……

他爱住古厝就让他住古厝，咱们不必用烫脸熨人冷屁股。父亲递给我一把钥匙。你把上厅大房收拾一下，再整点生活用的东西……

上厅大房原先是祖父母的卧室，父亲两兄弟长大后，他们主动把卧室让给两个儿子，搬到三房住。据说，太祖父的祖上曾是旺族，后来出了一个烟鬼加赌徒，败光了家产，家道才逐步没落。父亲结婚的时候，任几个长辈怎么说，他还是选择了上厅的四房。原本应属于长孙的大房便自然而然成了后来叔父的婚房。我把大房里一些老旧的物件搬到四房，往柜子里塞的时候，意外发现柜子里有一堆没有拆封的信件。

　　王文生？这不是父亲的名字吗？上海复旦大学王——？这肯定是叔父寄的。从 70 年代末，到 80 年代初，几年时间，叔父给父亲写了几十封没有被拆封的信。说老实话，我有偷窥这些信件哪怕是其中几封的强烈愿望。在我即将撕开封口的时候，太祖母跟我说过的一句话蹦了出来：有时候，秘密不是对真相本身的一种保护，而是对咱们爱的人的一种保护。我无法确定这信里是否藏着什么秘密，但父亲不拆信的这个举动绝对藏着秘密。

　　母亲和大姐一家子都回来了。这样的夜晚，太祖母的目光里也暗藏着秘密。她常常会突然抓住一个人的手，然后木木地盯着人看。好半天，再放开。我们知道，她一直想要抓住一个人的手。可那个人没出现。

　　你去喊她一声吧！我按着母亲教我的话劝说父亲。她都一直不闭眼。她在等你！

　　正在看电视的父亲把头偏了过去：她等的不是我！

　　都这么多年了，都过去了。我意有所指，又不想让他知道我多少了解一些当年的事。

　　我不欠她的。父亲说着我听不太明白的话。她养了我十几二十年，我养了这个家二十几年，该还的我都还了。

　　谁都劝不动一个意志坚决的人。

　　这个秋天的夜晚，风微微地吹着，是暖的，是令人舒服的。一盏煤油灯像提前知道即将到来的消息发出微弱的光，摇晃着，颤抖着。

　　无论如何我都要去参加高考！父亲非常兴奋。

　　我也要去！叔父更加兴奋。我们都去！我们明天就去报名！

　　幸亏这两年我不让你们松懈学习。只有两个月不到的复习时间，你们可得多用点功。重新开始到学校教书的祖父掏出一套皱巴巴的课本递给叔父，对两兄弟分头嘱咐着，文儒，从明天开始，老老实实待在家里复习，别到处跑。文生，你要帮助文儒一起复习。你们一人一套课本，相互不会影响进度。

两个小伙子笑着，说着。他们的两个妹妹也跟着笑着，说着。一旁堂叔公的三个更小的孩子正蹲在地上玩蝈蝈。

你们两个都去读大学了，家里的农田谁来做？太祖母缝着衣衫说。这么多口人，这么多张嘴，吃饭是个问题。

是啊，吃饭是个问题。这个问题将什么束紧了，厅堂上一下子凝固。从来没有人意识到这是个问题。除了一家四个孩子，三个大人，还有别人家的三个孩子——那个堂叔公因为国民党军官弟弟逃到台湾，被怀疑通敌，夫妻俩都被关进了牢房。所有挨得上亲戚关系的人都躲得远远的，只有太祖母向他们伸出了援手。

把他们三个还回去，不就少了三张嘴？叔父率先想到了办法。

还回哪里去？太祖母问。你们说这样可以吗？三条命重要还是读大学重要？

没人应答。

考学的事，今年没考可以明年后年再考，三条命没了就没了。太祖母劝着叔父说，要不，让你哥先去考，你年纪还小，过两年再去考也不迟。

不要，不要，我要去考，我今年就要去考！叔父哭了起来。我爸说了，我的书读得比大哥好，去考一定考得上！

太祖母横了祖父一眼，转头跟父亲商量起来：要不，就多等一两年你们再一起去考？

难道今年吃饭是个问题，再多等一两年吃饭就没有问题了？父亲想得更深。

那就把大哥留下！叔父急得脸发红，把父亲端了出来。他是田里的好把式，我们几个加起来都做不过他。反正我比较小，我的力量也小又做不了多少农活。多我一个少我一个没什么影响，少了大哥田里的活肯定做不完。要留当然要留力气大的才有用。

祖父看看这个，又看看那个，不好开口：那么谁——去？

让他们兄弟俩再商量商量吧！太祖母也没了主意。

不用演戏了。父亲"啪"的一声拍在桌子上，人"腾"地站了起来。你们一定早就想好了，我不是你们亲生的，肯定是我留下来做农活，让你们的亲儿子亲孙子去考大学。

文生，你要这样说就没良心了。一直坐在天井里切猪食的祖母再也忍不住了。我们什么时候亏待过你了？

是啊，是啊，对于你们两兄弟，我们从来都一视同仁。祖父接着说。

好，既然一视同仁，那就抓阄！父亲一拳砸向桌子，伸出的食指直直指向祖父。

说实话，我当时是想反对的。但我知道我的反对是微弱的，你阿太掌握着权威——祖父这样解释。当时厅堂上死一般的寂静，所有的目光都聚拢到你阿太的脸上。

抓阄就抓阄，抓阄最公平。太祖母不急不慢地拿针朝头发里一别，往衣衫上一插。我来做签。她在房间里磨蹭了半天，捏着两团纸出来了。

让文生先抽！祖父跟叔父说。

让文儒先——父亲表现出了大哥的姿态。

叔父的手刚要够着太祖母抻开的手掌，她突然一握拳：等一下，我好像写错了！说着，返身进了房间。几分钟后，她再次走了出来，抻开的左手直接伸向叔父。

等一下！我先抽！父亲临时改变了主意，抢先一步挡在叔父前，一伸手抓住了一团纸。

太祖母迅速合起手掌，父亲捏住纸团的左手还是溜了出来。她伸出右手去抓，揪住了他的袖子。她半是乞求半是命令：让你小弟先抽！

为什么？为什么都是小弟先？为什么我所有事情都要让着他？就真的因为我是抱养的？父亲拿右手一扫，坚决让自己的左手突围，坚决要自己掌握命运。我已经让够了，这回我绝对不让！

太祖母的双手依然握得紧紧的。

父亲迫不及待地打开纸团，两个黑黑的字露了出来——"不考"。此后几十年，他的天一直没晴朗过。

这就是结果。

噢，噢，参加高考的是我噢，参加高考的是我噢！叔父欢呼了起来。

叔父是穿着丧服进的家门——这是母亲的说法。她说他已经提前有了预感和准备。可在我看来，那刚做过修剪的短碎发、黑色套头羊毛衫，加上深蓝色的牛仔裤、黑色休闲皮鞋，与其说它完全吻合死亡的氛围，莫若说它从上到下自然流淌出一种年轻、舒畅的都市时尚。咖啡色的方框眼镜、精致的机械表，将他镀上一层严谨的金属质感。时光平等地种在每个人的地里，却在不同人身上长出了不同东西。五六十岁的父亲长出的是一张忧国忧民的脸——母亲常说那是一张"生锈面"，他身体发福、手脚粗大、嗓门也大。同样已经五十多岁的叔父长出的却是满脸斯文，时光把他学者的气息浸染得更加深入也更加沉稳，仿佛他身体的任何一个部位都能渗出知识来，就连眼角、嘴角那一条条浅浅的皱纹也透着读书人的气质。

太祖母抓牢了他的手，目光直直地看了他好一会儿，而后，松开手，也松开目光。叔父"阿嬷阿嬷"地叫着，完全顾不得斯文体统地抹着鼻涕抹着眼泪。她往门口望了一眼，胸口提住一口气，目光猛然放亮。父亲就是在这个时候走进她的亮光里。只一瞬间，气息松了，亮光就完全散了。

直至出殡，父亲都没有掉一滴眼泪。他一直是个泪点比较高的人。据说，几年前祖父母出车祸去世的时候，他也没哭过。当时，我刚到台湾上学，他甚至没让家人通知我。

同二十年前的生日宴会一样，很多不认识的人也来出席了太祖母的葬礼。这回，来的人更多，级别更高，范围也更广。镇里，县里，市里，甚至省里都有人来。电视台的摄像机来了，报社记者也来了，他们围着叔父左一声"王院士"，右一声"王院士"，搅得父亲浑身不是滋味。

不就一个教书的，有什么好嘚瑟的？叔父在众人面前的地位越高，父亲似乎就越得在话语中踩他两脚才解恨。特别是半知半解的村民也来询问：听说你们家文儒都当上美国的院士了？院士是个什么玩意儿？他就更来气了。就一个教书的，院什么士？院士院士，不就我们这小院里的一个士吗？或者也就是个校长副校长之类的吧。我知道，叔父的出现撬动了他在岩上的牢固根基。我偷偷上网查过叔父的资料，他在美国享有极高的荣誉，只是墙外开花多年刚要香到墙内来。

在我的再三邀请下，叔父终于住进了我三面采光的卧室。头七后，叔父应邀去县里的几所中学进行了讲座。我当起了他的专职司机，亲眼见识了几千名学生夹道欢迎他的场面。他们对他顶礼膜拜，他对他们谆谆教导。对于我的网店事业，他也给予了高度肯定。他还说，等他研究的空气能充电器投入批量生产，指定我作为中国地区的代理商。我对这个伟大的事业充满了期待，父亲却浇了我一头的冷水——美国人的话也能信？顶多也就骗你开心几天。叔父在外人的眼里如此受人尊敬，可在父亲眼里似乎真的一文不值。

假期的最后两天，叔父拒绝了所有的社会活动。他亲自下厨，为我们煎牛排，做各种蔬菜水果沙拉，各种派，并在每次晚餐后用带回的不同咖啡豆为我们煮了味道各异的咖啡。他教我们区分拿铁、曼特宁、耶加雪菲、猫屎、蓝山等各种咖啡的香气和滋味，我们都往咖啡里加了糖，唯独他一个人喝的是黑咖啡。他做的各种美式餐点，我们都非常喜欢，父亲却是一口都不碰的。父亲就像是个性质稳定的绝缘体，永远与叔父保持着距离。

走，到古厝去坐坐。吃过晚饭，叔父向我和父亲发出了邀请。泡一杯你做的铁观音茶王吧！他的手上拿着一本厚厚的书。

父亲把水和沉默一同泡进了盖瓯里。瓯盖闷住了茶水，也闷住了每个人的心思。大家默默喝茶。就像合唱时必须有人起个调，我知道此时应该有人发出第一声——作为小辈的我断然找不到音准。

啧啧，再好的茶也多少会带着点苦与涩的滋味。两杯茶喝下去，叔父总算开口说话了：都说这茶如人生，果真不是一句假话。

有什么话直说吧！父亲生硬地说。他总是如此大煞风景。

都这么多年了，怎么就不能释怀呢？对阿嬷？叔父的话语轻轻淡淡，像是往盖瓯里冲下开水时涌起的那缕香。

她是你的亲阿嬷，不是我的！父亲的注意力似乎都在茶里，说话的语气很是怪异。她向来眼里只有你这个亲孙子。

够了，你别再亵渎阿嬷了！叔父再没了好脾气。她一直不让我说！现在她都已经走了，还有什么不能说的？你难道不知道她当年为什么我要先抽的时候她又进了房间再出来？为什么她一直不让你先抽签？我们当时只看到了你手里的那张，我后来从阿嬷的床头找到了那另外一团纸，其实写的是一模一样的内容，都是"不考"。最初，她两张都写的是"考"，见你要让我先抽，她赶紧去补上了个"不"字。结果，你……如果当时先抽的是我，那么去读大学的就是你！你知道吗？

所有的好都你得了，你现在还要拿这个来骗我？你觉得这有意思吗？父亲反复地压着盖瓯里的茶叶，压过来，压过去，一下比一下用力。有意思吗？

你果真还是不信，还是放不下……叔父摇摇头，打开书，将夹在书本里的书签递给父亲说，你永远无法想象，每一张笑脸的背后都有着苦楚，人家只是不说而已。

哦不，它不是书签。

应该是一封信。一封有年头的信。几页发黄的方格纸，很深的折痕，现在已经很少见的钢笔字。深蓝色的墨水字迹有深有浅，个别地方还透过背面来。似乎是分成几次写成的，又似乎有时下了很大的劲。我看到父亲的表情像那些晕开的字迹先是被一点点打开了，慢慢又被重新折叠合拢了起来。

为什么不早说？父亲的话风突然就缓和了。

阿嬷不让说。阿嬷不想让咱爹也活在愧疚里——她说，一个人愧疚已经够了。少一个人愧疚她就少一分罪恶感。

为什么又要说？

叔父看了一下我。父亲明白他的意思，补充了一句，没事。他这才往下说：阿嬷不想让你一直活在恨里。她说，仇恨会在你身体里切开一道缝，再多的美好和幸福都会从那道缝里一点点漏掉。人生不可以只有仇恨，没有美好和幸福感，她一直想着要帮你把那道缝合上。其实，很早以前，我在写给你的很多信里都有暗示，当时如果你追问我，我肯定忍不住会告诉你的。可是你没有。

信？父亲完全没明白过来。

你老厝屋子的柜子里……我一停顿，叔父就说话了：上大学那几年我不是给你写过很多信？你从来都没回过，后来，我也就不写了。

我——我——父亲已经说不下去了。他的嘴唇在颤抖，双手在颤抖，连眼神都在颤抖。

怎么啦？我看看父亲，又看看叔父，充满了好奇。我知道信里一定隐藏着一个秘密，既为秘密便不可告人。

哦，不，它居然是可以告人的秘密！父亲默默地把信递给我，便低头看他的茶杯。他的手指头搭在杯沿，并没有拿起，而是转着，转着，轻轻地。我瞥到他眼眶里的水位正在上升——他的泪点已经降到了最低处。

是太祖母的字迹。一手娟秀的钢笔字，一张张泛黄的作文纸。不是信的格式。但仍将此地与远方关联起来。它像打通阻挡河流前进的山体，迷雾般的历史被迅速贯通了起来。我看到挂在廊道墙上的那件蓑衣，像个人支在那儿，望着我们。它有话要说。

终于到了可以把秘密说出口的时候了。

我要说的是一个藏在我心里几十年的秘密。从今天开始，知道的人多了一个你。

为什么选择你？因为从高考结束第二天你告诉我你看过抓阄另一张字条时的眼光里，我没有看到原本应该有的愤慨、怨恨，特别是这么多年你哥那么对你，而你依然是好态度，我知道你有文化，你大度，你包容，你一定会理解我的所作所为。

如果我下不了手术台，请将这个秘密保守到你们父母亲都去世后才告诉给文生。如果我暂时没能死成，那么请有足够的耐性，等到我们三个都走后再告诉他。当然，前提是他放不下——倘若他已完全放下，谁是他的亲生父亲又有何意义？那就索性什么都不用说了。我这辈子最愧对的就是他和他的母亲。他是一个不幸的孩子，尽管我尽心尽力地去爱他，但有些东西是永远化不了，也永远代替不了的。他有理由对我充满怨恨。总得有人为一些事情负责——这个人只能是我。就像河流总要有出口（既然是恨，一个出口就够了），总要让他的恨有地方去，他才不会堵住。一堵，人就废了。当年，你们的祖父就是因为心堵，一口气没上来就走了。

我知道村里人都说我这一辈子吃了太多人的岁，我本不是这么自私的一个人，可老天爷安排我来承受这样的骂名。其实，我早就做好了随时走的准备。可能老天爷认为我该偿的债还不够，还要让我继续还债吧，所以让我一次次地活下来。这回，该是要我走的时候了。这样，很好。

我这一辈子唯一做错的只有两件事。一件有关你的二姑妈，一件有关你的大哥。

你们都知道当年我曾答应把你二姑妈许给你们父亲，后来她跑了。为什么跑？你二姑妈当时心中有一个喜欢的人，他们是同学，后来回了厦门岛。我坚决反对他们在一起，一方面是因为觉得外地人不牢靠，另一方面

（这一点更重要）是因为你们父亲那么喜欢她，等了她那么多年，我不想让他失望。再加上咱家当时那么穷，说真的也怕你父亲娶不上老婆。如果真娶不上，那我对王家祖上是没法交代的。她后来也想通了，要你们父亲给她点时间，让她跟那个人说清楚。可是你们父亲太急了，怕她去就不回来了。所以，就用了点方法，结果她就跑了。他从来没跟我说过，我也不知道。那一年，我其实在同安找到了你们二姑妈，她身旁还带着个一两岁的孩子。她那次逃跑后跑到了厦门岛，找到了她那个男同学，原本也已经决定在一起了。后来，她发现自己怀孕了。她觉得没脸待在男同学身边，就跑到了同安。我要带她回观音岩，她死活不肯。她说，她永远都不想再见到你父亲。我说，你不想回去可以，但是孩子我要带走！王家三代单传，不能在这里断了后（当时你母亲一直没怀孕，我担心她生不了）。你二姑妈哭着跪着求我，说没有孩子她活不下去，但我当时就铁了心要将孩子带走——他是你父亲的血脉，我答应过你们祖父，一定要让王家香火传下去。你出生后，我曾带着他再去过两次同安，我希望能找到你二姑妈，如果她还想要，我会把孩子还给她。第一次没找到，第二次找到的时候，她已经病得不行了（一半是因为想孩子，一半是因为她爱的那个人被迫害致死），我想把她接回岩上，她还是不肯。她死的时候，眼睛直直盯着我都不肯闭上，她用这种方式表达她的恨，那种恨就像是一根毒刺，扎进我的血管里，让我无时无刻不受疼痛的折磨——她这一辈子都不打算原谅我的绝情。她唯一的心愿就是让她的孩子读书……

　　人这一辈子都是用来赎罪的。对你二姑妈所犯的罪我是永远还不清了，我想在她的孩子身上进行弥补。但我忽略了孩子的记忆和聪明，正因为那次带他去同安与你二姑相认，你大哥知道了自己是抱养的，那以后，他整个人就变了。人的内心一旦被仇恨浸染，连爱都会变了颜色。好像我对他越好，他的恨便会积得越重。1977年，我让你们抓阄决定谁能去读大学。我以为他是大哥，怎么都不会跟你抢抓阄的先后，没想到，他那天像吃错了什么药，一定要先抓。这二十几年来，我经常会想，当年如果是你先抓，情况又会是怎样。你大哥恨了我几十年，好在恨归恨，他也终究做了一番事业出来。或许，有时恨也会产生一种动力，催人奋进，催人坚强……

要走了，要去跟被我"吃岁"过的亲人相聚了，有些事情总不能带到棺材里，还是得说出来。等我们老一辈都走了，再多的恨也再不用去发泄了。或许，也就都没有恨了。

这辈子，第一次有如此轻松的感觉。

3 / 佛跳墙

在我们观音岩，佛跳墙不是一道菜，而是一个人的外号。提起这个外号的来历，估计连佛都想笑出声。那年，佛跳墙与同村一个口吃的人结伴去庙里给祖师烧香，以求各自的儿子考上重点中学——对了，那时，佛跳墙还是茶农陈兴旺——出门前说好了，口吃的人不便开口，所有需要说的话都由他代劳了。掷筊杯的时候，第一掷，笑杯，他赶紧又是整头发又是理衣衫以示尊敬。第二掷，反杯，他又赶紧拿手在身上揩了揩。连续几掷，非笑即反，他急了，大声问道：难道今年祖师不管教育？口吃的人"额——额"了半天，好不容易才接上个"管"，旁边的人都听笑了。再掷，居然就信杯了。他赶紧跪下，继续祈求祖师保佑他儿子语文考多少分、数学考多少分……一听他这祈求的跟自家孩子没关系，口吃的人急了，却不知怎么说，最后干脆跟在他说的每一句话后面比一个从他眼前扫东西的动作，反反复复地说：分分分分我一点，分分分分我一点……所有人都笑得肚子发疼。村里有个老人实在看不下去，就对他说，好了，够了，你再这么求下去，连佛都看不过去，要跳出墙去了。"佛跳墙"三个字就此上身附体了。

十几年来，几乎所有人都忘了佛跳墙的真名。大多数时候，他更像是挂着别人牌照的冒牌车。根据他的说法，他儿子的出生与他找和尚算了同房的具体日子具体时辰有直接关系，他儿子能在连续高考三年后考上大专是他跟佛许愿进贡后得来的回报，他儿子这么多年虽找不到工作但平安无事也是拜他一次次求签保平安所赐——签上写得非常清楚，那工作与某个灾难有关联，舍弃工作便是远离风险。总而言之，他是他儿子的护身符，而佛是他最大的安全罩。

很不幸，我是佛跳墙的亲侄女。他的"佛"手偶尔也会伸到我们家，叫我们几个十来岁的女孩子祭拜的时候要往后站，进祖厝门槛的时候要先迈右腿，穿睡衣、趿拖鞋、来例假等都不能从土地公像前经过……他像《西游记》里那个肚子会吐丝的蜈蚣精，说话做事都那么令人生厌。可怜的堂哥比我更不幸。在他人生这 26 年的美好时光里，亏了他已经长得比佛跳墙高出整整一个头，所有关乎他的重大事宜还是要依靠佛跳墙与佛的对话来决定。因为这，堂哥已错过了五次到城里工作的机会和两个城里女朋友的姻缘。有村民猜测说，佛跳墙是不想堂哥去了城里再不回岩上来，这才使了佛神来说话。我不知道其中的真伪，但我知道，今天这次相亲，堂哥无论如何都不愿再让他毁了。

临出门前，看佛跳墙又背着一只手在翻墙上的那本黄历，堂哥再也忍受不了。他用力在那些醒目的大字上戳戳点点，都已经看了二三十遍了，不会有错啦，你看你看，是黄道吉日，宜提亲，喜神在东南……

你懂什么？佛跳墙扫开堂哥的手，眼睛瞪得浑圆。对于平时连剪个头发都要翻看黄历的他来说，墙上厚厚的那本黄历是他日常生活的指南针。他的手又一次在黄历上轻轻摩挲着，仿佛在安抚谁的脸。关帝庙里的师傅说了，吉日也需吉时，你懂不懂？！

随便你随便你！我无所谓！堂哥习惯性地耸耸肩，走到一旁。这么多年，因为经常耸肩的缘故，他的背一点点地驼了下去，不再挺拔。而他开口闭口的"无所谓"也成了万能膏药，走哪儿贴哪儿，一点都不看场合。

佛跳墙懒得搭理，陷在自我抚摩里。好一会儿，他才瞥一眼墙上的时钟，优哉游哉地到土地公位前上了一炷香，又看了一下手上的表，时针不偏不倚地指向 9，分钟与秒针准确无误地重叠在 12 上，这才拎起手礼坐上摩托车。

载着佛跳墙，堂哥把摩托开得不知有多拉风。他的心情像这四月里的天气，阳光明媚，白云悠悠，风儿清爽。要知道，为了对得上父亲关于女方生辰八字和方位的多种讲究，堂哥已经偷偷让他的现任女朋友提前两个月三天四个小时出生，还让她的家往东南方向偏移了 15 度——移到今天要去的她姑姑家。一想到自己居然还有这等小聪明，堂哥的成就感犹如路旁那刚钻出地面的竹笋，半敞着肚皮，半咧着嘴。要不是看在一天天大起来的肚子上，看在堂哥长得还有几分人模狗样，特别是好统治的分上，我估计未来的堂嫂怎么也不可能这么委屈了自己，更不可能有这么大的耐性听他指挥。堂哥要钱没钱，要工作没工作——可能他最大的工作就是安全地躺在床上玩手机吧——他们家最值钱的无非是那三五亩茶园，每年几万元的收入也早被佛跳墙这儿拜拜那儿拜拜给折腾光了。

千不该万不该，堂哥后口袋的电话不该在这个时候响起，更不该响起的是刀郎的《2002 年的第一场雪》——那是我未来堂嫂的专属。堂哥像是屁股上被扎了针，猛一缩就来了个紧急刹车，佛跳墙冷不丁就从车上摔了下来。

你怎么还没到啊？堂哥的女朋友显然很生气了。我爸说你们再不来，我们就要回去了！

好好好！马上马上马上！堂哥用高频率的极速叠加词汇来表达他的急切与重视。

陈王法，我可告诉你，我可不是骗你，来迟了你们跟我姑姑相亲去！未来的堂嫂对我堂哥向来都是这么不客气，指名道姓是她一贯的语言风格。有时我甚至怀疑"陈王法"三个字是她话语中起承转合的桥梁，没有那三个字，她都不知道该如何往下说。而有了那三个字，她说的每个字每个词便都瞬间站立了起来。陈王法，陈王法，你到底听到了没有？听到了没有？啊？

听到啦听到啦听到啦！堂哥像在嘴里拨着算盘，拨得刷啦啦响。他不停点头小心赔着不是，俨然正对着摩托车油箱鞠躬作揖。

陈王法，你说话像放屁，你给我发誓！未来的堂嫂还是不依不饶。

好好好！我发誓我发誓我发誓！堂哥只能使出他的撒手锏了。我若骗你我会死！我若骗你我会死！

说真的，我很同情我的堂哥。以他1.78米的身高，加上饱满的天庭、浓眉大眼，要找一个漂亮贤惠的女孩做妻子也不是不可能，可自从他谈崩了前两个女朋友后，他的佛跳墙父亲与他们家的几间矮破房子、一台破彩电、一辆破摩托同时远近闻名，他的择偶标准犹如他的后背一点一点矮了下去，读过书没读过书的都不计较了，高的矮的胖的瘦的都不讲究了，到最后，连五官端正与否、有无脾气也无所谓了。说真的，当那天看到堂哥偷偷搂着曾来我家找过我姐的那个歪嘴、溜肩、身高不足1.5米的歪瓜裂枣极品往小树林走的时候，我满脑子考虑的都是那个刚出土的小瓦罐要怎么踮脚尖才够得着那个瘦长的热水瓶？够着肯定是够着了，不然不可能那么快就有了小热水瓶或者小小瓦罐，堂哥的身高也不至于"飞流直下"，说话的声音也不至于贴到地面上。

这一刻，不管堂哥死与不死，对方的电话已经先盖死了。缓过劲来的他这才回过神，他的父亲正一屁股坐在泥路上，双手抱着脚踝，紧咬牙关看着他。我在想，如果佛跳墙的嘴唇上留有长胡须，此时肯定会被他肚子里的气吹得"扑哧扑哧"上下乱跳。

堂哥架好摩托，正要去扶佛跳墙，却被他一下子推开了。他一手撑地自己站了起来，不停拍打着身上的泥土说：不去了！回家！回家！

怎么可以不去？堂哥这下慌了，他避开父亲的眼光，弯腰捡拾散落地上的东西，话语也一点点往地上挤压，几乎要钻进地里去。他也就只有对泥土发火的能耐。我怎么跟小美说？都跟人家说好了，小美她爸妈特意赶回来的！

这出门才几里路就摔跤，明显就不吉利！况且，你看你看——佛跳墙急急摊开自己的手掌，破了皮的掌心渗出了几滴血。他像逮着什么天大的证据，拿右手直直指向左手掌说。见血了，更不吉利！你刚才还说什么活不活的，出门办事最忌讳说那样的字，不吉利，不吉利，今天不去了！不去了！佛跳墙的手越摆越快，仿佛用手代替双脚在逃离一场即将到来的灾难。

你不是都看过黄历了吗？堂哥把东西往摩托车后座上放，嘴里嘟囔着，不是说今天是黄道吉日，宜提亲，喜神在东南吗？

看过是看过，这种东西能一成不变吗？佛跳墙一手拍在堂哥的脑壳上，你个木壳子脑袋，我还不是为了你好？！

你怎么就不能信点科学？堂哥摸着脑袋。从小到大，他的脑袋不知被佛跳墙拍过多少回，我怀疑他学习的不灵光肯定与此有关。

你还不信？佛跳墙拍得更密集了。为什么你早不来，晚不来，我一去求佛你就来？亏你妈白白吃了那么多草药，还是生了你四个姐姐，远不比我跟佛问的一句话有用。当年要不是我去求佛，你能考上大学？当年要不是……

这？我？好好好，随便你随便你！我无所谓！堂哥又一次耸耸肩，在佛跳墙富有持久力的狂轰滥炸中败下阵来。那些"当年"那些"要不是"像一只只闻到腥味的苍蝇在他耳畔绕着弯儿飞来，飞去，又飞来。

佛跳墙完全有理由相信自己的判断。在他们父子俩回家后的当天下午，那条村道上确实发生了一起"重大"交道事故——一只野猫被撞死在路中央，血肉模糊。他断定自己又帮儿子躲过一劫，对自己的正确与英明更加佩服得五体投地。佛跳墙在佛事上确实创造过"奇迹"。有一年岩上迎接新制的尪公入庙，包括佛跳墙在内的四个人负责抬轿，可能摇晃得厉害的缘故，进了庙里要点眼，才发现尪公不见了，四个人你推我我推你，没人愿意承担责任。掷筊问尪公，也没有一筊是信杯。佛跳墙突然跳出来问了一句：尪公也是男人，是不是酒喝多了，滚到水沟里了？居然一下就信杯。所有村民原路返回寻找，果真在水沟里找到了尪公。有些村民就此相信他有异禀，我可不信。真不知道他是怎么想的，他怎么可以把堂哥跟一只野猫等同起来？哪怕猫有九条命，它毕竟也只是猫，可堂哥好歹是堂堂七尺男儿吧？佛跳墙才不管我怎么想，他坚信那只可怜的野猫是替死鬼，坚持要伯母厚葬它，祭奠它。

相亲之事就这么莫名其妙地黄了，堂哥能想到的最好的对抗方式就是绝食。从初三那年到现在的这十几年时间里，绝食就像是他手里的一把尚方宝剑，往哪儿随便三晃两晃，所有人等都会乖乖地听候发令。那年考上重点高中，他提出要一部手机，佛跳墙不给，他就绝食，再后来就干脆不去上课，佛跳墙只能乖乖地举了白旗。第一次高考结束，他提出要一辆电动车，家里不同意，他又开始绝食，佛跳墙再次投降。我们几个堂弟堂妹都曾以此为榜样，纷纷效仿过他的绝食招式，可我们的父母一点都不像亲生的，心肠都比他的父母硬，非但不买我们的账，看我们扛不了几餐就乖乖地认错讨饶时，他们居然还嘲讽说："继续啊！继续啊！咱们家的猪这两天正好改善伙食！"一开始我们都无法理解，绝不了两餐我们基本要扶墙才走得动，他倒好，绝食三天非但力气一点不减，甚至脸上还能多长出肉来。稍大些才知道，他绝的只是公开的食。他的母亲总在背地里偷偷塞给他一只鸡腿，一个馒头，一根油条。甚至佛跳墙前脚刚离开家门，她后脚就将一碗鸡汤送到他面前。这充分印证了他经常挂在嘴边的一句名言：要想取得斗争的最后胜利，自己一定不能倒下。

绝食显然已经吓唬不了佛跳墙了，他翻到的下一个黄道吉日还是没商量地挺在四月十八这天。堂哥不用问都知道这是未来的堂嫂绝不能接受的——还未入门就先没了面子，以后进门哪还有什么地位可言？唯一的尚方宝剑奏不了效，他为难得就像他此刻手机软件升级时屏幕上不停旋转的那个圈。他打去的电话她一个都不接，他只能在微信里又是送花又是送钻戒，都不能讨到她的搭理。他每天软软地把自己像一根地瓜藤一样栽在床上，栽在沙发上，栽在阳台上，栽在任何一个可以倚靠的地方，并且迅速长出根。只要有一部手机，地瓜藤依然可以长出肥厚的地瓜叶。长时间的待业，堂哥骨头里种下了不满，长出了懒。我们观音岩漫山遍野都是茶叶，他大专学的是电子信息技术专业，一开始，他也曾在网上卖过茶，卖了几个月就觉着累，把网店一关，专心负责栽地瓜藤。除了玩手机微信，他还有一项大本领——王者荣耀他已经玩到了荣耀黄金段位，他的游戏段位是我们观音岩，不，应该是我们整个镇里最高的。

此刻，堂哥暂时顾不上王者荣耀，正忙着跟未来的堂嫂负荆请罪呢。他不知去哪里弄了一个被五花大绑跪在地上的人物形象，旁边还有一下一下抽打的动作。可这并不能讨来未来堂嫂的原谅，更别说开心。但好歹她还是搭理他了：两个星期以后？你开什么玩笑？这怎么可能？

我也没办法！堂哥在句子后加了一个流泪外加拥抱的表情。

你个窝囊废！除了打游戏你还会什么？未来堂嫂直接发过来几把锤子。如果两人面对面，我相信她一定会一把真锤子砸过来。

有些东西，可能还真是不得不信……堂哥希望省略号多少可以帮得上忙。如果不是半路返回，那天说不定真的有血光之灾……

放你的狗屁！陈王法！未来堂嫂切换成了语音对话。照你这么说，你都不要出门得了，每天路上指不定有多少只蚂蚁虫子被轧死在马路上。你那么大个人脑袋里装的是屎吗？你别以为我只能嫁给你！想娶我的人都排到村口了！

我严重怀疑最后面这句话的真实性。以未来堂嫂的姿色和脾气，我堂哥真是一堆好牛屎上插了一朵臭菊花。堂哥可没我这样的眼力。他不敢语音回复，只急急打出：你们到时可以多跟他提一些聘金……

看在聘金的分上，四月十八这天的相亲总算跌跌撞撞地来了。雨从头天晚上一直下，到了第二天上午十点多仍没有停歇，佛跳墙也还没有出门的迹象。堂哥巴巴地望着天。可老天爷一点不领他的情，故意把雨下得越来越大起来。就在他几乎要绝望的时候，墙上的时钟"噔——咚"准点报时，佛跳墙看了下手表，说：好了，已经是子时，可以出发了！

刚才还令堂哥极度厌烦的偌大的雨立马变成滋润万物的甘露，可爱了起来。一切都意想不到的顺利。顺利经过那天车倒人摔的路段，又顺利经过野猫被撞的村道，再顺利经过水面上漂浮着死猪的桥……堂哥暗自庆幸罩在雨衣里的佛跳墙没有看到水面上那只被泡胀了肚皮的白猪，否则不知又要生出什么事端来。

各种器乐的声响恰是在这个时候传来的。先是唢呐声，接着是锣声、鼓声，隐约还有女人的歌声。越来越近了，越来越清晰了。是一只浩大的送葬队伍，队伍里有人在唱《常回家看看》。堂哥心底打起了鼓：完了，完了，又是不吉利……他的脑袋一阵发晕，双手像被吸走了力气，车把手不由得晃动了起来。

果然，掀开雨衣看了几眼的佛跳墙发话了。走，走，走，赶快走！赶快走！

堂哥连双腿都在打战。他踩住刹车，这回车倒没有倒，佛跳墙也没从车上摔下来。堂哥鼓起勇气说：我求你了，你别再这样行不行？

我怎么样了？佛跳墙好不容易回过神来。你以为走哪儿？

不是要回去？堂哥疑惑了。

混账东西，你不去相亲了？佛跳墙又是一巴掌拍在堂哥的脑袋上。

可是，这——？堂哥不敢相信。

赶紧走赶紧走！佛跳墙朝前不停摆着手，连脸上的褶皱都在笑。有人这个了，晦气都被送走了，这是好事好事！

什么这个？这个是哪个？堂哥不明白。

这个就是那个啦！佛跳墙依然含混着字眼。

那个，那个是哪个？堂哥还是搞不清楚。

那个就是那个啦！不能说的那个啦！佛跳墙抬手指指棺材，几乎又要敲向堂哥的脑袋了。走走走，今天这事准成，准成！

堂哥这才知道佛跳墙"这个"来"那个"去的是"死"字。与送葬队伍擦肩而过的时候，堂哥充满了无限的感激之情。如果不是急着赶路，我估计他都想下车去跟棺材里的人亲切握手，表示衷心感谢了。顺利到达未来堂嫂村口的时候，雨已经很小了。堂哥浑身的血液在喷涌，他想起了小时候参加运动会时广播里反复播放的那句"胜利就在眼前，胜利在向你们招手"，脚底下生出了一阵阵的风。

雨歇了。堂哥停下摩托，收起雨衣。阳光居然在这一刻也倾泻而下，天地显得那么崭新那么清亮，连心情都跟着亮堂了。佛跳墙倚着路旁的花圃围栏，抽起烟来。两辆小轿车疾驰而过，恰巧辗过路旁的两个水洼，水洼里的水猛地四处飞溅，溅了他一身泥水。奶奶的，谁这么缺德，溅了老子一身。他扔掉烟头，竖起中指指向车屁股乱骂一通。

那车身上赫然贴着大大的双"喜"，堂哥的眉眼跟着那"喜"字一起跳跃。不要骂了，人家娶亲呢！爸，你真会挑日子，看来今天确实是个好日子！堂哥觉得有必要拍一下佛跳墙的马屁。

堂哥怎么也料想不到这马屁拍到了马腿上。

你说什么？佛跳墙眼睛瞪大了，盯着那两辆车远去的方向问。刚才过去的是婚车？

是啊，车上都贴着红双"喜"。堂哥没有把握形势的变化，还继续为佛跳墙唱赞歌，今天果真是个良辰吉日……

走走走，回去回去！佛跳墙把堂哥一拉。

这——堂哥成了一根木棍。

你傻啊？跟婚车相遇最不吉利了，所有的喜气都被它带走了，还能办成什么事？佛跳墙不由分说地推着堂哥走。走走走！回去回去回去！赶紧！快！马上！

见不着底的暗一下子就从头上淋了下来，堂哥的天提前黑了。这一回，他破天荒地没有耸肩，没有说"无所谓"。

可怜的堂哥电话几乎要被打爆，他却打死都不接。我一直很好奇长得瘦骨伶仃的未来堂嫂怎么有那么大的本事，无须乌云与微风的过渡就能直接刮出那么大的龙卷风，下出那么暴的倾盆雨。堂哥算准了有一场声势浩大的暴风雨在等着他，可他还没想好怎样迎接，它就来了。他比高尔基的那只海燕差远了，"让暴风雨来得更猛烈些吧"这样的话不可能由他嘴里说出。

电话可以不接，可微信却一点不懂得考虑主人的想法，一个接一个地"嘀嘟"进来。我听到未来堂嫂尖着嗓子在吼叫。那吼叫声该是拥着挤着团着直接蹿上她的脑际而出，几乎变了形，生出各种奇怪的棱角，足以刺透一个人的耳膜。陈王法，别以为你不接电话就能解决问题！你死哪去了？

陈王法，别以为你在我坑里屙了一坨屎，我就一定是你的了。没那么简单！

陈王法，告诉你，明天你爱来不来，我后天就去把孩子做掉！

你个死陈王法，死陈王法，你不要以为你是王法，明天你就知道谁才是王法！

密密麻麻的"陈王法"像是未来堂嫂嘴里发射出的子弹，一颗颗火力十足目标一致地射向我可怜的堂哥，他坐着躺着站着走着都中枪。他没有盾牌可以抵挡，更没有枪炮可以还击。即使有枪炮，他也没弹药可上膛。前有佛跳墙，后有未来的堂嫂，用我们老师教的成语，他真是腹背受敌，双面夹击，他只能狗那个什么延残那什么喘了。

堂哥的弹药都在佛跳墙手里攒着。回到家的佛跳墙忙着洗澡更衣，而后点一炉香，再泡上一杯自己粗制的铁观音。堂哥出生前，佛跳墙也曾制得一手好茶，曾经得过镇里茶王赛的第三名。后来，求了签，说他应该往东北面发展，他就一个人闯到东北去开茶店。茶店原本也开得好好的，几年就赚了十几万，后来无意间算得一个女店员的八字与他的不合，就辞了那女店员，又聘请了一个八字与他极合的男店员，结果男店员卷了茶款跑人。后来请了风水师傅，说是他的店面选得不对，选在东面是不对的，容易遇小人，应该选到西面。于是，就关了东面的店，重新到西面租了店铺，费了好些钱装修，没开几个月，所有赚来的钱又全部还了回去，最后只能回到观音岩制茶。可尽管他严格按着黄历安排施肥，安排除草，安排采摘，安排制茶，却再未能制出当年一样的好茶。茶虽不好，佛跳墙泡好的第一杯茶还是先敬过土地公，而后才把剩下的茶水冲进自己的茶杯里喝起来。

伯母正按着他布置的作业往铁鼎里烧着金纸。堂哥拿着未来堂嫂的最后通牒送到他面前，一条接着一条地点开微信语音。佛跳墙把茶杯一拍，整个人几乎从椅子上弹了起来。随之，弹药也一并发射了出来：你怎么这么怂？她都还没入门就敢这样对你？你那是屙了一坨屎吗？那是我们老陈家的骨肉啊！一个妇道人家怎么可以开口闭口这个那个的？！多不吉利！你好歹读了大学，她不过才读到初中，你怎么就听凭她这么不把你当回事？把你取名叫王法，你怎么可以让她一点王法都没有？

我能怎么样？她话都说到这样，我还能怎么样？她说了我明天如果不去，后天她就把孩子给做了……估计佛跳墙发射的子弹是擦着堂哥的耳边过的，他才能说得那么淡定。他收回手机，看一眼在门口烧金纸的母亲，摊开双手，耸起了肩。你看着办吧，反正我无所谓！

什么无所谓？佛跳墙一手拍在桌子上。娶老婆是你的事，又不是我的事，孩子也是你的，你怎么能无所谓？

我也想所谓啊！堂哥拿手掌不停擦拭着手机屏幕，再次瞟一眼母亲，耸了耸肩。可我所谓有什么用啊？你们又无所谓！

谁说我们无所谓了？像压紧的弹簧突然被松开了，佛跳墙从椅子上弹了起来，拿手指着黄历说。无所谓我会那么在意黄道吉日？无所谓我会一次次带你去相亲？无所谓我会一次次半路返回？我还不是担心促不成你这桩婚事？

堂哥张了张嘴，想说的话跟着口水一起吞了回去。他看一眼直着身子盯着厅堂看的母亲，便有了新的想法。他不慌不忙地耸肩，耸肩，好像非得让全世界的人都看见他高高耸起的肩骨不可——他的肩骨削得尖尖的，一点都不好看。从他肩膀上抖出来的是这样一些听起来也尖尖的话：反正我不知道，她说了，明天，明天，我们再不去她就去打胎，这是最后一次机会了。你们不知道她，她真是什么都做得出来的。明天，明天……

明天？佛跳墙跑过去翻了翻墙上的黄历，整张脸几乎要粘到黄历上。他戳着上面的字眼说：明天怎么可能？你看你看，明天忌出门，忌出门，东南还有煞星。

我不管你忌不忌出门，反正我已经说了，她什么都做得出来。堂哥似乎急欲撇清什么，边往外走边摆手说，到时你们不要怪我没说。

不行，不行，我不能让她把我孙子给流掉了！伯母冲进了厅堂，拦住了堂哥，把他往佛跳墙的身边推。让你爸想想办法啊！他一定有办法！这门亲要再黄了，咱们王法就真讨不到老婆了！

我能有什么办法啊？佛跳墙拿下整本黄历往伯母胸口塞过去，这边白纸黑字写得这清楚，忌出门忌出门，总不能让我飞出去吧？

我的孙子啊！我的孙子！伯母把黄历塞回佛跳墙的手里，嚷着，我不管你什么黄历不黄历，我要我的孙子！我要我的儿媳妇！

堂哥懒得看他的父母拉大锯扯大锯地在一本黄历上拔河，干脆贴着墙角闪人。这个晚上，他做了一个可怕的梦，梦见未来的堂嫂真的把孩子给打掉了，她还揪着孩子的一条腿，笑着说：陈王法，陈王法，这就是你的小王法！哈——

堂哥被未来堂嫂又冷又长的一串笑声给惊醒了。天还没大亮，他隐约听到哪里传来几声吃力的呻吟声，哎哟——哎哟——那呻吟声微微打着战，仿佛经过层层阻拦又多拐了几道弯，像是从墙壁上渗出来的，又像是从窗户缝隙漏进来的，还像是从地上的门缝里长出来的，让人听得起了一身鸡皮疙瘩。他怀疑那声音是从梦里钻出来的，迟迟不肯睁开眼也不肯起身，只侧着耳朵仔细辨识。后来又有其他零星的声音掺杂了进来，似乎有人在问："是佛跳墙吗？"回答那人的是哎哟——哎哟，那人又问，你怎么会在这里？回答他的依然是哎哟——哎哟。这回开始有了议论，什么可能骨头断了，什么胳膊可能也断了，什么头也破了……堂哥翻过身去，正想继续睡他的美觉，一声撕裂的叫声伴着哭喊狠命把他拽了出来：王法，王法，快起来快起来！你爸出事了！兴旺啊——兴旺啊——

刚出屋门，堂哥就看出了不对劲。小小的院子突然亮堂了许多。好好的一圈院墙在西北面撕开了一个大口子，砖土散落一地，一堆人围在院墙外。呻吟声重叠着伯母的呼喊声正是从那个口子一浪接着一浪地打来。

王法来了，王法来了，赶快来看看，你爸被墙压住了。邻居叫喊着。

堂哥赶紧跑了过去。佛跳墙的整个身体都被埋在一堆砖土里，只露出一个脑袋。他的额头被磕破了一个大口子，不停往外冒着血，伯母正手拿毛巾捂着。他的双眼半张，嘴也微张着，一声声哎哟——汩汩而出，不停汇聚，喷涌。一旁的几个村民正徒手又是挖又是刨，一点点卸掉压在他身上的砖土。

爸，你这是干什么？堂哥蹲下身子，一边扒着佛跳墙身上的土，一边急切地想知道缘由。怎么会这样？

哎哟——

他翻墙。伯母压低嗓音替佛跳墙作答。

好好的门你不走，你翻什么墙啊？堂哥又问。

哎哟——

还不是因为你？伯母用肘子撞了一下堂哥，跟他使了下眼色小声说。

这跟我有什么关系？我什么时候叫他翻墙了？堂哥忍不住提高了声音。他看着人群大声质问。

你小声点行不行？伯母拉了一下堂哥的衣角，挨着他的耳朵说。黄历上不是说今天忌出门？还说东南有煞星？小美那边不是今天非去不可？他肯定想着既然不能出门，那就翻墙，从西北面翻……你看看你看看，果然是不宜出门不宜出门！果然是有煞星啊，这一出门就出事！

啊？堂哥彻底给整傻了。他呆呆地看着地上的佛跳墙，看着那额头上的血，什么话都说不出来。他想起了很小的时候，佛跳墙有一次进城给他带回来一根巧克力雪糕，到家时，雪糕已经化成了一袋深褐色的水，他用舌头一点点舔着，那水冰冰的、甜丝丝的、香喷喷的。

都什么时候了你们还在说什么啊？有人拍着堂哥的脑袋把他唤醒。赶紧想法子把你爸刨出来送医院啊！

堂哥第一次觉得父亲的眼里充满了求助的目光，第一次觉得自己肩上的担子有多重。

好好好！马上马上！堂哥忙不迭地说着，双手迅速刨起那些砖土来。突然他想起了什么，停住了手上的动作，起身往屋里跑。

王法，你干什么去啊？邻居叫住了他。你是要拿锄头吗？锄头恐怕不行吧？会伤着人！

不是不是！堂哥一边摆手，一边倒退着往屋里走。我去看一下黄历……不知道今天是不是适合破土？

4 / 杨柳依依

爱人的手彻底失去了温度。

没有温度的身躯硬得就像一块铁。不仅质地是硬的，颜色也是硬的。捧在手里硬硬的、冷冷的，落在心上却仍有一丝的软和暖。平时，他也曾这样闭着眼睛，直挺挺地躺在床上，双手交叠在腹部，一脸安宁。如果我就这么死了，你会想我吗？说什么呢？何止想，我会跟你一起去！那说明你还不够爱我！阮映趴在爱人的身旁，只见硬和冷一点点爬上周遭的事物。硬的被单冷的床，硬的枕头冷的柜子，硬的台灯冷的时钟，硬的房门冷的红"囍"字……还有，又硬又冷的母亲。

又硬又冷的母亲从进门到出门，大概有一天的时间，似乎一直在做一件重复的事：倒一满杯的水进入客房，再举一个空杯子出来。进入阮映耳朵的只有三句话：一句是对空气说的——幸亏还没有孩子！一句是对阮映说的——结婚这么大的事你怎么可以不告诉我呢？一句是对殡仪馆的工作人员说的——拉走吧！三句话叠在一起，增加的只有冰的温度和厚度。

这一刻，阮映突然后悔，自己为什么会打电话给自己的母亲。突发的事件，手足无措的凌晨，打了120后，她居然拨出的是那串几乎要陌生的号码。这个一年四季只穿紫色衣服——这些衣服的色彩只有深紫、浅紫、紫红、蓝紫、艳紫、暗紫的色度区分——的矮小女人，从来不懂得别人的疼痛。她不关心失去丈夫的女儿现在苦不苦，她只关心往后的日子里自己的女儿有没有孩子的拖累——不，不，她更关心的应该是因为自己的女儿有没有孩子的拖累而引起的拖累于她的诸多可能性。她怎么不想一想，从小到大，我何时拖累过她？！

爱人被带离房间后，母亲终于走到阮映身旁。母亲的手终于有些生疏地落在她的肩膀上，久违的温暖在时隔21年后居然第一次从她心底的缺口渗了出来。她确定，那是一股细细的暖流。从小到大，每一次碰上挫折时，她总会无端生出设想：母亲应该像别人的母亲一样，搂住她的肩膀把她揽进怀里，摸摸她的头或者脸，或者拍拍她的肩膀或者手臂，再说些安慰的话。过往的每一次终究只是奢望。就在她几乎要把头一歪，借着母亲的手臂一靠时，她惊讶地发现，母亲的手只是象征性地"落"在她的肩膀上，并没有往自己怀里揽的意思，这让她的头失去了继续前行的勇气，那丝温暖也心领神会，只微微冒了一下，再没了气息。陌一多，就生了。

母亲的手在她的肩上轻轻点了两下。确切地讲，不是手——因为并没用到整个手掌。应该是手指头，而且不是所有的手指头。也不是点——因为手指头上力的方向并不仅仅是从上往下。应该是拨或者是挠，力的走向还包含了从前往后。母亲的手指一贯灵巧。七岁之前，母亲的手指在她的头上编出过大的小的、长的短的各种麻花，在她的腰上鞋子上系出过各种蝴蝶。开学第二天，她习惯性地把脚伸向母亲。妈，我鞋带散了，你帮我系一下吧，我老是系不好！蹲在地上刚系完自己鞋带的母亲站起身来，板着脸，昨天已经教过你了，你要自己系，系不好也得系！她甚至想象得出母亲那只习惯了用无名指和小指夹一根记账的笔横过虎口，其余的三根手指头上上下下迅速弹拨算盘珠子的右手。那手指头圆圆的、钝钝的，那指节粗粗的、鼓鼓的，像被砍掉大枝丫的树干上日久结出满是皱纹的伤疤。尽管十几年前不再昂贵的计算器乃至后来兼具计算功能的手机已经完全取代了算盘，但母亲仍然习惯让上珠下珠在她的右手手指间跳跃，仿佛那些"咔咔咔"的声响才是它们和她的价值所在。此时，母亲用到的极有可能只是负责弹拨上珠的食指和中指，而她的肩膀无疑成了母亲指下的算珠。

人死不能复生，想开点！母亲圆钝的手指头以这种近乎蜻蜓点水的方式路过她的肩膀，不做过多的停留。母亲的手势和心思应该做着相同的数学题，手上写着标准答案。话刚说完，母亲的右手带着左手迅速抵达另外一个驿站。它们又瘦又细却健壮有力，掀起床单，解开被套，扯出丝棉被……一股淡淡的青草油的味道若隐若现。

阮映为自己的自作多情冷冷地笑了一下。她的肩膀像卸下了几分重量，身体却发生了奇怪的生理反应：一身鸡皮疙瘩全起来了。她其实非常害怕它有过多的停留——说真的，她不知如何应对。那句话听着是这般耳熟，它几乎不带什么感情色彩，纯粹只是完成从一个人的嘴里到另一个人的耳朵里这样一个物理性过程——这平衡了她的焦虑和不知所措。父亲去世时，母亲拍拍祖母的肩膀，妈，人死不能复生，想开点！既然他因为肝癌选择自杀就一定认为自杀是一种解脱，自杀比活着舒服。既然他认为舒服了，活着的人就没必要为此而痛苦了。你——你，祖母抬起头，指着母亲。你真是个没有情感的人！从没见过比你心肠更硬的人！杨柳跟着你早晚会被你害死！

杨柳！杨柳！阮映仿佛听见了祖母当年的呼唤，她冷冷一笑，起身离开自己的房间。客厅里弥漫着青草油的特殊气味，母亲刚才在这里用过它。她下意识地咬紧了牙关。那一回，她跟几个同学在楼下建筑工地上玩闹时摔倒，膝盖破了一大块皮，她咬着牙哭。母亲拿青草油要她自己涂抹，她倒抽了几口冷气终究不敢下手。母亲抓过药瓶用力一倒，药水渗进皮肉钻心地疼痛，她咬紧的牙关还是松开了，"啊""啊"地尖叫起来，撕心裂肺，痛不欲生。母亲严厉地呵斥道：姓阮的难道都是软骨头？你妈又没死，你哭什么哭？都已经十岁了，有什么好哭的？哭就不疼了吗？这点疼都受不了还能成什么事？她望着母亲，把嘴唇咬得紧紧的。这个妈一定不是亲妈！她把泪水一口口咽进喉里，暗暗发誓：谁说姓阮的是软骨头？你们姓杨的才软骨头！从今往后，阮杨柳不再是阮杨柳，我要叫——阮硬！从今往后，再不会在这个女人面前流一滴泪，绝不让她再看到自己的一丝软！

实践证明，祖母的话一半是错的——21 年了，她没被害死，她上了大学，读了研究生，在省城找到了工作还结了婚。还有一半是对的——她用了整整 21 年的时光充分验证了祖母的半句话。七岁入学的第一天，母亲带她走了二十分钟的路到学校报到，认了班级，领了书，再教她把书包整理好，而后说，从明天开始，你要自己整理书包，收拾学习用具，自己上下学。从此，无论刮再大的风下再大的雨，母亲没有一次接送过她，甚至连雨伞都未曾给她送过。母亲总说，小孩子吹点风淋点雨长得比较结实。这么多年，她的体格确实被风雨打磨结实了，心也跟着一点点结实起来。到了十岁，在别的女同学还饭来张口衣来伸手的时候，她已经学会了做饭，学会了洗衣服，学会了骑自行车上下学，学会了独自面对一切。母亲的角色基本已经形同虚设。上高中时，母亲说，你寄宿吧！她嘴一噘，平时我已经什么事都是自己做了，你还嫌我烦，寄宿就寄宿，有什么了不起？！填报大学志愿时，索性填了一所最远的大学，索性一口气读到研究生，毕业后遵循祖父母的意愿回了本省，索性就在省城找了一家出版公司担任编辑，无论工作还是生活，都离她的母亲远远的，远得一年甚至几年才回一趟家，远得可以用几个月才一通的电话解决所有问题，远得这一次的见面与上次已经相隔了整整两年。

母亲抱着被套、床单走出来，走向外走廊。刚把东西塞进洗衣机，又托举着手急急返回主卧。才进了主卧，又很快走了出来，双手仍是托举的动作，嘴里念叨着，咦，刚刚明明有你一本户口本，怎么现在不见了！阮映看一眼夹在母亲手指间的户口本，伸手取了过来，一句话都不说。她的中指上有一条长长的血渍，上面覆盖着一层青草油的浅黄。多年前，母亲指着在作业本、书本、试卷上登堂入室的"阮硬"，扬一扬手上的户口本说，人生终究是要你自己过的，你确认自己要改了这名字，我今天就去帮你改过来，算是你的十岁生日礼物，但是你记住了，将来你一定不要后悔！她在心中"哼"了一声，我感谢你还来不及呢，我还后悔！她最想要的"阮硬"最终在户口本上以"阮映"的形象出现。虽然没有了"硬"字，但她感觉自己还是如名字的发音般一天天的坚硬起来，坚硬得足以抵御一切对女性的歧视或鄙视。大学时第一次跟男同学去约会，男同学怕她冷，脱下自己的外套披在她身上，她一把抓下衣服丢给他：我又不冷，为什么要你的衣服？结果当然是，手还没拉上，就分手了。到中学实习的第一天，教导主任说，一个年段 13 个班，其他男教师都是两个班，考虑到你是个女孩子，少给你一个班的任务。她立马就不高兴了：我又不是教不动两个班，为什么只给我一个班？她几乎要忘记自己是个女人。直到遇到她的爱人。他是个美发师。她冷冷地坐在他的工作椅上，乌黑的长发随意用一条黑色橡皮筋拢着，一如之前的任何一次。他为她围系上理发专用的围布，轻轻开了一下玩笑，女孩子不要这么硬邦邦的，会找不到男朋友的噢！她的脸色立马结上一层更厚的冰，自己喜欢不行吗？为什么一定要男人喜欢？他一脸尴尬，而后耸耸肩，笑着说，都说女人是水做的，能做成你这样女孩的绝对不是一般的水！通常情况下，她抛出那句话后是没人敢再往下说的。但他说了。她知道他是故意设了埋伏，她还是跳进去，问了，那你觉得是什么水？他咧嘴一笑，非得是钢水不可！她也笑了。她不知道自己为什么就不还击，就接受了。这么多年，从来没有哪一个男孩子敢这么跟她说话。大家都不敢，事情就复杂了。而恰好他，敢了，事情反而简单了。好感这玩意儿真是奇怪，顺着简简单单的这几句话，就来了。她说，钢水就想剪个刘海！他说，发型就像是女孩子的表情，做得好，就是微笑；做得不好，就是愁眉苦脸。如果你信得过，我现在就让你愁眉苦脸的长发微笑起来。她又是一笑，真的烫了个大波浪。从此以后，性情也一点点在大波浪里微笑、婉约、蜿蜒、柔软、浮动起来。

可现在，那个让她一点点柔软下来的男人，那个口口声声说要跟她一起生个女儿来好好疼好好爱的男人却变成了硬邦邦的过去式。阮映真的想哭。可她发现，自己居然哭不出来。

这年头，每天死亡的人还真不少。老死的，病死的，气死的，高兴死的，睡着睡着睡死的，走着走着摔死的，各种死法应有尽有。死亡无法预订，火化却是需要预订的。同事告诉阮映，每天的第一炉最干净，就像是新换过的泳池水，谁不想享受第一个入池游泳的待遇？想要安排火化这一天的第一炉不仅需要提前很长时间预订，还需要走关系，可能还需要多花些钱。这让第一炉听起来俨然成了酒店里的特殊床位，让死亡看起来也似乎成了一种享受。

母亲气喘吁吁跑了一上午，终没能跑到特殊"床位"，能按着皇历上的良时吉日初步预订下的最靠前的时间点只有下个星期三上午 10——12 点。阮映只能试着问一下许兰妮。许兰妮是她大学最好的舍友，是她在省城唯一保持联系的同学，毕业后考入了区财政局。许兰妮曾经拿自己跟她做过深刻比对：我他妈长得太像个爷们，尽管心底女人得要死，也没人懂得疼惜我。而你，长得那么女人，可心里却比男人还爷们，谁碰上你都是祸害。结果真被许兰妮说中了：果真是个祸，这么快就把爱人给害了！

第一炉？我问一下小福子！许兰妮挂断电话后半个小时还不到就回复过来，需要多等两天，下个星期五上午第一炉。可以吗？

多等两天更好！这样，他还可以多"活"两天。阮映是这么回答的。

除了多出来的这两天，最为关键的，她可不想爱人的骨灰里掺杂那些来历不明的成分。

爱人是个孤儿。在他两岁的时候，父母出了车祸去世，留下他和祖母。他刚满十三岁，祖母也去世了。父亲没有兄弟姐妹，母亲是被拐卖的外省女，寻不着可以依靠的亲人，他从此踏上了异乡拜师学艺之路，一走就近二十年。二十年，于她，短得只有他们相识的这四百多天，却也长得连他的火化与安葬都没有其他亲人需要通知和商量。这倒省却了诸多麻烦，一切皆是她可以自己决定的。

省城比较大的墓园只有两处，一处在东边，一处在南边。阮映选了东边的福陵。福陵背倚福乾山，正前方有一弯乾江水缓缓流过，远远一看就是爱人喜欢的景致。进了墓园才知道，看似普普通通的墓地也是大有讲究的。墓地不但讲究地理位置和朝向，还讲究穴位。这些因素各有上下之分，综合起来后就决定了墓地的三六九等不同单价，有1万多，2万多，3万多。面积大到六七平米，小到两三平米，而且并非纯墓地面积，还包含公摊。阴宅与阳宅异曲同工，只不过，此时陪在身边的是母亲。第一次去看房子，她在窗户前做出一个夸张的拥抱状，我就喜欢这个大飘窗，到时我在这里摆两盆花，摆个书架，以后看稿就在这里了！连书桌都省了！他从背后环抱住她，那好，那咱们就买这个了！她微微侧过头，与他的脸贴在一起。可是这个太贵了，一平米要多出1000多！算了，算了，咱们还是要嘉华路的那一套吧，省了七八万呢！暖流与冷流在这里汇合，交集，翻腾。

售墓员带着阮映转了一圈下来，又回到了阮映最看好的那处依山而建的墓区，单价从23888元到29888元不等，面积多为三四平米。墓区已经"入住"80%以上，剩下的寥寥无几，这边空一位，那边空一位，呈分散状态。

挑墓地也得看邻居。售墓员指着眼前的墓地介绍：阮小姐你看，同样是坐北朝南，同样是依山而建，这个墓地左右两边，都属于知识分子，你爱人偶尔要跟他们一起看看书，下下棋，聊聊天什么的……交房取钥匙那天，他一脸兴奋：我探听过了，买咱们隔壁的是一个教师，楼上的是一个乡镇干部。你探听那么多干什么？到时门一关，谁还有空管谁是干嘛的？你不懂！远亲不如近邻……几分钟后，教师近邻真来电话了：你们家门口来了个老太太，说是要找刘亚强。阮映说，她肯定找错人了，我们家没有刘亚强！

你们这些人可真能掰！母亲听不下去了。人都死了，还要什么邻居？还要看什么书下什么棋聊什么天？

阿姨你可不能这么说。人死了，可是人的灵魂是在的呀！售墓员从阮映的脸色看出来了决定权的方向，转向阮映道，是不是，阮小姐？你也相信你爱人是有灵魂的对不？

阮映还不知如何开口，母亲又接上了：掰来掰去无非就是多要几个钱，你当我们傻啊！

阮映不想多说话，只问：这个，多少钱？

一平米 25888 元，3.5 平米，90608 元……售墓员熟练地摁几下手机按键，即时通报着数据。给你们打个 9.5 折，总共 86000 元，还可以按揭……

你疯了？母亲一把将阮映拉到一旁，声音被压挤得扁扁的。86000 元？又不是买房子！

这怎么不是房子？这是他的房子！阮映盯着那块空空的墓地，喃喃而语，他这一辈子够苦的，我一定要让他到那里过得舒服些。

你要考虑一下自己的经济能力。走的已经走了，花再多的钱也已经走了，回不来。可活着的人还要把日子过下去……你要想一想，你哪里来这么多钱？母亲拉起她的手，掰着她的手指头一个个地数起来，每个月五六千元的房贷，1000 元的伙食费，一两百元的电费、水费，两三百元的物业费，两三百元的交通费，你一个月多少工资？我年纪大了，帮人记账的事还马马虎虎接着做，钟点工不打算再做了，我，我……

阮映不说话了。她知道母亲的表情和心思做起了不同的数学题，母亲还有未说出的更重的话——我可没办法再帮你出钱了——一个"再"字无情地揭开她的旧伤疤！没错，买房子的近40万元首付里，有母亲的10万元——那是母亲的全部积蓄——虽然当时她并没有开口要，是母亲主动打到她卡上的，但终究她还是用了的！

你想想，为一个死去的人，值得吗你？母亲切换了轨道，继续说。

为一个死去的人……为一个死去的人……阮映觉得这句话好熟悉。她清晰地记得父亲的葬礼前，祖母说，我儿子好歹是有工作的人，怎么说葬礼都得办得像模像样，要请24拜，要请西乐团……母亲一脸冷漠，死都死了，再花那么多钱有什么用？

日子终究是要我自己过的……阮映退出一小步，抽回自己的手，我谢谢你的关心！但请你先回家去，不要再管我的事了，好不好？

很显然，这几句话像连环掌击中了母亲。她不再说什么，只看几眼被抽空的双手，无趣地走开。一个"谢谢"加上一个"请"都足够客气和礼貌了——亲人间，还有什么比客气和礼貌更令人陌生的？

阮映推门进屋的时候，上一秒餐厅里还时断时续地传来响亮的算盘珠子声就这么戛然而止。屋子里像刚被清盘过，连空气都规规矩矩。不用看都猜得出——母亲定然又在打她的算盘算她的账——阮映还是看了。母亲正面对着进门的方位，一根笔横过虎口，被右手的无名指与小指夹住，握在手中，右小臂支着餐桌，其余的三个手指头紧急从算珠上撤离，却还未来得及完全收回，悬在半路上上下不得。餐桌上摊着一堆钱，旁边是一个牛皮纸信封。出事后，他的朋友，她的同事、同学，一个个地来，一个个地走，送来一份份白礼。所有外来的安慰到达的都只是表面，无法抵达内心。

刚才有三个人来，说是那天晚上跟小谢一起喝酒的——你都认识！母亲指着那堆钱做着介绍，那钱是他们拿来的，我数过了，正好两万。顿了一下，母亲的语气里多少有些埋怨。你怎么没告诉我，他是跟人喝酒出的事？

母亲又说到了阮映的痛处。如果爱人那晚少喝一点酒就不会出事；如果她没有睡在客房，她能及时发现情况也不会有事……她趿上脱鞋，把手提包往沙发上一扔。事情都已经出了，告诉你怎么出的事又有什么用？是喝酒出的事还是不是喝酒出的事，又有什么差别？

怎么没用？怎么没差别？我们得去告他们，让他们赔钱。母亲的手指头惯性地栽到算盘上，有一下没一下地拨着算珠。一条人命，他们想两万就打发，怎么可能？

阿飞已经走了，我不想他把最后一点面子也给丢了。阮映只想安安静静地坐上一会儿，冲突却在这个时候暴发了。

你能不能不这么软弱任人欺？！我看你往下都要揭不开锅了，你还顾着阿飞的面子？面子重要还是钱重要？母亲摇着头把钞票一张张地码在一起，每一张都码出了力气，话语也一句码着一句不留空隙。他们以为两万元有多少？连买块墓地都不够！你怕没面子我不怕，不用你出面，我来替你出面，我来替你打官司！我刚才已经算过一笔账了……

你不要整天吊着算盘过日子行吗？阮映在"行吗"两字上使了劲，成功阻止了母亲手指头的弹拨。话一出口，她就知道明显是酸的，但已经收不回来了。你盘算得了日子，盘算得了人心吗？

你不要成日里拿着放大镜生活好不好？你就懂得一味放大他的好，放大我的不好。我是你妈，我还不是为了你好？日子是往前走的，你能不能不一直回头看？你往前看好不好？你别不爱听……母亲的手指头不管不顾地配合着话语飞快地在算盘珠子上拨动。你看，赔偿是算到60岁，阿飞32岁，60减32……

杨月琴，你以为每个人都要跟你一样只认钱不认人吗？算珠声严重刺激了阮映，她再受不了了，捂住双耳咆哮道。你老公早亡，我老公也早亡，我就得跟你过一样的日子吗？别以为我不知道，我爸的死还不都是你逼的。你不舍得花那么多钱给他治病，你不舍得借钱陪他上北京。一切都是你造成的！你以为你这样对待我爸，我也要这样对待阿飞吗？你日子过得痛苦，非得我也要跟着你一样痛苦吗？

那个被叫作杨月琴的母亲整个人傻掉了。

打开电冰箱的时候，阮映发现了异常。冷冻室已经塞得满满的，放在冷藏室的几款茶叶也被挪动了位置。接连几天，母女俩都不说话，可母亲带来或者一天又一天买来的许多东西却以一种特殊方式打破原有的秩序，用沉默闯入她的生活。每个新增加的物件上都贴着各种小标签，除了统一的日期标注"2012、12"，还分门别类地标上"香菇""木耳""三层肉""瘦肉""排骨""土鸡""土鸭"等字眼。如此多的种类，如此大的数量，母亲存储的起码是她往下半年的生活需求。这让她有了一种严重的不适感——母亲正把已经远逝的童年生活重新装进她的日子里。父亲去世后不久，家里所有有外包装袋或容器的食物都被贴上了小标签，除了最常用的塑料桶里的"米""面粉"和塑料杯里的"盐""糖""味精""碱"相对简单标识外，通常都是名称与时间的配套标注："生花生 92、09""生花生 92、12""熟花生 92、12""地瓜粉 91、冬""笋干 92、春"……所有药品也都标注了名称和用量，"银翘 C 一片""扑感敏半片""感冒冲剂半包"……母亲一一指给她各种食物和药品的存放地点和用法用量，逐一叮嘱：这些花生和地瓜粉有不同时期的，你一定要先从时间早的用起，慢慢往后用……发烧才吃扑感敏，没发烧只要冲半包感冒冲剂。记住了没有？啊？数据化的日子，程序化的生活，充盈着她学习之外的空间，沉重而又烦琐，这让她一旦距离上远离，便选择全盘抛弃，甚至走到另一个极端——混乱的自由，自由的混乱。在她可以自由做主的地盘，一切都可以不合常规地放置：各种书籍堆满了床头，占据了半张床的篇幅；书桌与餐桌功能混搭，书桌上有速食面、零食，餐桌上她手头编辑的书稿；衣橱里更是毫无章法……新婚蜜月时，阿飞收拾着速食面的袋子，调侃道，早知道你生活如此灰暗不能"自理"，谁还敢娶你？阮映笑答，不这样，你这台生活的"打理机"岂不无用武之地？爱人让她的生活恢复了秩序，没有数据和程序也可以有的秩序。

阮映好不容易找到了标注为"2012、12、20前"的铁观音。母亲以自己插入她的生活的时间为中心轴，用一个"前"字模糊了具体，却划分了界限。她不想吃饭，只想喝茶，喝他带回来的铁观音。她随着他的喜好爱上了铁观音。第一次约会，下着蒙蒙细雨，他带她进的就是一家茶馆。他举着手上的一小袋茶，说，铁观音——单这名字听起来就让人有一种说不出的舒服。铁是硬的，观音是软的。铁是冰冷、无情的，观音是慈眉善目、温暖柔情的。就像你——又冷又暖，你太像这铁观音了！那是她第一次喝铁观音，那么香，那么回甘，那么百转千回地绕，恋爱就该是这般滋味啊。一喝就喝了几个小时。他打趣道，你把雨都喝停了！这一刻，她知道她爱上了他。她就喜欢他这样的说法，不论是夸张还是比喻。

一样的雨天，一样的冷夜，一样的茶，不一样的是没有他。茶的滋味弱了七八分，但总归还是有点滋味的。杨月琴走到小茶桌前倒了一杯水，走进自己安顿下的客房。每次饭后，她都要喝一大杯的水，每次喝水都要进到自己屋内，仿佛喝水也隐含着什么见不得人的秘密。

门铃响第三次的时候，杨月琴举着小半杯的水小跑着去开门。在打开门之前，她将剩下的那小半杯水急速倒进嘴里，一仰脖子，满满一口吞咽了下去。

请问刘亚强是住这儿吗？一个女人苍老的广西口音。

你一定找错门了！我们这儿没这个人！

不，不，应该是这儿不会有错！对了，对了，他应该还有另外一个名字，叫谢阿飞！

你是？

我是他的阿妈……

阮映的手接连抖了几下，提在半空中的盖瓯里往下倒的茶水冲出了杯外。母亲让进来的是一个六七十岁的老妇人，佝偻着身子，穿一件暗红色的粗绒外套，提两个脏兮兮的蛇皮袋，裤管一边高一边低地卷着。母亲望向她，她望向老妇人。老妇人放下蛇皮袋，两眼直盯着她，双手开始在粗绒外套上来来回回正面反面不停擦拭，像是要擦亮两面照人的镜子。

换上杨月琴递过的棉拖鞋，老妇人很是不适应，伸缩了几回才迈开脚，却终究像猫一般踮着脚尖，碎着步子往前走。阮映慢慢起身，走过去，问，你刚才说——你是谁？

我是亚强，噢，不，是阿飞的阿妈！老妇人揪着衣角揉着，绞着，仿佛衣角犯了错，她要惩罚它。她黑白交错的头发用几个或黑或白的发夹别在耳后，一只眼里蒙着一层白色的膜状物，一只眼的上眼睑重重地垂下遮住了半只眼球。她努力抬起头，小心地问，你一定是亚强，噢，不，是阿飞的媳妇？亚强呢？

一切都像是迷局。阮映只觉得天旋地转起来。阿飞不是孤儿吗？他告诉我他是孤儿！

姑娘你不要误会，他是孤儿没错，我是他的养母！他跟我的小儿子是最要好的同学，我把他当作亲儿子看待，有一段时间，他就住在我们家，后来……阿飞的养母打住话头，往主卧看几眼，又往客房看了看，眼里满是灯火。亚强呢？

他，他……阮映不知如何应答。她从来没有听他说过他有个养母，可眼前的这个老人看起来一点都不像撒谎——或许只是因为时间短的缘故，又或许只是老人与阿飞两代人认识上的差异。如果真是他的养母，她无法确定，这么大的年纪，这么满的希望，他的养母是否会受得住？

他，他，他去出差了！关键时刻，母亲几步上前化解了危机。去上海培训，说是要去一个月！

这样啊？老人熄灭了眼里的灯火，低下头往回走。走到入门处，她解开一个蛇皮袋，取出一样样的东西往餐桌上摆，嘴里念叨着，这些都是亚强小时候最爱吃的东西，自己做的油辣子、芝麻酪，自己蒸的年糕、粉条，自己地里种的小米、玉米……这么多年，也不知他口味有没有改变。她似乎是在责怪自己：我还是来迟了……我早应该来的……又似乎是在自我安慰：去学习好啊，才能有本事……她的前言有些不搭后语，每句话都想说得轻松，听起来却令人有种说不出的压抑。

阮映知道哪里一定有问题，但她找不出问题所在。她没有多余的精力来思考这些，她用目光质问着母亲。母亲改用闽南语轻声说，农村老查某[1]，万一要来跟你分遗产怎么办？也就这一套房子了，再分一半走，真是没法过了……母亲考虑的还是钱的问题！她的心里生出一万分的愧疚。她想在爱人火化前把他的养母送走，可因为元旦连着春运，火车票很是紧俏，买到手的是一个星期以后的票。飞机票倒是买得上，但老人坚决不肯坐飞机。

老人的出现像是润滑油，润滑着母女间的生涩。又像是隔离墙，隔开了母女间方方面面各种直接接触的矛盾和尴尬。她同杨月琴一同住在客房。阮映不动声色地继续做着各项准备，挑骨灰盒，买寿衣，洗照片，找人刻墓碑……杨月琴腾出更多的时间陪着老人，她们一起上街买菜，一起进厨房，一起把一星期切割成一天天地过下去，把一屋子的沉闷过得更加寡淡，把寡淡过得渐渐有点古怪的气息。自从老人住进家里，阮映发现家里的一些物件似乎长了脚，时不时会自己移动位置。比如，睡觉前明明还在客厅里电视柜旁摆放的结婚照，天一亮，自己就跑到了抽屉里躲藏起来。一直在抽屉里待着的结婚证，冷不防又自己跑到了桌面上。问谁，谁都说

1　查某，闽南语，意指女人。

没有动过。直到那天凌晨，客厅里依稀传来的动静才解开了谜团。一开始，阮映以为是小偷进了家，都是翻箱倒柜的声响。后来，隐约听到了嘤嘤哭泣声。她翻身下了床，开了房门开了灯，立马惊呆了。客厅里，阿飞的养母跪在茶几前，一手抱一张大大的照片贴压在胸前，一手抬起挡住突然亮起的灯光。她的面前，两个抽屉都敞开着，被抽出照片的相框趴在茶几上。

见是阮映，老人拿袖子揩两下脸，站起身来，喏喏解释，家里没有亚强的照片，好不容易来一趟，就想找一张留个念想。

这张——不行！阮映急急走过去，双手捏住大照片的两角，轻轻往外抽，我另外洗一张给你！

不，不，我就要这一张！老人把另一只手也压到照片上，双手紧紧地抱压在胸前，仿佛它随时会飞走。我就想要这一张，这一张精神……

我另外洗一张给你！阮映不容置疑地一点点掰开老人的手，把照片往外抽。老人还想抵抗，另外一双手也加入了进来，合力掰开她的手——杨月琴一出现，天平立马往一边倾斜。阮映跪在茶几前，摸摸黑白照片上爱人的脸，然后重新装进相框里，往玻璃镜面哈几口气，又拿袖子揩了揩，边揩，泪水边往眼眶里一点一点地赶。

老人也跪了下来，眼泪一滴滴掉了下来，掉在他的眼上，鼻上，嘴上。她伸出整个小臂就往相框上擦，将自己的泪水擦成一条又一条的弧线，连成一片，边擦还边轻声唤着，亚强，亚强……

你——阮映把赶到半路的泪水拦了回去。她猜到了几分，惊住了。难道你——知道阿飞……？

嗯。老人只是点头。那天去他剪头发的店里他们就告诉我他没了，我一直不相信……既然来了，我还是想来看看他，看看他的家，看看你……看到这个相框，我不得不信了……

你——你都知道了？杨月琴一下子就紧张了，蹲下身来，揪住老人的手臂。那你——你想干什么？

我，我，我想看看他……老人瑟瑟地说，我都已经 17 年没见到他人了，我想最后再看看他……

杨月琴长长松了一口气，一咬牙，额上的汗水却一颗颗地冒了出来。

直到举行完葬礼，太阳才终于露了脸，阿飞的养母也才终于脱下身上那件粗绒外套。在家的五天，再加上找上家门之前路上的奔波，阮映估计那件外套至少已经在她身上超期服役了七八天，这一块污渍，那一块油斑，甚至开始发出一种近似于馊饭的味道。每次她从身边走过，还没到达，风已提前将那味道送达。她走过好几秒，那味道还停留在空中，令人作呕。脱下粗绒外套的老人像被扒了厚厚一层皮，瘦了一大圈。脱下也只是脱下，老人把衣服搭在正对着客厅落地玻璃门的阳台上晒，进到客房从蛇皮袋里掏出件稍薄一点的粗布衫。

阮映歪靠在沙发上，随手翻几页新到的《生物学杂志》。一对奇妙的反向平行的 DNA 双螺旋赫然出现在画面中，它们缠绕着，拥抱着，向上，向上。它们原本处于各自独立的两端，虽然都在向上，却始终朝相反的方向，并列而行。它们本应没有交集，却因为内侧的碱基——最为主要的遗传基因——而将扁平环连结起来。碱基连结起来的两条呈现红、黄、蓝、绿四种色彩的长链绕成一个圆柱体，长长的宽宽的圆柱体，旋转向上，壮丽绚烂。她的目光移开杂志，瞄几眼老人的身影，再瞄几眼阳台。那件粗绒外套像一块骇人的过期膏药贴在阳台上，把阳台也给贴出酸痛病来，膏药的难闻气息被阳光的热量一股一股地往客厅里送。

站在阳台走廊上的杨月琴挨近玻璃门瞥一眼客房的方向，把膏药往边上挪了挪。再瞥一眼，再挪了挪。而后，开始她因为两天忙乱而不得不停歇的每日必修课——例行打扫、重新归位。她将茶几上的茶罐收进冰箱里，水杯放回角几，杂志放回书桌，年糕、芝麻酪等收进纸盒里……动作干净利索，没有任何迟疑。她挂在嘴上的那一串串的命令和指挥，阮映几乎可以倒背如流。"阮映，过来，怎么把剪刀放在餐桌上了？快来收回去！从哪儿拿的，放哪儿去！""阮映，怎么地上到处都是饼干屑？快过来把它弄干净了！""阮映，怎么把袜子跟内裤泡在一个盆里洗了？赶紧分开！"来家的这10天时间，阮映一直觉得母亲就像一瓶不折不扣的修改液，所到之处，总将她的自由与随性（当然，在母亲嘴里这是混乱与无序）修改得不见踪迹。母亲重建着她儿时记忆中的秩序：什么站要有站样，吃要有吃相，女孩子坐在沙发上不可以盘腿，吃饭的时候不可以"吧嗒"响，不可以咬筷子，不可以在盘子里挑来拣去；什么用过的东西要记得归位，从哪儿拿的放回哪儿去，桌面上放置常用的东西，不常用的东西收进抽屉里；什么吃的东西不可以带进卧室，书桌上不可以摆放跟学习无关的东西；什么地板要先扫再擦，一擦要擦两遍，头遍去粉尘，二遍去小颗粒；什么跟同学出去玩晚上8点前一定要回家……那秩序是她所熟悉的，当然也是力所能及的——在她一个人生活的时候，却更是她所排斥和反感的——在与母亲同在一个屋檐下的时候。她以一而再再而三地破坏这种秩序来表示她的抗议，而母亲则以不厌其烦地修改来维护秩序。

好不容易看见老人抱着一堆衣服进了卫生间，阮映丢掉手中的《生物学杂志》。卫生间的门"咔嚓"一关，她从沙发上弹了起来，直奔向阳台。以她的经验判断，那么多天才洗的一次澡，老人这一进没个半小时一小时是出不来的。待她半小时一小时出来，衣服已经在洗衣机里转得差不多了，她想不洗也来不及了。一脚刚跨出客厅的落地玻璃门，阮映这才看到，站在走廊的水槽前洗拖把、抹布的母亲已经先她一步抵达目的地，不偏不倚地把手落在了那件粗绒外套上——显然，她们的目标是一致的。你——母亲的话还没说出口，几乎是不假思索，她把跨出落地玻璃门外的那一脚收回门内，缓缓往回走。

望着阮映沉默地一点点远离的背影，杨月琴有些失望。失望归失望，她的手还是习惯性地伸进那件粗绒外套的口袋里摸索。两个外口袋被她反掏了出来，没有什么东西。她的手试着往上往里侧的暗袋摸——意外恰是在这时出现的——她掏出了一张已经折出很深的折痕，边角有些发毛的纸。一展开，她惊叫一声——阮映！

刚走到客厅的阮映着实被这声尖叫吓了一大跳。她看到母亲手上举着一张几乎要烂掉的软软的纸，一脸惶恐。往回走已经不可避免。拿过那张纸一看，她也呆住了。纸上赫然写着"通缉令"，下面的名字虽然写的是"刘亚强"，照片却是爱人的照片。惊讶与慌乱像是着在纸上的墨，让每个字都一点一点地模糊起来，直至被覆盖。而母亲的责骂与数落却野蛮地落在那层墨上，重新书写，字字醒目，声声入耳。

早就告诉过你，家庭背景抹得像一张白纸，这样的人绝对不可靠，你就是不信。现在好了，被骗了吧？！知道吃亏了吧？！人真的不可貌相啊，他居然还是个杀人犯！知道吃亏也没用了，给一个杀人犯当了老婆，这种耻辱一辈子都洗不清。我看你以后怎么办啊？以后你怎么办啊？当初我就该拦着你，无论如何拦着你！杨月琴说得痛心疾首，仿佛要过这种苦日子的是她自己。她甚至捏紧了拳头，捶向的却是自己的胸口，一下，又一下。你说，结婚这么大的事，你怎么就不告诉我呢？你告诉我，我死活不会答应的！你，你真的，你怎么可以不告诉我？……

人生终究是要我自己过的，告诉与不告诉有什么不同？……阮映垂下手，别过头去，声音也跟着手越垂越低。每个人都有自己的秘密，可爱人的秘密大得令她猝不及防。

跟你说一千道一万，你就听不进一句话！杨月琴摇着头，三分是责备，是数落，七分是叹惜，是邀功。他居然瞒着你！这么大的事情居然一直瞒着你！当初我怎么说的？从小克死家里那么多人，这人的命一定硬得不行。果真被我说中了不是？！

既然他的命硬，那他要克死的应该是我，怎么是他自己？阮映冷冷一笑，恣意维护最后的一点尊严，每字每词都带着针带着刺。你忘了，你也说过，人生终究是要你自己过的……

你——杨月琴被这句话戳住了痛处，生生堵住了去路。

阮映心头一颤，悲切一层叠着一层。"人生终究是要你自己过的"本是母亲的矛，此时却成了她回挡母亲的盾。应该是从七岁起，母亲不再替她做任何选择，大凡碰上需要选择的事，这句话就隆重登场了。似乎这句话一说，作为母亲的她就永远没有责任了。在她的记忆深处，这句话一直就是母亲刀枪不入、百毒不侵的护身符。这东西真是万能膏药啊，用得着的时候一贴，就都没事了，毕竟"都是你自己做的选择，你能怨谁？"用不着的时候，往袖子里口袋里一放，完全不露痕迹。更为重要的是，任何一种场合它都可以循环使用，周而复始。

母女俩就像两股绞在一起的乱绳，越绞越紧，几欲窒息。就在这个时候，刺耳的一声"砰"打破了母女间的尴尬。卫生间的门猛地打开了，上身脱得只剩一件秋衣的阿飞的养母惊慌失措地奔了出来。

这——是怎么回事？阮映无力地举起那张通缉令，话语软塌塌的。你到底是谁？你找阿飞究竟想干什么？！

这不明摆着杀人犯的母亲，还能是谁？还能想干什么？杨月琴重新燃起了斗志，一句接着一句地发射着毒辣和猜忌。不就是想来争财产来了？告诉你，这房子有很大一部分钱是我出的，你儿子出不了几个子儿……

早知道会出事的，早知道会出事的。怎么就给忘了呢？怎么就给忘了呢？阿飞的养母絮絮叨叨，不停摆着双手。你们不要误会，不要误会，不要因为这对他生出不好的感觉……

一切都突如其来。谢阿飞原来竟然不叫谢阿飞，而是叫刘亚强。19年前，刘亚强成了孤儿，他最好的同学谢鹏飞的母亲收留了他，两人成了朝夕相处的好兄弟。再好，也有吵架的时候。那一天，在放学回家的路上，两人因为一个女同学吵了起来。刘亚强觉得那个女同学长得很有气质，特漂亮，而谢鹏飞却说那个女同学要长相没长相，要身材没身材，难看死了。刘亚强急了，说，谢鹏飞你个傻瓜，你没品位不懂得欣赏！谢鹏飞也急了，回骂道，刘亚强你个土包子还懂什么气质！许是"土包子"三个字刺激了刘亚强，他不知哪来的力气，一把将谢鹏飞推出几米远，谢鹏飞没有站稳，重重地摔到了地上。谁知道会有那么凑巧的事，地上正好有一块尖尖的石块伸出来，谢鹏飞的后脑直接撞到了石块，再没醒过来。刘亚强当天就失踪了。老人已经失去了儿子，不愿意再追究养子之责，但派出所还是发出了通缉令。刚开始，她一直以为养子很快就会回来，可一年年过去了，养子再没出现过。死的已经死了，活着的终究还给人留有念想。一直担心忘了养子的容貌，她无数次自责没有给养子照过相。后来有一次到派出所收废品，竟然在一堆旧报纸里翻出一沓当年的通缉令，上面就有养子的照片，干脆就藏起一张带在身上，一藏就是十几年。从几年前开始，谢鹏飞的母亲每个月的10号都会收到邮局的汇款单，300元到500元不等，落款只有一个"谢"字。她猜测得出，一定是刘亚强。可是这个月，10号已经过去七八天了，她没有收到汇款。她知道，他一定是出什么事了，她要来看看。所以，她就揣上那张通缉令，循着邮局的汇款单找了过来，找到了邮局。邮局对每个月10号准时汇款的他印象特别深刻，把他工作的美发店告诉了她……她就这样一直找到了家里。

他肯定也是一直愧疚，不敢面对我，才不敢回家去。老人擦一把眼泪，把鼻涕往里一吸，吞了进去：他其实一直是个好孩子，他心里一定还记挂着我，记挂着他的好兄弟，所以才会在名字里取了"谢"姓和"飞"名。

既然很早就有阿飞的消息了，为什么没报警？阮映问。

为什么要报警？老人要回通缉令，轻轻按着原有折痕重新折上。他是我儿子，他又不是故意的，我也希望他没事，好好的。

警察怎么没循着汇款单找过来？杨月琴将手上的那件粗绒外套披在老人身上，声音软了几分。

你说，谁会想到嫌疑犯会给受害者的母亲寄钱？老人将那张纸重新塞进内侧的暗袋里，把外套往内一紧，说，这件衣服也是前年亚强寄回去的……

你怎么确定是他寄的？阮映很是好奇。他不可能写名字。

一定是他寄的……老人轻摩几下衣服，语气非常坚定。这苦命的孩子小时候就说过，等他哪天有钱了，一定要给我买一件绒布衣服。一二十年前，有钱人才穿绒布衣服……她的脸上浮现起一层又一层满满的幸福和骄傲，像是平静的湖面上微微漾起波纹。

不，不，我觉得他不苦，他比我幸福。至少，他还有你这样不是母亲的母亲爱着。那波纹把阮映漾疼了，她心头瞬间涌起的居然是羡慕。眼前的老人与自己的爱人非亲非故，并无血缘上的任何关联，他们却如此的惺惺相惜，以各自的方式疼惜、保护、爱护着对方。不像有的人……她的目光悄悄发生偏离，转向自己的母亲。母亲也在看她。就像撞在一起的两块石头，两人的目光只是一碰，便各自弹开。

原来，爱并不一定源于血缘。没有爱，哪怕流的是相同的血也没有缘。

阿飞的养母要走的那天是个星期天，她一早就穿上头天刚洗过的那件粗绒外套和阮映帮她新买的棉裤，围上杨月琴送给她的紫色围巾。许兰妮和她的男友特意开车过来相送，帮着大包小包往车上拎。两个简陋的蛇皮袋已经进了垃圾桶，换上的是一个大旅行包和一个小布包。大包里装的是省城的各种特产：几斤橄榄，几包面线，几包燕饺、虾饺、鱼丸，几盒馅饼，等等，小包里装的是老人的衣物。杨月琴原本已经坐进了车里，车刚开出几十米，她接连干呕几下，急急下车吐出几口水样的唾液。那几口唾液似乎带走了她身上的血气，她的脸色紧跟着就一片惨白，大颗大颗的汗密布额头、两鬓。她一手扶住车门，一手叉着腰，上气不接下气地对着老人说抱歉，不好意思亲家母，坐不惯小轿车，小映跟你去，我就不去了！才说着，又从口袋里掏出几盒钙片塞进老人手里说，我也没什么东西好送，就几盒钙片，上了年纪该补补钙！

老人正想推辞，杨月琴又一阵干呕上来。她叉着腰的左手提到胸前，紧紧捂住胸口，试图制止那翻江倒海的汹涌。右手赶紧从车门上收回，朝着阮映连摆几下，迅速关上门。门刚关上，她"噢""噢"几声又吐出几口水样的唾液，那声音在清晨有几分安静的马路上一路翻滚，有些骇人……

除了驾驶员，车上所有人都下了车。许兰妮几乎是从副驾驶位上跳了下来，第一个冲了过去。她扶住杨月琴的肩膀，轻拍她的后背，关切地问，阿姨，不要紧吧？又冲着驾驶室喊道：小福子，拿瓶水来！

杨月琴半直起身来，强堆出一脸的笑，不要紧的，你们快点去吧，别赶不上火车了！

大妹子，你要注意身体噢！阿飞的养母走到杨月琴身边，又是掏手帕帮她擦汗，又是伸出手掌在她胸口位置一下一下往下捋，边捋边冲着阮映叫，姑娘，你带你妈去医院看看吧！

杨月琴的目光跃过许兰妮，又跃过老人，停在了阮映脸上。阮映被母亲的目光别住了脚。她呆呆地立在一米远处。她真不知道自己该做什么，该说什么。她觉得她们的动作未免太矫情了，她做不出来。在她们面前，她仿佛成了多余的人。八岁那年，她摇摇晃晃、迷迷糊糊地走到母亲床前，轻轻叫着：妈，我头疼！母亲起身摸摸她的头，说，噢，感冒了！接着，走过去，又走过来，把一杯冲泡好的感冒冲剂放到她手里，说，喝下去睡一觉发发汗就好了！药还没喝完，母亲已经又睡着了。长期以来，彼此的身体都很争气，从来不需要什么照顾。互相不需要嘘寒问暖，这倒很是平等。只是现在，多了外人——她们。她们让一种自然变成了尴尬。

小福子及时送来的水解了阮映的尴尬。她接过水递给母亲，给——漱漱口吧！

杨月琴漱了口，硬是把几个人重新劝上了车。阮映买了站台票，把阿飞的养母送到座位上坐下，放好行李，返身就要走，老人突然拉住她的手，放在自己的掌心轻轻抚摩着，交代了一句，姑娘，有时间的话带你妈去看看医生。

阮映浑身都不适应——自己的母亲都从来不曾这么抚摩过自己——她急急想抽回自己的手，却又不好意思用太大的力。我妈硬实得就像一块铁，哪里需要看什么医生？！

姑娘，没这么简单！老人拍拍还留在她掌心里的阮映的手。你妈一直会晕车？

晕车？嗯，好像没有吧？阮映突然记起，小时候，母亲隔一段时间要出差收账。出差除了偶尔坐飞机、坐船，最经常的就是坐车。她不但从来没看见母亲备晕车药，也从来没听说过母亲晕车。她稍微多用了点力气，顺利抽回自己的手，我妈一直都是铁女子！

还是去看看吧！老人摇摇头，叹了一句。你妈的皮箱里有好些瓶瓶罐罐，我看不懂……

什么瓶瓶罐罐？我怎么没见过？或许，真应该去看看？直到重新坐回轿车里，阮映还一直在琢磨老人的话。已经坐到后排的许兰妮迫不及待地靠了过来，又是"啧啧"声又是一通感慨，世间居然还有这样的母爱！阿飞的养母，不，严格意义上来讲，还算不得养母，她真的是太伟大了！明明是害死她儿子的仇人，她居然还可以爱到如此程度。他们养母子关系也真是太神奇了！太神奇了！你说，他们……

神奇！神奇！这个词覆盖了许兰妮继续往下滔滔不绝的言语。不知为何，此刻，阮映的脑子里突然浮现出了那神奇的 DNA 双螺旋结构模型。阿飞和他的养母简直就是那对奇妙的反向平行的双螺旋。他们原本处于受害方和加害方的两边，是反向的、平行的，应该不再有交集，却因为内侧的碱基——爱的基因——而将扁平环连结起来。它们，他们，都在平行，更在连结，紧密连结……

　　没有熟悉的算盘声或者桌椅的挪动声或者洗菜炒菜声，屋里安静得有些怪异。夕阳的余晖撒进客厅，给客厅铺上一层金光。地板显然刚刚拖过，出门时还这一块那一块的斑渍都消失了，散堆在入门处的拖鞋常规性地两只交叉、一只不落地摆上鞋柜；客厅和餐厅都收拾得特别干净整洁、井然有序，桌罩下罩着一碗早餐吃剩的白粥、几片榨菜，厨房里的碗筷消毒柜已经停止工作，柜身还是热的；所有的花草都刚浇过水，枯叶被修剪过，绿宝树的每片叶子都被擦得干干净净，绿得发亮。椅子上是母亲打了包的行李——她说了明天就回安县——看来是真的，她已经迫不及待，这也正合了阮映的意。一想到马上要清醒地回到两个人面对面的日子（母亲刚来省城的那两天，阮映是不清醒的），阮映就开始有不舒服的感觉。保持距离一直是她们母女俩最好的相处方式。

　　走廊上水槽里的水是满的，清的，水龙头没有拧紧，水"哒——哒——哒"地滴得很急。晾在阳台上的地毯有一下没一下地往地上滴着水，已经在走廊上走出一条长长的水路。卫生间的门是开着的。她想起了十几年前的一个夜晚。客厅的灯突然灭了。所有的灯都灭了。她害怕极了。屋里黑魆魆，静悄悄，墙上的挂钟"嘀哒——嘀哒——嘀哒"地走着，不紧不慢。妈，你在哪里？你要回来了吗？家里没电了，很黑，我害怕！都十四岁的大姑娘了，在自己家里有什么好害怕的？厨房的柜子里有蜡烛，自己点上。我要工作，要加班，要赚钱，没那么快回去。她蜷缩在布艺沙发上，双手抱着腿，怯怯地盯着厨房的方向看。厨房的位置传来"刷——刷——刷"的声响，响一阵停一阵，响一阵停一阵。她的后脊梁一阵阵发冷。不远处老猫的叫声"喵——喵"地撞了进来，厨房"刷——刷——刷"的声音被掐断了。她的头皮像通了电，一阵阵地发麻。老猫停住叫声的一瞬间，"嗽"的一声，厨房里有个什么东西像火箭般蹿了出来——老鼠——阮映惊叫一声，那股冷"飕"的一下直接从她脑门上蹿了出去！此刻，阮映脚上敛着力，走得小心翼翼。入主卧时，她忍不住偷偷瞥一眼斜对门的客房。客房的门虚掩着，一支拖把柄从门缝里戳出来，顶在门框上。房内没有任何动静。十岁的阮映停下写到一半的周记《妈妈》，转动起手上的笔，目不转睛地看着母亲忙进忙出。不专心做你的作业你看什么拖地板？我累死累活赚钱是用来给你看我干活的？你有那么多时间，干脆你来拖得了！母亲把拖把柄塞进阮映的手里，每个字都说得咬牙切齿。不读书将来就是像你妈给人家当保姆拖地板的命！

阮映直接走进自己的房间。约莫有十几分钟的时间，客房里依然没有动静。再细碎的一点动静都没有。她犹豫了两次，终究还是决定去看看。门似乎被什么东西顶住了，推不大开。她侧着身子挤进那条门缝——地上一摊水，几块玻璃杯碎片，还有——母亲！俯趴在地上一动不动的母亲！她的脚顶着门，头挨着电脑桌，身旁还有散落的几片药片。阮映的鼻头微微发酸。耳朵里扎进来母亲的一句话，我又没死，你哭什么哭？她还是将母亲翻过身来，她几乎已经全身湿透，两鬓的头发也湿成一缕缕地贴在脸上。她面无血色，双眼紧闭，仅有微弱的气息。在她头部上方的电脑桌上，行李箱敞开着，大大小小各种包装的药，奥美拉唑、雷尼替丁、硫糖铝、芬必得……

阮映退得远远的，看着忙成一团的几个医生护士帮母亲量过血压，测过心跳，抽过血样。接诊的中年男医生简单问询过病史、曾经药物过敏之类常规问题，开始填写各项检查单。他埋着头问，姓名？

杨月琴。阮映递上挂号单，又按着儿时听到的母亲习惯性的自我介绍做着字面的解读和补充。杨树的杨，月亮的月，口琴的琴。

杨月琴？写下"杨月琴"三个字，中年男医生的手突然停住了。他一脸疑惑地抬起头，自言自语地说了一句，这怎么可能？又转向阮映问道，她原来是不是在安县？

她现在也还在安县啊，怎么啦？阮映觉得好生奇怪，对方问得颇有几分惊讶，更多了几分谨慎，"安县"两字好像被他嚼烂了半吞进了喉咙一不小心又吐出了口。你们——认识?

这——不——我们不认识!中年男医生重新埋头开起检查单,不再说什么。

清醒过来的杨月琴刚睁开眼,就像是什么事情都没发生过,一手掀开被子,一骨碌就下了床,一边在床底下探来探去地找鞋子穿,一边用指甲这儿抠一下,那儿抠一下,试图抠起左手手背上用来固定针头位置的胶布。我不住院,不住院!我行李都收拾好了,我要回安县,我要回栖鹏镇,谁都拦不住我!

你不要这样好不好?阮映心中涌起一阵阵的酸。刚刚拍出来的 X 光片里,母亲的胃部有一个面积很大的阴影,医生怀疑是肿瘤。至于肿瘤的性质,说是需要第二天再做一个胃镜才能确定,但她已经从担任主治医生的那个中年男医生隐晦的口吻里有了不祥的预感。她帮母亲把拖鞋穿上,一手护在她的左手上,避免针头掉出。医生说了,你这种情况一定得住院!!医生说……

医生说,医生说,医生 21 年前就这么说了!杨月琴拨开阮映的手,迅速抠起胶布的一个角,不管不顾用力就是一揭,胶布连着针头一齐被拽了下来甩了出去。这要住院,那要住院,哪里住得起院?要住院我 21 年前就住了,还等到现在?!

你——你——你以为你什么都懂什么都行?!阮映被气得实在不行,眼里已经一点点湿润起来。她不想母亲看到自己眼里的状况,只能不合时宜地扭过头去。连接着塑料软管的针头几乎接触到了地面,正一点一滴地往地上滴着药水,仿佛生病的是地板。她的余光还是瞥到一抹殷红在母亲的手背上出现,积蓄,扩散,迅速蔓延成一串长长的红线。她第一次被自己的血吓着是十四岁那年,内裤上一直擦不完的血。好不容易等到母亲回家了,她一进屋却直接坐到客厅的小桌前,"叭叭叭"地敲起算盘。阮映揪着衣角低着头走过去，哭着说，妈，我想我可能是快死了！母亲夹着笔的手继续拨了几下算盘珠子，记下几个数字，这才抬起头问，怎么啦？她咬几下嘴唇，抽泣着。我下面一直在流血，从上午到晚上，擦都擦不完……母亲没有说什么。她起身进了屋，拿出一包东西递给阮映，说，拿一块贴在内裤上……才说着，又坐回小桌前低头敲算盘。她看到那包东西包装上写着"卫生巾"三个字。多少年了，那三个字仿佛就飘在眼前一般。她用"算了，算了，她是病人"强力拦截自己的怒火，终究还是挡不住层层叠叠的埋怨。你又不是医生，你怎么就不能听医生一次劝？

我就是我自己最好的医生！我为什么……杨月琴还想往下说的"要看什么鬼医生"被女儿微冒着火焰的直视给逼退了，跟随着她别到一边的头软软地糊到了白墙上。反正我不住院，我要回安县，我要回栖鹏镇……她觉得左手手背上暖暖的，痒痒的，抬起右手就是一擦。

血！阮映瞪大眼睛，惊叫一声，像失去支撑的藤状植物软了下去。杨月琴这才注意到，在自己的手背上，一大团一大片、更大团更大片的血盛开在那里，像一朵妖娆的大红花！

阮映的晕倒换得了杨月琴最终的妥协。但她提出一个条件，现在，马上，带我去你工作的出版公司看看，然后再回来接着住院，否则就没得商量！看看就看看，尽管没什么好看的。阮映接受了这个条件。

医生办公室的门是虚掩着的，中年男医生背对着门站在窗前，手上端着一杯水。阮映正要推门进去，中年男医生说话了。真的是她，这真是个奇迹！

什么奇迹？谁是奇迹？一旁有个女声问。

中年男医生侧脸转向右边，深有感慨。15床那个新收进来的杨月琴……

阮映的心提了起来。难道，她的病情有了转机？

你不是确定她八九不离十是胃癌吗？女声满满的疑惑。这还什么奇迹？

胃癌？真的是胃癌！阮映的一只手撑在门框上。

你不知道，她1992年就得了胃癌。中年男医生喝了一口水，补充道，没有手术居然活到了现在，你说是不是奇迹？

你不会搞错了吧？同名同姓的人多了去了！女声一副戏谑的口吻。再说了，也有可能你们当年误诊啊！

怎么可能误诊？当年是我们科室的主任亲自看的，他可是专家。至于人，我核实过了，年龄，地点，都对得上。中年男医生继续说，语气肯定。1992年，我还在安县医院当实习医生，她来找我们科室主任看病。我印象特别深刻，当时她还很年轻，梳一个马尾巴，跟她女儿现在几乎一模一样，她介绍自己的名字说，就是杨树的杨，月亮的月，口琴的琴。接诊时她女儿也是这么介绍她的，不会有这么巧的事。她明明是胃疼，却坚持还要做一个HIV病毒筛查。这种要求简直是无理取闹，主任坚决不答应。后来她才说出实情，她丈夫去世了，因为艾滋病自杀，所以她才坚决要做这项检验……HIV她没查出什么问题，倒是查出了胃癌。当年我们要她接受手术——说真的，主任最终给她下的诊断是除非手术，否则，也就是一两年的事情——她当时哭得很凶，她说，他们刚从乡下搬到城里，原本丈夫在县车队当司机收入还好（可能也就是当司机四处奔波的缘故，他才会沾染上那种病），现在丈夫走了，她只能去当保姆，根本就没钱做手术，她还有一个七岁的女儿要养。当年她连药都没拿，直接就回去了。一晃20，21年了，她居然还能活到现在，你说这能不是咱们医学界的奇迹？！

中年男医生不停摇头，反复念叨着"奇迹"，阮映脑里反复出现的却是——21年。21年？21年？21年前，我刚七岁，那一年，父亲自杀了。艾滋病？不是说肝癌吗？不是说她不给父亲治病父亲才自杀的吗？21年前，她要我自己上下学，她要我自己做饭、洗衣服，她要我自己一个人待在家里，她要我什么事都自己做。我以为她不管我了。我以为她……难道，难道——不！不！不！这怎么可能？这绝对不是真的！这一定是她跟医生串通好说给我听的！阮映想不下去了。她也不想再往下想了。连她自己都感到奇怪的是，她明明摇着头，明明是不相信的，可为什么胸口、喉咙、鼻孔、眼睛，哪里都是堵的，酸的。所有的过往都在一一呈现。21 年了，21 年了，她知道这 21 年我是怎么过来的吗？她知道我常常在夜里哭醒吗？她知道我心里有多疼吗？她知道我，我——她咬着嘴唇一拳砸向了墙壁，狠狠的。不狠不足以解恨。不狠不足以覆盖住疼。她的眼眶里涌动起一阵接一阵的热。

生活中的谜团无处不在，只是你不知道而已。不，不，我不要让谜团再存在下去，我一定要跟她问个明白！阮映收回搭在门上的手，也收回原本想向主治医生提出暂缓点滴的申请。回到病房，母亲正在梳头。她宽大的病号服内空空荡荡，抬起的右手臂上，袖子已经几乎溜到肩膀处。骨头。只有骨头。阮映的鼻子又一阵酸。话终究是问不出口了，她接过母亲手上的梳子，偷偷抹了下眼睛。母亲回过头，定是看到了什么，脸上马上就不高兴起来。我又没死，你哭什么哭！那话语坚硬得足以将一切剁碎。原本在廊道上生出的一句句温情连同那阵酸楚被阮映重新吞回了肚里——她有充分的理由坚信，刚才的一切都是假象，这是母亲与他人设的又一个局，母亲又说了一次谎。21 年，她们已经彼此适应了这种言语缺失的相对和表达。她不知道说什么好，索性就什么都不说了。

出版公司位于西湖边上，阮映办公的位置正挨着窗。白天，从她的办公桌往外望去，满眼是绿。绿的树，绿的水，绿的山，绿的岸。湖边柳条低垂，随风微微摇摆着，煞是好看；又瘦又高的柠檬桉树亭亭玉立，像穿着白裤袜的时尚女子随时准备翩翩起舞；又粗又壮的榕树沉稳庄重，在湖中心的小岛上独树成林；几只白鹭掠过湖面，飞过高高的棕榈树，枝繁叶茂的香樟树，丰满圆润的罗汉松……在绿的衬托下，隐约可见的亭台楼阁和各式拱形小桥精致舒缓、婉约动人。夜幕下，夜色覆盖了树的绿意，只有这一团那一团未完全散开的墨色或深或浅不均匀地分布着，这一盏那一盏错落有致的照明灯将园内的气氛烘托得神秘而又温柔。湖水倒映着岸边不远处高楼闪烁的灯火，像披上金缕玉衣，又像鱼鳞片片，满满的金光、银光在湖面一晃一闪，一晃一闪。

办公桌的左上角摆着一个小相框，相框里是一张泛黄的老照片。照片里，五六岁的阮映——噢，不，当时阮映还不是阮映，而是阮杨柳——她举着一根冰糖葫芦，像举着一把胜利的旗帜，一脸幸福地偎依在母亲怀里。那天，大街上的人真是多啊，车也多啊，多得数也数不过来。有人肩上扛着一个稻草人，嘴里不停吆喝着"买油柑枝，山楂枝"。那稻草人长得很是奇怪，身子和脚是木头做的，头顶上包着稻草，插上一根根串着或者浅黄绿色或者暗红色东西的小木棍。那东西可以吃，很多人买了去直接张口一咬，咬下来一颗颗或者浅黄绿色或者暗红色的圆珠子，还会拉出好长好长的丝。她是第一次进城，第一次看到这种可以吃的稻草人。她不停吞咽着口水，被稻草人黏住了。她怯怯地伸出小手指着，爸，那红色的东西是什么？父亲从稻草人身上拔出一根串着最大颗粒东西的小木棍，递给她，来，给我们的小杨柳买一根山楂枝，这种山楂枝北方人管它叫冰糖葫芦。她偷偷舔了一下，就永远记住了它的名字。冰糖是甜的，葫芦兄弟是可爱的，冰糖葫芦——多美的名字啊！她举着冰糖葫芦，并不舍得吃，直到进了相馆照了相，五颗山楂果还是好好的。酸！阮映不由自主地咽了下口水，顺手就把相框倒扣在桌面上。

那时你多小啊！杨月琴一把拿起相框，语气从未有过的轻柔，仿佛照片里的女儿重新回到了她的怀里。她哈一口气在镜面上，手心缓缓走过镜面上的每个人，而后俯下身把相框放回原位，坐了下来。桌上摊开着的是阮映前阶段正着手编辑的一本青少年自然科普图书，图文并茂，放在最上面的那张图案正是她看了《生物学杂志》上的 DNA 双螺旋结构模型后从网上下载打印出来的，计划作为科普书籍的一张配图。绚烂的双螺旋环抱在一起，旋转起来，往上冲，往上奔。她拿起那张双螺旋图纸，定定地看着，忍不住伸手又是一摸。

母亲的手似乎摸在了阮映的心上，她疼了几下。她把母亲留在办公室，去找女老板商量多请几天假和下一阶段的工作方式。她希望可以相对灵活些，可以将手头的工作拿到家里医院里，不必天天到公司坐班。她已经做好了准备，只要女老板一声"NO"，她一定提出辞职。没想到，女老板爽快地答应了。知道她的母亲在公司，女老板还特意到她办公室热情地打了招呼。您不知道您培养了一个多么优秀的女儿，进咱们出版公司才两年，按她提出的创意设想做的一本植物学的美术绘本销量就破了100万，她现在又在尝试将生物学融入漫画中做成另一类青少年科普图书……她简直是我们出版界的奇才！

久违的微笑就这样轻轻爬上了杨月琴的嘴角和眼角，那些或横或纵的纹理更深了。阮映不知如何回应母亲的这种表情，干脆低下头去。说起绘画，从某种意义上来说，她是被半逼着往下学的。有一回，她下了决心，嘬着嘴，把画笔扔到地上。妈，我不想学画画，我学不会！母亲指着画笔大吼一声，捡起来！你以为我白天当保姆，晚上兼职做记账员供你上学还要学画画不够辛苦是不是？我才读了小学五年级半都学得会记账，你怎么就学不会画画？她顿着脚：可是我一点都不喜欢！母亲拎起她的胳膊，在她的屁股上就是一掌，一掌接一掌。我也不喜欢当保姆，我也不喜欢这么辛苦，我也说我不做，那咱们吃什么喝什么？多一样本事，将来就多一条出路，你懂吗？你不知道吗！阮映眼里汪着泪水，岿然不动。望着女老板远去的背影，杨月琴一脸羡慕，你们老板看起来人很不错啊，还年轻，又漂亮！

她哪里年轻？她都50岁了！阮映脱口而出这句话后猛然意识到，母亲也才50岁，可同为50岁的两个女人居然有如此巨大的差异。女老板长得珠圆玉润，成日里花红柳绿，俨然三十几岁的少妇，而母亲呢？她第一次这么近距离仔细地看着自己的母亲：她变得更矮更瘦更小了。头顶的发稀稀疏疏，就像是荒种的田地里随风飘摇的几竿芦苇，隐约透出头皮的亮光。新长出的一小截白发从开分线处显山露水，意志坚定地和盘托出她看似乌黑的头发的秘密。她的身上似乎只有骨头，前胸平平，屁股扁扁，紫色的开衫毛衣尽管一个不落地扣上了纽扣，与她的身体依然隔着远远的距离，随着身体颠来荡去。颈下的锁骨突兀地从紫色的领口露了出来，像是横伸向左右两边的两根老藤。她的脸和唇都毫无血色，脸颊凹陷了进去，这让她原本就方方正正的脸像是被挖出了两个坑，颧骨显得愈发之高，嘴巴显得愈发之突，眼窝显得愈发之深，眼睛显得愈发之大。记不得十天前她进门的时候是否就是这个样子，阮映依稀能记起的是两年前回家过年时看到的她还是有几分红润的，着一件紫色的棉袄也还是能填得满满的。眼前的她看起来像是一颗被晒得瘪瘪的李子，黑黑的，干干的。可即便是干的瘪的，也还是有棱有角的，一如既往地硬。只是这硬再不是钢铁的坚硬，而是石头的冷硬。

冷硬的石头虽然笑了，终究软不了。

回医院的路上，突然就下起了雨。雨，下得不动声色，却让这座城市猝不及防地稠了、重了，也缓了。一件外套，一个手提包，一张报纸，甚至是一双手，一个小小的塑料袋，都被挖掘出了作为雨具的最大功能。半空中撑起了各种材质、各种颜色的"伞"。车慢下来了，人多起来了——许多人在奔跑，从后面往前面赶，从路的这面往那面冲——整条道路被一次次横切、竖切，碎了一地。被雨扰了的秩序，浑浑的，堵堵的。道路的这一侧是条护城河，只有树，没有可以借以遮挡的建筑物。杨月琴双手遮在头上，拔腿就要往前跑，却见阮映不慌不忙地从包里掏出一把折叠伞，撑了起来。

一整天都是大晴天的，你怎么会带着把伞？杨月琴躲进伞下，拿手拍拍衣裤上的雨滴，很是纳闷。你看天气预报了？可天气预报也没说今天会下雨啊！

习惯了！阮映淡淡地说，把雨伞伸向母亲的一侧。性子稍急的少许几点雨滴已经率先滴落在母亲浅紫色的开衫毛衣上，那浅浅的紫变深了，变暗了，也变重了。雨伞的重量明明在她高高的手里，矮矮的母亲还是被压低了头。也是这样的季节，也是这样的傍晚，雨下得很大，一瓢一瓢地往下倒。雨水淋湿了头发，淋湿了脸，淋湿了身上的衣服，一串又一串地汇聚到坐垫上。很多同学都在等着父母送伞到学校，她唯有把自行车踩得一下比一下快，她已经感觉到例假带给屁股下的状况每一分每一秒都在加剧。拐弯处，骑在她前面的摩托车一个急刹车，她跟着刹车，连人带车摔到了一旁的水沟里。骑摩托车的人看都没看，回了油门，一溜烟不见了。她好不容易才从水沟里爬起来，扶起自行车。几个走路撑伞的初三年级男生干脆就停在路边，指着她的裤子又是说又是笑，目光狡黠，带着几分猥琐。她低头朝后一看，最担心的事情果真发生了——白裤子上已经流下了两股殷红。她的脸一阵阵热辣，顾不得调整自行车歪扭的车把手，飞一样地往家冲。第二天，天晴了，她避开母亲摸了把伞出门。这一带，就是十多年。

就这样，一高一低并排默默地走。雨越下越大，一把伞很难完全遮住两个人的身体，更何况她们中间或多或少隔着距离。微微动了两次念头，阮映终究没有勇气把雨伞换到右手，把左手搭在母亲肩上。她把伞往母亲的一侧伸得更过去些，再过去些。母亲微微抬起头看一眼她举伞的手，又看一眼她已经被淋湿的右侧。几秒的停顿后，母亲绕道她的右侧。她正疑惑母亲莫名其妙的行为，想把伞移到右手，母亲的左手已经伸出明确无误地勾住她的右手臂。像是被什么电到了，一股热浪已经率先袭击了她的脑门。她不敢往那边看，只缓缓地屈起右手臂，勾住母亲往自己的身体拢了拢。伞一下子变大了。

依然是静默。一个目光平视看着前方，一个目光低垂看着地面，雨水填满了母女间的静寂、距离和空隙，仿佛那"滴滴答答""稀稀喇喇"就是她们彼此的对答。

雨就这么一直下着，回医院的路那么长，那么长，长得永远都走不完的样子，母女俩一直这么勾着手臂走着，走着。阮映感受着一条紫色单螺旋盘着她的手臂向上缠过来绕过去，一层层，一圈圈，扭转着，往上往上。从梦中醒来，母亲的手臂早已不在自己的臂弯里。才凌晨三点多，邻床的病人还在睡觉，母亲却不在病床上。卫生间，走廊上，都找不到人，手机又处于关机状态。阮映心头没有缘由地揪住了。这么早，人能去哪儿？这才注意到，母亲的挎包和病号服都摆在枕头上，病号服折叠得出奇地整齐。阮映的心头一阵慌乱。她急急打开挎包，一个崭新的信封掉了出来。信封上写着"柳儿启"。她双手颤抖地打开信封，心绷得紧紧的，紧紧的。

柳儿，不要救我，不要花冤枉钱，这是我的选择，人终究是要死的，我希望我的死能变得有价值……你有理由恨我，你应该恨我！我也希望你恨我！恨我吧！恨可以让你好好地活下去，恨可以让你少一些生活的疼……

阮映再看不下去了。她的头脑一片空白。担忧伴着埋怨，慌乱伴着愤怒，它们释放着巨大的压力挤压着她逼迫着她。病她可以不治，可为什么她要用这种揪人心的方式来躲避？还说什么希望她的死能变得有价值？这是什么意思？人一旦死了，还能有什么价值可言？她已经折磨了我21年了，她还想怎么折磨我？阮映不知道病得这么重的母亲能去哪里，自己该去哪里寻找。她只有一遍一遍地拨打母亲的手机。

好在，半个多小时后，母亲的电话终于打通。阮映再也忍不住了，她撕扯着嗓门厉声质问，杨月琴，你到底还想要我怎样啊！应答她的却是一个男人的声音，男人语无伦次地说着"我撞人了，我撞人了……"

出事了，果真出事了，所有的盔甲瞬间全部粉碎。阮映跌跌撞撞地赶到母亲出事的地方，救护车和警车都已经到了。那地方是条偏僻的马路，路灯昏暗，道路狭窄。男人反复嚷嚷着，这黑灯瞎火的，谁能想到路上躺着个人？谁能想到路上躺着个人？谁能想到……

躺在担架上的母亲一脸的鲜血，双眼紧闭，被血浸染过的紫色毛衣紫得更深更重了。泪水顷刻间漫涌而出，阮映紧紧抓住母亲的手。她几乎用尽了全身的力气在抓在捏在扯，双手剧烈颤抖着，颤抖着。她想喊，可喉咙里却出不来声音。

时间停滞了。21年的生活场景，21年的对峙与过往，医生的话，所有的一切都绞在一起，绞出一滴滴的苦，一把把的痛。

救护车开到半路，杨月琴微微睁开眼。她看到了阮映，只是轻轻摇一下头，用力挤出一点笑，再挤出一句话。能——再为——你做两件——事，真——好！真——好！

两件事？什么两件事？阮映不明白。

60减50——等于——等于——10，……杨月琴做着最后的数学题，脸上再写不出答案。她一点点没了力气。柳儿，柳儿……她轻声呼唤着，气息越来越微弱。她的语气是如此柔弱，目光是如此绵软。柳儿……柳儿……

阮映再次听到了算盘珠子的声音。她被母亲的声音和目光轻轻地抚摩着。21年从未有过的抚摩。这一刻，她知道了母亲所说的"价值"和"两件事"的意思，她相信那医生说的都是真的……21年了，21年了，她怎么有办法隐瞒我21年？！这21年，那么多人在骂她，在恨她，她一个人怎么过来的？她希望我恨她！而我居然真的恨了她21年！21年啊，她心中一直是有我的，她一直是爱我的！而我，居然恨了她整整21年！我——我——阮映握紧拳头狠狠地砸向自己的胸口。从小到大，她无数次诅咒自己的母亲早死，这一刻，她平生第一次如此希望母亲好好活着。她第一次觉得母亲的"杨"和自己的"柳"搭在一起是如此妥当，"杨柳"是如此柔软如此好听，她是如此喜欢。她后悔了！那条向上缠绕的紫色单螺旋变成了双螺旋，在她眼前飘荡，跃升，紫得发艳，艳得如此绚烂。她张开嘴，一个声音划破了黑暗。

妈——妈！

5 / 王爷抓去

当自家的公鸡打第三次鸣的时候，男人翻了这天晚上的第83次身。痛！还是痛！躺在左手边的女人犹如他身上的一个物件，也连带着翻过身。每天晚上都是这样如出一辙的重复。仿佛与丈夫同频共向的翻身是她作为妻子的义务，是她表达对男人的病痛感同身受的最好方式。不同的是，她始终闭着眼，睡得很香。

未拉拢严实的窗帘缝隙挤进来几丝天光。不是黑的，是灰的。

天微微亮了。

又熬过了完整的一天。

就这样一直侧躺着，眼见那一丝灰色的天光渐近地变淡变薄，变柔变软。

男人似乎闻到了茶香。窗户是关着的，茶香该是走了很长的夜路才摸进屋来。那香是男人再熟悉不过的，既带着茶青被破损的青涩之气，又带着火焙的炒米香。邻居种在海拔低些的茶昨天已经开采，而自家的茶园都在高海拔的地方，采制时间要推后几天。

男人还是睡不着。他直挺挺地翻成正面朝上。就像是连在一起的两个煎蛋，他翻了个面，女人也翻了个面。他厌烦这种被复制的翻身，踢了女人一脚。那一脚似乎踢空了，女人依然双眼紧闭。房间里依然是她均匀的呼吸。

睡觉，是一件多么痛苦的事情，男人想。他多么怀念那一挨着床铺就能打鼾的日子。曾经，女人跟他提及自己失眠的事，他总会说，有什么好睡不着的？累了，就睡着了！可后来，夫妻俩就像 CD 片的 AB 面，播着播着却突然串了曲目，A 面的美梦不知何时被错刻到了 B 面上，而 B 面的失眠完全覆盖了 A 面。现在，他有多累呀，可就是睡不着。他终于知道，他的睡眠已经被疼痛永远替代了。

疼痛像是长了手长了脚。它先是来自腹部上方，而后，又慢慢往下爬，爬到了肚脐的上方。它揪紧胃部、肠壁的每一寸神经，有时是猛抓一大把，有时是这儿戳一针，那儿捅一下，乱冲乱撞。它以这样的方式时刻提醒主人自己的重要存在，也消耗着主人的精力。男人摸着腹部那条蜈蚣一样的长长的伤疤，不免生出几分悔不当初的想法。他想，如果当年自己不喝那么多的酒，该不会得这个病的。

男人没有其他嗜好。除了喝茶，就是喝酒。茶树底下长大的人喝茶几乎成为天性，酒却不是一开始就爱喝的。茶季一过，茶叶卖了好价钱，几个朋友也不赌钱，也不嫖女人，就喝点小酒。今天你请客，明天我请客，一来二去，慢慢就离不开酒了。他喜欢酒后那种飘飘然的兴奋感，可上天，可入地，可以不听不管，甚至谁都得让他几分。酒量越来越大，茶价却越来越低，茶叶卖不出去的时候，胃里就长出了那样一个东西。这么多年他喝进肚里的一斤又一斤的烧酒，终究回报他一个七八公分的肿瘤。手术切割了肿瘤，却切除不了疼痛。

一年了。379 天了。死亡似乎再次逼近。他越来越感觉到，当即将到来的死成为一个不争的事实，他的活不再成为家庭的重心。女人整天在茶园里忙进忙出，在县城上班的女儿周末才回来，上高三的儿子甚至连周末都回不来。

现在，与其这样没有人样地痛苦地躺在床上熬，不如一年前就死去得了。男人想。

男人忍着疼痛起床，使劲往两边拉窗帘。一下，两下，拉了三四下才拉开。声音很响，仿佛就是为了让人听见。

王爷抓去，干吗这么早起来？女人一骨碌爬下床，嘴上嘟噜了一句。窗帘"刷"的一声，仿佛被打了一巴掌，非常干脆地闭嘴合拢。

结婚近二十五年，"王爷抓去"这句闽南语是女人挂在嘴上的口头禅。仿佛她每次说话都是在过村头那条浅浅的小河，而"王爷抓去"正是小河上矮矮的跳丁石。她随性地踩在那一块又一块的跳丁石上，一垫一垫，轻松地跳过那条她要说话的河。同村的女人通常骂自己的男人"夭寿""半路死"，女人从来不用这样的字眼，她只是把"王爷抓去"不轻不重地捎着带着。这句男人已经听了几百遍几千遍几万遍的话，在这个清晨意外点燃了男人的无名火。他感觉它是那么刺耳，那么扎人。它像采茶机"嗡嗡嗡"地开进男人的胸膛，齐刷刷地切过他所剩无几的理智。

你姆的，整天诅咒我让王爷抓去！男人一扬手，打在女人的脸上。真让王爷抓去，你就省心了，是不是！你姆的！

王爷抓去！女人几乎是条件反射地继续扔出这句极其顺溜的口头禅，只是这回，看着眼前变了形的男人，她"王爷"的话头是重的，"抓去"的话尾变轻了。就像每次手工采摘茶叶时，指甲掐下去时是重的，摘起来时力道自然就轻了。

女人的出场加剧了男人身上的疼痛。他蜷紧身子，捂着肚子，不停地呻吟着。女人第一次听到男人嘴里叫嚷着"我姆哎，我姆哎……"女人不明白，男人骂人的时候用"你姆的"，寻求安慰的时候用"我姆哎"，仿佛他的身后时时站着两个母亲。可是，同样是母亲，为什么"我姆"是可以依靠的，而"你姆"是用来发泄的？这不公平。

女人不想跟男人太计较。男人已经不再是那个油光滑亮的男人了。原本鼓鼓的腮边肉像被成片切掉，失去支撑的皮肤松垮垮地吊着。他的脸颊凹陷，这让他原本并不高的颧骨显得突兀。眼睛像掉进了两个坑里，暗淡灰蒙。曾经的虎背熊腰已经变成宽宽的骨架，细瘦的手脚，弯弯的，斜斜的。他就像不小心被晒成干的老茶叶，干干涩涩的，柴柴硬硬的，枯枯黄黄的，没有水分，没有光泽。甚至，一捏就碎。

女人摸着发热的脸，上下揉搓。发热并不是因为男人的手重——男人已经出不了重手，而是因为发臊——她居然还让病恹恹的男人有动手的理由。她悻悻地走出房门，嘴上喃喃地说，王爷抓去死！王爷抓去死！前面的"王爷抓去"四个字音调平平，低低轻轻，似乎没有什么语气。因为这，话尾的"死"被咬紧的牙缝挤出了力气，多了几分狠劲。

有大半年，女人基本已经忘记自己的男人是个病人，直到这回他重新躺在乡医院的病床上。她一直以为他一定会死在每天都看得见的酒里，没想到让他倒下的却是那个看不见的肉瘤。酒是不再喝了，可人也基本废了。五六亩茶园，七八分菜地，两头大猪，十几只鸡鸭，全都落在她一个人身上。劳动分割了有限的时间和精力，时间和精力的有限冲淡了大家对病情的知觉和对死亡的惊慌。手术是一年前的事。据主刀医生说，手术非常成功。刚开始的几个月效果确实不错，人像海绵吸水一样慢慢饱满了起来，皮肤也渐渐有了光泽。可好景不长，最近这两个月，男人的身上多出一条看不见的通道，好不容易生出的肉忽地就没了，已经消失的疼痛却又重新长了出来。疼痛在他身上随处播种，到处生根。几天前吃下的一小块糯米甜粿，浇灌出他全身连续性的无法抗拒的疼痛。

医生摇着头，说，已经全身扩散了，你们，还是回家吧！

女人很奇怪自己怎么没有哭。她甚至有一种跑到终点的感觉。她默默往病房的方向走。

嫂子，还是到县城的医院去看看吧！与女人并行的小叔子搓着双手说。

王爷抓去！又不是我不给他治！女人停下脚步，捏得紧紧的拳头重重地向下捶打，仿佛说话的人正在她的拳头下方。"刚刚你们也听到了，医生说了，只是时日的问题……"

我们知道，我们知道，但是，好歹，好歹……小叔子很困难地吞了一口唾沫，好不容易挤出下一句话。过两天，就开始采茶了。好歹，把这个茶季……拖过去……

是啊，是啊，拖过茶季就好办了……身后的大伯凑近附和着。几家子的茶，十几二十万啊！

可万一熬不过去呢？女人的目光扫过身边的每个人，小叔子，大伯，大侄子。王爷抓去，到时可是连大厝都进不了……

到时，到时再想办法……插上氧气瓶，谁知道断没断气？小叔子与他的大哥对视一下，说，我跟大哥两家对付一下还好办些，你们是一定要请雇工的。二哥现在这样子放在屋里，谁敢上咱家当雇工？

女人知道他们说的不是没有道理。兄弟三家各自新建的小三层楼房因为男人的病情停在二楼的高度，还未完工，大家依然合住在父亲建的大厝里。茶叶总是合在一起做，请十几个工人，连做十几天。男人原是负责难度系数最高的摇青看青，沾上酒后，就改为技术含量低的包揉。今年的茶叶只能指望他的两个兄弟了。当然，也还得指望他好好地活着。

连个死都要让人这么不省心！女人愤愤地想。她揪着衣服的下摆，目光迷茫地望向病房。终于，她还是下了决心，甩出右手说，王爷抓去，我们上县城医院，制茶的事情就交代给你们了！

两个兄弟满意地点头，快步跟上。

女儿到达病房门口的时候，男人正把女人手上的一碗汤扫在地上，大声咆哮。你姆的，你不知道我快疼死了吗？

男人几乎使尽了全身的力气。他张着嘴，伸着舌头，大口地喘着粗气，胸脯急剧地起伏，就像家里那只上了年纪的老狗。与老狗不同的是，他的额头上还冒着大滴的汗。

疼死也不能用！女人语气坚决，不容置疑。她默不作声地捡起碗的碎片，又拿笤帚扫干净汤汁。她重新打了一碗汤，说，医生说了，一用上，就停不下来，对身体不好！她的脾气从未如此好过，语气也从未如此轻柔，像在安慰，又像在哄一个不谙世事的小孩。

你姆的！不要跟我讲什么好听话了！命都要没了，还管什么身体？男人吼了两句，又开始大口喘气，似乎那样可以把疼痛一并呼出体外。病床已经摇得很高，他无力地半躺下。这回，他有意识地合上嘴，仿佛这样可以减少气力的流出。他虚弱地补充了一句说，我知道，你就是疼惜那瓶药水钱。你巴不得我早死！

王爷抓去，你以为我会希望你早死？女人把碗重重地顿在桌上，汤水溅了一桌。我巴不得你不会死，你能多活几天！

泪水在女人的眼眶里转了两圈，终究又原路返回。女人昨天刚得了消息，茶叶已经采摘了近一半。再过七八天，应该就可以全做完了。但她不能说。

从小到大，女儿见惯了男人女人间的唇枪舌剑，一个"王爷"来，一个"你姆"去，也见惯了那些战争中的牺牲品——缺胳膊短腿的椅子，开了口的碟碗。她想起了炒青房里的炉灶，干柴烈火总是烧得那么旺、那么热，却从不见鼎里的茶青被炒焦。

女儿若无其事地进屋打破了僵局。她的出现像一贴治病的良药，男人不再喊疼，女人也不再喊冤。她轻轻唤了一声"爸"，没有看女人，就从带来的水果里挑了一个最红的苹果，往水槽走去。女人紧随而至。

跟你说过多少遍了，有空不要整天跑医院……女人训斥着女儿，有时间就去相亲！

我爸都病成这样了，我哪有心思去相亲？女儿用劲搓着苹果，每个字都带了力量。但水哗啦啦地流，掩盖了她话语中的不满。

就是因为他病成这样，你才更要赶快去相亲！女人生气地抓过女儿手上的苹果。水哗啦啦地流，她用了更大的劲来回搓，仿佛苹果皮上有一条解气的通道。男人的死已经不可避免。死的终究要死，活的依然得活。正像那些冻过霜的茶园，裁掉最上面那层干枯发黄的枝叶，来年，新芽依然长得很欢。按习俗，父母亡后要么百日内成亲，要么得等到三年后才能成亲。再等三年，女儿已经 28 岁。没有花容月貌的女儿实在没有多少青春可以等待。

妈，我觉得你真的很残忍。他那么痛苦，你为什么就不舍得给他打一针？女儿不停甩着手上的水。埋怨随着水珠被轻轻甩到女人的身上。

不是我不舍得，是不能打！还不是打的时候！女人拧紧水龙头，像拧紧一桩心事。

可是，看他那样子真的太痛苦了！女儿哽咽着说，你真就能忍心？

女人沉沉地说，不打杜冷丁，可以多活几天！多活几天是几天……

女人的手停留在水龙头上，仿佛在打探水龙头的脾气。几秒后，她抬起头，眼里蓄着几分很深的潮意，对着女儿悠悠地说，如果你还是个孝敬的女儿，就这几天，你一定要把对象找好！

水流已经停止。女儿眼里的泪水却才开始滴下。

突然就下雨了。

这个季节的雨，说下就下，想怎么下，下多久，都没个定数。就像病痛中的男人，说翻脸就翻脸，没有任何征兆。

女人望向远山。那是家的方向。玻璃窗上的水滴上下蹿着，像一条条弯弯曲曲的蛇。此时，她的心里也有一千只一万只的小蛇在爬。

女人知道，碰上下雨，山上的茶园就收工了。这让原本就十分繁重的工程又要往后推几日。她不知道男人是否扛得住。她希望他一定要扛住。

女人最惦记的是西山那片最好的茶园。十年前，男人曾经用那片茶园里手工采摘的茶叶制出茶王。去年秋天，她亲自带领几个雇工，用了一天多时间，三叶一心地采摘完那片茶园。养病中的男人执意全程指导这批茶叶的摇青、炒青，做出来的茶叶一斤卖了 400 多元。现在，正是家里最忙的时候，白天采摘茶叶，晚上制茶，没有一个人可以闲着。小叔子每天都会打电话来，一边是通报茶叶采制的情况，一边是询问男人的病情。末了，总要说上一句，快了，快了，再坚持几天，再坚持几天……

几天前做的一批茶卖了好价钱，单价上了 200 元。男人很高兴。为此，还多喝了半碗粥。后来，又莫名生出几分遗憾。他说，如果我能在旁边看一看，说不定可以做出更好的茶。

女人像往常一样，打电话查询了天气预报。据说，雨期不会太长，最多两三天。问是问了，她还是放心不下。她怕天气预报不准，她怕这雨下个不停，耽搁了还在茶园里的茶青。这个时节，茶叶在山上多待一天，特别是雨水滋养越多，它就长得越疯。一旦长过头，就做不出好茶，卖不出好价。

男人在床上"我姆哎，我姆哎"地轻声呻吟，盖住了窗外的雨声。邻床的病人家属好奇地盯着他。他的声音弱了两分下来。从昨天开始，他连一向最喜爱的红烧肉和白米饭都基本吃不下了，只能喝点肉汤，吃点面线、稀粥。

雨声逐渐盖过他的呻吟。

女人暗下决心，再扛两天，后天，后天，就开始让医生给他打杜冷丁。

桌上的手机闷闷地响。是儿子打来的电话。

女人走出病房。

儿子问，我爸最近好吗？

女人说，很好！气色从未有过的好！她透过病房门上的小玻璃口往里看了男人一眼。男人的脸是蜡黄的，干枯的脸皮包裹着日益突出的颧骨，松松的、塌塌的。

儿子说，明天是周末，我回家看一下爸！好久没有回家了！

女人说，不用！你好好在学校读书！读书比什么都重要，况且，你回来又帮不了什么忙……

儿子坚持说，周末没什么事情，我回家走走正好放松放松！

女人急了，王爷抓去，你不在学校读书回家干什么？也就剩下二十来天的时间，你还有心情放松？你一定加把劲，好好读书，给你爸考一个好一点的大学！

嗯！儿子不再多说。他又一次以妥协回应了女人。

挂断电话，女人听到病房里的男人咳了两声。她赶快走到床前，轻轻拍着他的背部。碰上男人心情好的时候，女人的手似乎带着杜冷丁的效果。男人不再咳嗽，他的呻吟声更弱了。儿子上的是县里最好的高中。当年，儿子以全乡最好的成绩考进这所学校。三年来，他的成绩从年段的五百多名进到三百多，又进到两百多名。这样的成绩，是有望读一所好一点的本科学校的。但他的心理素质差，但凡碰上大考，总有掉几十分的可能。万一掉分，他就有可能只考得上二本。而摆在二本面前的，是四年高昂的学费。女人不敢再细想。当务之急，是要确保儿子有一个良好的发挥。

"噗！"热水瓶的木塞不知缘何自己弹了上来。女人把塞子重新往下按，按，塞得严丝合缝，不留一点缝隙。仿佛热水瓶里装的不是热水，而是自己男人的病情。

男人醒来的时候，雨已经停了。明艳的阳光涂抹着浓烈的色彩射进窗内，病房被蒸得有几分发烫。

女人睡在另一张空床上。邻床的病人昨天出院了，难得当天没有安排新的病人住进来。她侧着身子，半短的头发遮住了半张脸。当年一脸的俊俏被生活磨得粗糙了，磨得没有光彩了。星星点点的白头发已经若隐若现。

女人是他的初中同学，坐在他的前面，算得上班里比较漂亮的女生。中学毕业后，女人到深圳打了三年工，回来时，带回了外省的一个男朋友。母亲极力反对，她说，除非我死，否则你别想跟他！女人很犟，说，就算你不死，我也要跟他！像是被下了咒，母亲那年意外出了车祸，死了。女人收了心，离开那个男人，跟父母很早就相中的这个男人结了婚。男人知道，女人其实一直心有不甘，直到两个孩子出生才慢慢实下心来。无论当妻子做母亲当儿媳，男人都是满意的。唯一不满意的只有她的坏脾气。早年，他是让着她的。后来，他是希望她能像自己当年让她一样地让着自己的，可她不干。于是，经常有大动干戈的时候。他发现，似乎只有他躺在病床上，女人才会像女人。这段日子，女人像侍候西山那片茶园一样地侍候自己，精耕细作，和风细雨。

如……男人惯性地开了口，却只叫出了名字的一半。她没有叫醒女人。他轻轻摸下床，自己倒了杯水。重新放下热水瓶的时候，"咚"的一声，女人醒了。

王爷……刚一出口，女人就紧急收住末梢的"抓去"。就像把手上的东西信手一扔，突然发现东西是不能扔的，赶紧又伸出双手去接。她知道男人最近最忌讳的就是这句话。以前，她不管他高兴不高兴，想说就说，但现在，她知道，她一定得顾及他的情绪。医生说，情绪是一贴良药。下了床，把热水瓶往里靠墙立住。她问，怎么不叫醒我？

看你睡得那么香，想让你多睡一会儿！男人在床沿坐下，语气温和地说。

女人不再说话。取了牙刷、毛巾、脸盆，让男人刷牙、洗脸。

雨过天晴，男人的心也跟着晴了。

男人说，突然好想吃扁食。

女人说，我去买。

扁食买来，男人只吃了三两个就不吃了。他说，好想喝茶。

女人泡了杯茶给他喝。

男人咂了两口，说，明天后天，该是出好茶的时候。

女人看了两眼窗外，"嗯"了一声，说，最近早晚凉，白天热，没道理不出好茶。

男人问，咱家的茶快采完了吧？

快了！杨兴说，再过……女人意识到了什么，没有把话说完。她隐约看到，那张迟到的死亡判决书已经风雨兼程地在路上。

一口气从男人的嘴里长长地呼出，像在又黑又深的巷子里走一段长长的路。唉，真想能回去做茶！

女人看着男人，突然觉得他好可怜。

女儿迟迟才出现在同事安排的购物中心的意大利餐厅里。

连续三个晚上马不停蹄地相亲，以结婚为目的的相亲，让她疲惫不堪。几天前，她在微信上放出狠话，一个月内要把自己推销出去。很快，一个个热心的同学、同事、亲戚都赶集似的赶来当媒人。之前三天，她分别见了一个公务员、一个教师、一个警察。公务员太严肃，教师太古板，警察太强悍……

眼前的这个男孩一看就是她喜欢的类型。圆圆的脸，大大的眼睛，一米七几的身高，一脸的阳光。他穿一件蓝黄相间的 T 袖——这不是随便哪个人都能驾驭的颜色，配一条薄款的浅蓝牛仔，这让他整个人看起来非常清爽，就像三月里自家茶园里的那片嫩黄的新叶。

男孩在一家大型茶企上班，就在她上班的服装公司的对面。女儿做的是办公室文秘工作，男孩做的是销售。男孩说他们应该见过面，但她记不起来。同事借故有事先走，把完整的时间和空间都留给了他们。

男孩很能说。时不时丢几句笑话出来，把她逗乐了。她常常捂着嘴笑。

女人打来电话，问，你在哪里？

女儿走到一旁，实话实说。

女人问，那人怎么样？

女儿笑着说，还行！很风趣！

女人不再多说。

男孩继续讲笑话。女儿继续咯咯咯地笑。

女儿突然看见站在玻璃门前的女人。她不知女人站了多久，看了多久。女儿的笑瞬间被拧成麻花一样。她惊慌地起身往门外走。女人心照不宣地跟着。

洗手间里，梳妆台前，女儿理着额前的刘海，眼睛却望向镜中的女人。

女人说，一看他穿得那么花哨，嘴巴又那么能说，肯定不靠谱。不能找这样的男人！

女儿说，妈，你能不能不要什么事都管？是我找对象，又不是你找对象！

王爷抓去，我是为你好！难道我还会害你不成？女人瞪大眼睛说，这让她扁平的五官突起了一点。没错，是你找对象，但找的是我的女婿啊！

有人进了洗手间。女儿不再接话。

女人继续说，做姑娘的时候，总会喜欢听那些花言巧语。在一起生活，你会发现，实实在在才是最重要的。当年，追我的人里也有一个嘴巴很能说的，说的话确实也让人听得心痒痒。后来，你外婆帮我把关，选了你爸。那个嘴巴很能说的据说后来去诈骗，进了监狱。你爸嘴巴是笨些，但却是适合婚姻生活的人，老老实实，本本分分……

你跟爸？女儿嗤了一下鼻，问，你们，幸福吗？

女人被女儿的话蜇了，不说话。女人确实并未过上几天好日子。以前男人的脾气好，人也勤快，但茶价不高，日子过得紧巴巴的。待到收入好了，男人的脾气也见长。脾气虽坏，好歹有经济扛着。可谁曾想，男人的一场病却耗光了家里的积蓄，他的坏脾气也变本加厉。最近，男人的坏脾气突然没了，像上了年头的老茶树突然掉光了所有的枝叶。她知道，这并不是一个好兆头。

妈，时代不同了！女儿说，你不能用你们老一代的观念来要求我们！

王爷抓去！时代再不同，居家过日子也是差不到哪里去！女儿的话挂下了女人的前进挡。她有一肚子的道理，却不想在这种场合全部倒出。她看了下手表，抓起女儿的手说：走，我们走！我们坚决不能找那样的男人过日子！

妈，你怎么这样？女儿抓着梳妆台的石板台面不放手，说，也是你让我几天内找好对象，现在我找，你又管这管那！

王爷抓去，我让你找好对象，也没让你随便乱抓一个啊！女人说。

进入洗手间的人都忍不住停下来看两眼。

女儿的手慢慢放松了。身体率先做了妥协。

走过意大利餐厅的时候，女人高大的身体正好挡在女儿的左手边。女儿看到，男孩正低头玩手机。她紧紧地贴着母亲的手臂，眼睛却偷偷地回望。

拉着女儿的手走出购物中心，女人的心突然又紧了一下。有个身影走进路旁的一家网吧。那身影看起来，多么像她的儿子。瘦瘦的，高高的，背驼驼的。

女人想：一定不是我儿子！

男人已经吃不进任何东西了。

医生说，吃不下东西可能就坚持不了两天了。

女人说，打白蛋白吧！说出的仿佛是一个考虑了几百年的决定。

点滴瓶里浓稠的白蛋白，带着女人的焦灼和不甘愿，走得更加缓慢、更加小心。

茶叶终于全部采制完成，病房里开始出现小叔子和大伯的身影。他们带来了几个新做出来的茶样，有水比较轻的，有水比较重的，有香气比较高长的，有韵味比较足的。

男人不喊疼的时候，几个人就泡泡茶，聊今年的茶市。老天爷还是很赏脸的，给了半个多月的好天气，让家家户户都有做出好茶的机会。杨家三兄弟的茶销出去了一大半，有的是拿到茶叶交易市场去卖的，有的是茶商直接上家收购的。

男人闻着盖瓯里升起的茶香感慨地说，人如果像茶叶一样有几条命就好了！茶叶被从茶树上摘下，作为青翠的茶叶，它的生命看似结束了。谁能想到，一泡茶做出来，它的生命才刚刚开始。开水冲下去，它重新活过来。冲泡过完的茶渣你以为它生命结束了，装进枕头里，它的生命又开始了……

女人拿着热水瓶的手停在空中，鼻子一阵酸。

谁都不知道如何接话。

没喝酒的男人味觉依然不错，能喝出哪一泡是阴天做的、哪一泡是雨天做的、哪一泡是大晴天做的。

这应该是我们东边的那片茶园里的茶叶……男人夸着正在冲泡的茶，他很有信心，……这茶应该可以卖上 200 多块钱！

小叔子没有直接回答，只是笑着说，如果茶叶全部按现在的价钱卖出去，今年每家的收入增加一万块应该不成问题。

男人点着头，道着谢。这段日子让你们辛苦了！我这身子，又帮不上忙……

小叔子又说，比较遗憾的是，你们家西山上的那一亩多茶园因为下雨采收得比较迟，过了头，不能做。所以，可能你们今年要损失点。

早就告诉你们，那片茶园质量是最好的，你们为什么不先采？女人不敢相信自己的耳朵，她表示了非常的不满，每年那片茶园做出来的茶价钱都会翻番……

不是以为它还比较嫩吗，怕其他茶园的老了，就先采，没想到，后面……大伯解释。

王爷抓去！你们怎么可以这样？我们不在家，你们就先采自己的，把我们的放在后面？女人把盖瓯重重地置于桌上，桌子用力发出一声"砭"，强烈地表示着愤怒。

算了，算了！男人摆摆手，止住了女人可能扩大的发泄。

接下来，有很长一段时间的沉默。

男人沉沉地睡了过去。

几个人心照不宣地走到走廊上。

小叔子说，我看还是早一点把二哥送回家吧！住在这医院里，每天都是几百块，烧钱，又不解决实际问题。

女人不抬头，也不回答。她用鞋子踩着地上的一群蚂蚁。小小的蚂蚁蹿来蹿去，并不那么好踩。女人以鞋跟作圆心，鞋尖随着那些小蚂蚁磨来磨去，一点点下着力。

我们刚刚还去殡仪馆，问了火葬和墓地的事……大伯说，这两天还是先回乡下……

女人的头重重的，目光呆呆的。

死亡仿佛只是一个风光的仪式。是一道既定的风景。主角是男人，又似乎不是男人。是女人，是小叔子，是大伯，是儿子，是女儿。

家里的几百斤茶叶不再是问题。

女人的心却还是悬着的。

女人拉开那扇门。

女儿带着一个小伙子走了进来。

小伙子长得很敦实。正像一个大大的茶焙笼，圆圆的，矮矮的，暖暖的。似乎还带着炭火的温度，只是少了焙笼里应有的茶香。

妈，这是小赵——女儿对着女人介绍，他在乡镇上班……他大我两岁……

小伙子机械式地鞠了一小躬。他木木地站着，像笨重的秤砣。表情有些紧张，视线不敢望向女人。他的手不知所措地摸向后脑勺。

从严格意义上来说，这是完全不符合女人的择婿标准的。但，现在，女人没有这个心情。

男人已经几近昏迷。

女儿走到床头边，轻轻地唤着，爸，爸——

男人微微睁开眼。

女儿拉着小伙子俯下身，往男人的头靠：爸，这是小赵……久久，才又加了一句，我男朋友……

男人挤不出表情。眼睛又无力地合上。

女人继续打量着小伙子。最多一米七的身高，微微有点谢顶，眉毛很粗，嘴唇很厚……

闭着眼睛的男人胸部突然剧烈地起伏，一阵，又一阵，喉咙里似乎被关联着带出一种奇怪的声响——呃——呃……女儿不知所措，求救的目光投向女人。

木木的小伙子突然有了动静。他四下里望望，迅速跑到床的另一侧，从床底下抓起痰盂，又冲到床头边。他一手拿着痰盂，一手扶起男人的上半身。"哗啦啦……"一堆污秽物从男人的嘴里奔腾而出。小伙子的手上也被溅得星星点点。

小伙子轻轻放下男人的身子，端着痰盂走出去。女儿望一眼气若游丝的男人，又望一眼目光逐渐柔和的女人，紧紧跟在小伙子的身后。

看着病房的门在女儿身后无声地合上，女人的心微微放下了。

这小伙子真不错！隔壁病床的人羡慕地说。

女人微微一笑。

只几秒钟，女人的心再次被提了起来。

女人拿出纸巾替男人擦净了嘴角，拉起男人的手说，再过几天就要高考了，你一定坚持。再坚持几天……仿佛即将参加考试的是躺在床上的男人。

浓稠的白蛋白已经走不进身体里。

死亡一寸一寸地漫了上来。

已经到了胸部了。很快就会没顶。

男人有些喘不上气来。

今天，已经是第三根杜冷丁了。女人不停地看着手表，计算着儿子进出考场的时间。

风平浪静的两天。女人揪着心的两天。

王爷抓去！女人看了看夕阳镀在窗户上的那片淡淡的红光，对男人说，杨荣，该是回家的时候了！

男人一动不动。

几个人将昏昏沉沉的男人搬上了大侄子开的小汽车。

吊瓶的药水有一滴没一滴地走着。

女人扶正男人的身体，把挂着吊瓶的铁架伸出汽车车窗外。那铁架像长得过于疯狂的茶树枝丫，呼啸着伸进了来来往往的车流中。寻找阳光，寻找雨露。

女人的眼泪流了出来。

只有两滴。

6 / 老宅

酒席上的吵闹声渐次稀了，淡了，弱了。老宅子像退了潮的海滩，一尺尺，一寸寸，紧着脚步往平静和安静里走。

木头门沉闷地"伊——咣"两声响，沈沅赶忙在床沿坐正身子，盖正乌巾。盖乌巾早已不是时下女孩子们出嫁的必备了，也不是她所乐意的。即使在他们那么偏远的小山村里，很多女孩子结婚时也改用了撑雨伞。可程让的母亲固执地坚持要按传统办事，她只能妥协，哪怕为此引来了很多村人的讥笑，她也只能妥协。沈沅家在30公里外的一座山上，村名半岭，却基本已经是山顶。在沈家，她排行老三，上有两个姐姐多年前均已出嫁，下有两个弟弟，一个刚上大学，一个上高中。五年前父亲的意外病亡让沈家遭受了巨大的变故，刚上高一的她只能放弃学业，到镇上的一所私立幼儿园当了代课老师，以此缓解母亲身上的压力。而这回，程家给的八千元的聘金，无疑是沈家有史以来最灿烂的阳光。

她对他是熟悉的。两人同在一个镇上，她每天去幼儿园都要从他经营的小书店门口经过。偶尔，她也进到书店里看书，买书。她注意到了他两道浓眉间紧锁的忧郁，以及明明陷得很深却极少使用的酒窝。他肯定也注意过她。他说，我看你有几分眼熟。她说，我也是。就这样聊在一起。这才知道，他们上的虽然一直是不同学校的不同年级，却一同参加过全县的中学生作文竞赛。她很是替他惋惜，因为填报志愿的失误，他接连两次高考落榜，索性放弃求学，到中学里代了两年物理课后，开起了自家的小书店。狭长的书店里里三层外三层地堆着各种各样的书，他常常埋在高耸的书堆后做着永远做不完的数学题。他说，每一个物理学家基本都首先是数学家。他说，每一个人都是布里丹的驴子……她听不明白，但她相信他。

她对他却又是陌生的。他们几乎只是刚认识，他就请媒婆来家里求婚。仿佛彼此的相识就只是为了结婚。他们几乎还没开始谈恋爱，她母亲就在丰厚的聘金面前爽快答应了婚事。他们甚至连手都没拉过，就直接领了结婚证。她一直觉得自己就像在参加 100 米赛跑时作了弊，没有起跑就直接冲过终点。他于她，就像他手里一天到晚解不完的高等函数，高低起伏，充满着悬念。

木头门“哐——嚓”两声关上了。新买的皮鞋“笃——笃”地敲在地砖上，那是鞋底钉的铁掌发出的炫耀的声响。“笃——笃”声靠近了，一股若有若无的酒气也贴了过来，伴着“窸窸窣窣”的声音。沈沅的心紧着，气息提了上来，两只手揪着衣角绞在一起。不知哪里传来“咚”的一声，“笃——笃”声突然拐了弯，往一旁走去。收音机响了起来，“人生海海，甘需要拢了解。有时嘛欢喜，有时青菜……”播放的是非常流行的闽南语歌曲《欢喜就好》。声音一点点被调大了，足以覆盖屋外的任何声响。她很不适应这种聒噪，耳膜受了很大刺激。本是欢快活泼的节奏，本是愉悦舒畅的乐曲，一经这种无限夸张的放大，像放多了盐和味精的汤水，令人百般不适。在这层让人百般不适的声响里，同时混杂着另外一些声响。“笃——笃”声似乎走到了立式橱柜旁，似乎有双扇橱柜门打开的声音，似乎有木质门或窗往外打开的声音……混杂在一起的声音混乱了沈沅的思维。她猜不出他在干什么。她很想看个究竟。可惜，床头灯发出的橘红色光线释放出的柔和是朦胧的，是模糊的，罩在头上的乌巾把那仅有的一点朦胧覆盖成一片黑。

当沈沅逐渐适应这种混着杂音的乐曲时，音乐毫无预兆地戛然而止。

一切都归复到原来的安静中。不，是比原来更深的安静中。

"笃——笃"声突兀地伸了出来。却似乎刻意往上收着气力，不再那么重，不再那么响。可酒气却似乎更浓了。满屋子都浸在白酒的味道里。隐隐约约还有淡淡的烟草味，似乎还有几缕说不清道不明的复杂气味，酸酸的，腻腻的，沉沉的，有着隔夜的痕迹。

酒气覆盖下的各种味道猛一阵包围过来的时候，程让已经在床沿坐下，"啪"的一声床头灯也灭了。黑暗中，他"窸窸窣窣"地脱着衣服。钻进被窝时，似乎是突然想起，他探过身子揪下罩在沈沅头上的乌巾，随手往床头柜的方向一扔。

沈沅突然有了一种被污辱的感觉。既然他们选择罩乌巾，那么就理所当然要挑乌巾。她原以为挑乌巾会是一个非常庄重的夫妻间的仪式，也一定只能用秤杆的尾部挑乌巾。却原来，仪式的神圣与否并不取决于仪式本身，而完全取决于参与仪式的人的想法。再神圣的仪式也可以这么草草应对。

他是读过书的人，也许不想受制于母亲凭空生出的这些繁文缛节。沈沅想。都是新时代的人，何必太计较这些形式呢？这样想着，心上的波澜平了。

但是，很快，沈沅的心又提了起来。身边的程让只是躺着，没有说话，也没有其他动作。她觉得自己就像在写作文，只写下个题目，却不知开头该怎么写。

正当沈沅举棋不定的时候，被窝里的程让突然扔过来一句话：你和他睡过吗？

程让的声音有些低沉，像是话语中裹挟着硬硬的冰块，每个字上都有会伤人的棱角。沈沅的头皮走过一阵电流，麻麻的。她跟他谈过她初恋的那朵小花。她没想到新婚之夜他会把这个拿来说事。她说，我不是告诉过你，我们连正式恋爱都没谈过，怎么可能……

程让用力咳了两声，似乎是为了掩饰自己的唐突。

那么——我和你呢？！就像火车掉头，程让转换了语气，像是解释，像是询问，像是在采摘一朵别人枝头上的花。我们之前有没有睡在一起过？

冰块被夹了起来。放进话里的却是更大的一块冰。沈沅的牙齿不由得磨咬了几下。她的脸上一阵热似一阵，话语中满是娇羞。你是不是酒喝多了？怎么会问这种问题？你不知道？今天可是我们大喜的日子啊！

我——忘了！程让答得轻描淡写。仿佛只是回答一个普通顾客关于一本书的提问。

沈沅听到了手指关节"噼——噼——啪——啪"接连响过四下，停顿了两秒，又"噼——噼——啪——啪"接连响过四下。那声音非常刺耳。与他斯文秀气的模样不相应。

我们可是连手都没有拉过……沈沅低下头，拽着衣角。她的话音还未完全落下，程让的手就伸了过来。他的手上似乎有一股蛮劲，与他瘦小的身材极不成比例，只是用力一揽，就把她整个人压在身下……一种撕裂的感觉袭击了沈沅。她的眼角渗出了泪滴。

她不知道别人新婚的第一次是怎样过的，她只知道所谓的床笫之欢却是一点欢愉都没有的。只有疼。撕裂的疼。灼热的疼。撕裂的伤口浸在水里的疼。那疼似乎钻进血液里，流淌到了全身。她不停地吸气。

哼！程让冷冷一笑，背过身去。

程让的那声冷笑像不小心陷进夜晚这颗龋齿里的一粒沙子，硌得沈沅很是难受，却上下不得其手。一种出其不意的冷顺着他侧过身子拱起的被子豁开的大口子溜了进来，她接连打了几个寒战，身上瞬间起了一层鸡皮疙瘩。

房间内肆无忌惮地响起奇怪的声响。像是有人启动了大功率的摩托车，堵塞的排气管里往外"突——突——突"断断续续地冒着气。后来，像是有人加大了油门，排气管"更——更——更"地强势跟进。就这样，时而上坡，油门加大，"更嗯——更嗯——更嗯"剧烈地响着。时而收了油门，踩了刹车，只让排气管"突——突——突"地喘着气。一切都是程让鼻腔里制造出的混响。沈沉在他极大功率的摩托车上忽上忽下，颠簸着，颠簸着。

摩托车开进黑暗的隧道里。只有阴冷。只有黑暗。只有恐惧。

昨夜烧灼的疼痛像拔了节的竹子，直挺挺地立在身上。沈沉一夜未眠。他不让她有喘息的机会。他总是刚从她身上下来，转个身就会睡着，并且立马就能启动摩托的马达。而她好不容易在他起起伏伏的山坡里颠晕，稍微合上眼，他便又爬上了她的身。

一堵厚厚的木门拦截了程让的声响，老宅子安静得像个熟睡的婴儿。浓稠的墨汁已经被天色摊薄了，却还是深色的黑。沈沉下意识地夹着腿扶着墙低头小步走。她走得轻轻碎碎，缓而又缓，仿佛走碎的步伐可以加密一道栅栏，防止疼痛细胞从两腿间泄露。扶在墙上的右手并没有如愿地分担走无端生出的分量，身体所有的重都不管不顾地往脚尖上聚拢，每一步都走得相当困难。

呃嗯——黑暗中冷不丁撞出的一个声响连同突兀的一堵黑让沈沉着实吓了一大跳。婆婆刘氏横着一条椅子坐在厨房门口，黑黑地戳在她面前。这个瘦小女人穿着灰色的衣裤基本与黑暗融为一体，或者说她已融入黑暗中。

一阵冷飕飕的风从黑暗中袭了过来。

你——没事吧？刘氏站了起来，把椅子顺着廊道的方向一推，话语中有的只是力量，并没有关切。

噢，没，没事……一阵羞红的热瞬间蹿上沈沉的脸庞。她慌忙退了两步，往天井的方向避让。她用右手往后拢了拢头发，昨晚的所有秘密仿佛也跟着被拢进了头发里。

你要知道，做我们程家的儿媳妇没理由比婆婆起得迟！刘氏往空中随意丢了一句话，返身走进厨房，昏黄的电灯也跟着亮了起来。那话语似乎只是对着空气在说，语气似乎也并不重，甚至还软软的，但沈沅听出了话语中坚硬的核，以及带刺的壳，硌着人，扎着人。早知道镇上的儿媳妇是不好当的，镇上的婆婆是难侍候的。果真如此。

昨晚，昨晚我一夜没睡……沈沅紧跟在刘氏身后，生怕跟不上程家的节奏。她小心翼翼地解释，天亮才睡下……

谁没当过新娘？刘氏站在灶台前，手搭在土锅盖上。她的目光直愣愣地盯着锅盖，像是在问自己，又更像是在问锅盖。沈沅揪着衣角，尴尬万分。刘氏回过头指着一旁的米缸说，去量一斤二的米……说着递过灶台上的一个葫芦勺，也递过另一句话，要知道，我当新娘那会儿，是一夜坐到天亮的，哪里还敢睡觉？

在这个身高比 $\sqrt{2}$ 多不了多少的女人面前，不知为何，高出半个头的沈沅却第一次感觉自己矮小。即使背对着婆婆，她也想象得出，此时的刘氏定然高昂着头，直挺着腰，俨然一只骄傲的公鸡。她弯下腰，挪开笨重的米缸盖，怯怯地问，就我们三个人，煮粥需要一斤二？

吃不完，不可以给猪吃啊？让你打多少，你多什么话？刘氏掀开土锅盖，往边上大铁鼎的木头盖上一扣，这个家还轮不到你做主！

闷闷的一声"嗵"扣在了沈沅的心头。一阵微微的眩晕后，下身撕裂的疼感也随即纷至沓来。她不由得憋住往外呼出的气息，臀部跟着紧张起来。她缓缓起身，双脚下意识地往内夹，像要夹住那四处漫涌的疼痛。

夹着两条腿是给谁看呢？以为人家不知道你是新娘吗？刘氏黏糊糊的话语像脑后炸开的炮弹，到处飞溅。程家是有脸有面的人，男人不知道攒力气，你还不知道藏羞啊？你这样走出去，是要让人笑话咱程家的男人见着女人饿得慌吗？

尴尬与羞愧就这样当场被剥得一丝不挂，沉默成了沈沅最后的遮羞布。

她从光明中往黑暗里走，没有回头。泪水奔流而出，身体与心理的双重疼痛盘根错节地缠了上来。

后背，近在咫尺的地方，一双眯缝着的小眼睛像蚂蟥一般无时无刻地吸附在沈沅身上。不见血，却令她浑身不对劲。刘氏俨然一个监工，跷着脚端坐餐桌前。她的左手抱着右脚，右手支在餐桌上，悠悠地说，我们程让最近身体比较弱，你每天早餐都要为他煎三个蛋，炒一小碟花生仁和一小碟青菜。这样的早餐在沈沅看来是极为奢侈的。在她们半岭村，更准确地说，是在她们沈家，从来没有早餐炒菜的习惯，腌缸里捞出的咸菜或萝卜干365天如一日地充当着她们一家人早餐餐桌上的重要角色。未过门前，母亲就告诉过她，程姓人的讲究在镇上是出了名的。程家祖上出过高官，从宫廷带来了很多生活习惯，饮食上自然也多了很多花样。即使在困难时期，即使是再普通不过的粗粮，他们也能做出精致的各种花样。比如，他们会把鼠曲草捣成泥和在糯米团里做成鼠曲包，又韧又香又清凉解毒。再比如，他们还会把萝卜与米一同磨成浆，加入葱花、虾米，做成千层粿，远比其他人家往米浆里加入苏打蒸成碱粿不知香美了多少倍……这是程姓人家里每个女主人都会做也必须会做的。为此，她专门学站了两天厨房，为的就是能顺利过关。可现在她终于知道，就一个小小的厨房里，就一日初始的早餐，就够自己学很久的了。她想说，书上说，其实没必要吃那么多个鸡蛋，恰在这时，刘氏的几个手指头居然在桌上弹得"咚咚"响，似乎是在威慑地宣告自己的存在，又似乎是在吹响催促前进的号角。她张了张嘴，吸了口气，捡起脸盆架上挂着的几件衣服，走向洗衣槽。

程让进厨房吃早餐的时候，刘氏已经挽着个竹篮出门给几位亲戚还礼。没有刘氏在的程家，空气似乎也柔软了起来。盛饭的时候，沈沅以为手上的粥勺轻轻一够就可以打着饭，未料，粥勺伸到土锅底才捞着饭。她想，老太太的饭量真是大啊！为他盛好饭，她把装着荷包蛋的碟子挪到他面前。她发现碟子里情况有变，不禁问道，咦，刚才我明明煎了三个荷包蛋，怎么只剩下一个了？程让笑着接过碗，说，没事，可能我阿姆吃了！程让这么一说，倒让沈沅不好意思起来，她一边为自己盛饭，一边说，她说要给你煎三个蛋，我还以为都是给你吃的……程让把荷包蛋往她面前一推，你吃！沈沅半带着撒娇，嘟着嘴剜了他一眼说，你阿姆说了要给你补身子。黑暗中身体的极度亲密并未改变白天相见时的陌生感，沈沅甚至还无端生出了几分尴尬。可他像什么都没发生过。难得一笑地看着她。目光直直的，热热的。她感觉到了，心里暖暖的。但她不看他。只埋头拿筷子搅拌着稀饭里的米汤，捞着米汤中的菜，拌着一个清晨的委屈。他依然看着她。默默地，不拐弯的。他觉得她带点哀怨含着羞的样子煞是好看。

起身收拾碗筷时，已被忽略的撕裂感顺着半起的身子再次渗了出来。沈沅不觉倒吸了口气，咬了一下唇，手上的动作也立马僵化在那里。

怎么啦？程让接过她手上的碗，扶住她，眼里满是关切与爱意。怎么啦？

沈沅一脸娇羞，扶着桌子小心翼翼地坐下。许久，才悠悠地说，你还问我？还不都是因为你！

我？程让指着自己的鼻子，一脸诧异。我怎么了？我怎么会害你这样？

沈沅咬着嘴唇。一下，一下，你昨晚弄疼我了！

昨晚？我？我！程让丢下碗，气冲冲地跑出厨房。碟子里剩下的那个荷包蛋无辜地皱着眉，几颗花生仁跳了出来。

不待沈沅反应过来，"砰！"的一声巨响狠狠地砸了过来，透过窗棂静静卧在餐桌上的几条阳光跟着连颤了几下。就像录音机突然卡住磁带，沈沅的心卡在了那里。是疑惑。是担心。是恐惧。她不知道自己说错了哪句话，或者做错了哪件事。以至于他把自己的喜怒无常，连同接踵而至的噼里啪啦声关进房间里。

天井里，湿湿的石板上，密布着厚厚的一层，一片，一大片苔藓。那苔藓绿绿的，在阳光的照射下晃着一层光，却未必都是新的。最边上的是暗绿的，而后是墨绿的，再接着是翠绿的，还有淡淡的黄绿的。

她从没想过他会如此喜怒无常。一种不祥的预感顺着黄绿色的苔藓长了出来。

沈沉的小弟弟来家的时候，程让才走出房间，笑笑的，仿佛什么都没发生过。按照闽南习俗，结婚第二天，新人要随新娘的弟弟回娘家。进厨房取竹篮子装东西时，沈沉发现土锅盖被揭开在一旁，桌上几个碟子里的菜已经被一扫而光。正心生疑惑，她看见一只老猫从窗台上跳了下来。该死的猫！她骂了一句，把猫赶出厨房。

娘家置办了几桌女婿桌，宴请了亲戚朋友。程让被灌醉了。扶他到床上躺下，听着他微微发沉的气息，沈沉面墙背过身去，执意与他隔出一段距离。她双手抱肩蜷缩成一团，俨然一只抵御入侵的刺猬。她担心。她害怕。她惧怕肢体的任何接触会激起他再次无休无止地野蛮入侵。

他的一只手搭在了沈沉的手臂上。身体也顺势软软地贴了过来。她大气不敢出。僵直着躯体，纹丝不动。他的手开始在她的身体上游走。她屏住呼吸。那只手游过手臂。游过脖颈。游到她的长发上。她的头皮一阵紧接一阵地发麻。怎么办？怎么办？心中的恐惧在一寸寸地蔓延，昨夜的疼痛起死回生。她绷紧了，像一只随时会爆裂的气球。可是，可是，奇怪！她突然发觉，今晚游走在自己身上的他的手是如此细腻，如此轻柔！它似乎并没有入侵的想法，并没有野蛮的念头。这种感觉顿时释放了她身上的紧张感。果然，那只手乖乖地，只是抚摩着她的长发，像在安抚一个安静的婴儿，伴着三两声呼唤，小沉，小沉……他的话语是如此绵软，如此温暖。

所有的戒备都丢盔卸甲。

一切都再正常不过。住在娘家的两天，程让依旧如婚前那样的温文尔雅、百般疼惜，就连睡觉的呼吸都是轻盈的。异常情况出现在重新回到老宅子的那天夜里。沈沅躺下时，程让说，我去跟我阿姆说几句话，你先睡！爸去世这么多年，我阿姆已经习惯了睡前跟我聊几句……正睡得迷迷糊糊，沈沅听得似乎有人进了屋。她按下床头开关。灯刚亮，一句凌厉的呵斥声甩了过来，把灯关了！

沈沅惊了一下。他的话是冷的，没有温度的。是低沉的，仿佛担着不堪的重负。与刚出门时的声音判若两人。她不知道婆婆刘氏的房间是不是有什么魔法或者装了什么性格转换器，一进一出，明明是同一个人，却完全不一样。她甚至怀疑就在刚才，是不是刘氏给程让下了什么魔咒或者说了什么离间的话，让他瞬间变了一副陌生的嘴脸。

沈沅想起母亲很早就提醒自己的话：没有哪个寡妇见得惯小夫妻的好……这真是一条无法颠覆的真理啊！她乖乖地关灯，往床的内侧挪了挪，腾出一个较宽的地方以供他躺下。

他迅速扭过身来，盯着她问，昨晚，咱们，一起睡了吗？黑暗中，她看不到他的脸，但感受到了话语的冰冷。冰冷中带着质问。

她想说，咱们有没有一起睡你难道不知道？话到嘴边，说出的却是：你昨晚那么醉，一躺到床上就睡着了……

我醉了，什么都不记得了……他解释着，又接着问，今天白天呢？咱们睡了吗？

她觉察到了他言语中的质疑。她带着些许暧昧地假意责怪道，你真是布里丹的蠢驴！这么健忘！白天咱们连床板都没挨着，怎么睡？

她听到了空气中他迎面扑来的长长的一口气。

而后，他开始动手脱她的衣服。她下意识地用手捏紧了自己秋衣的领口。他不耐烦地一手扫开，搋在她的领口上。她的手紧急跟进，抓住他的手。他的手停在领口，一动不动。像在警告，像在震慑。她再没有抵挡的勇气。只能撤退自己的手，再次接受他的强势入侵。

所有的好感就像是幼儿园的孩子们手上好不容易拼起的站立不稳的积

木，只因为谁不小心打的一个喷嚏就瞬间倒塌。昨夜刚生出的一点小庆幸瞬间即逝。沈沅的世界就这样黑屏了。

沈沅越来越觉得这座上了年纪的老宅子有一股说不清道不明的诡异之气。

老宅是程家祖上留下的产业，已经有 198 岁的高龄。程家祖上曾经富甲一方，唯一的缺憾是人丁不旺。据说祖上有人得罪了一个风水先生，风水先生便给程家下了魔咒。于是，无论经济上的富庶与否，程家的人丁永远贫穷，出现过接连几代都是单传甚至曾经需要抱养儿子延续香火的境况。假使原本生有多个儿子，最终能顺利成人的最多也只有一个。到了程让祖父这一代倒是好不容易有两兄弟长大成人，参了军的伯祖父也居然好不容易地躲过了纷繁的枪眼，但最终还是随着国民党大军离开大陆去了台湾。用程让太祖父的话说，程家虽然有两个儿子，又基本是等于单传。程让父亲没有兄弟姐妹，但他的妻子刘氏侥幸生下了两儿一女。两个儿子聪明可爱，人见人夸，刘氏的头抬得比厅堂上的大梁还高，腰板直挺得像挑梁的大柱。有十几年，程家人都以为魔咒就此解除。但后来，一场大火夺了程让父亲和弟弟的性命，也差点毁了程让，程家人再次陷入魔咒的恐惧中。好在，越长越斯文帅气又懂事顾家的程让抵挡住了恐惧的进一步侵袭，刘氏依然可以高抬着头、直挺着腰。

老宅是典型的闽南古大厝格局，坐北朝南，以厅堂为中轴线对称排列，二进五开间，双护厝，土木结构。厝分上落和下落，厅分上厅和下厅，上下之间以露天的天井相衔接。上厅左右两侧各有两间上房，作为起居之用；下厅左右两侧各有两间下房，多为客房或储物之用；天井两旁为过水，各有一间厢房，多作厨房之用。上房建有双层，上厅挑高五六米。红色的砖砌外墙，黑色的屋瓦。地上铺的红色六边形地砖不再那么红艳，墙上抹的白灰也已经泛出年岁的斑点与裂纹。倒是那一扇扇精雕细刻的窗棂因了岁月风雨的侵蚀，涂上了一层古意，假使带着或纵或横的皲裂却也宛如当年故意描上的纹理。十几年前，老宅发生过火灾，东边的护厝一夜之间化为灰烬，甚至殃及紧挨着东护厝的东边大房及过水。于是，程家人都搬到大厝的西侧。程让的祖父健在时，因他手上祖传的专治跌打损伤的秘方，程家可谓是门庭若市。大厝就像个重心不稳的老人，一边是人来人往，一边是日渐破败。

如今，偌大的老宅只住着少得可怜的三个人，显得如此冷清与空旷。许是人少的缘故，老宅明明有着双层，但楼梯处却被封死了。沈沅曾经想打开那块隔板，程让说，不要上去！上面太长时间没人居住，可能连楼板都腐朽了，很不安全！刘氏却是另一套说法：程家祖上曾经有人在楼上上吊过，有冤魂，不干净，打开隔板冤魂会窜到楼下来。第二种说法听得沈沅后背发凉。

婆婆刘氏的存在似乎与这老宅子严丝合缝地相互呼应着。刘氏在街上经营着一个布衣摊，专卖各种布衣布裤布鞋。有时，沈沅真怀疑刘氏简直就是她每天扯在手里的那一团黑衣黑裤。她额前的那绺刘海就像伸出老墙的芦秆，疏疏落落，却招招摇摇；那张成天阴冷的脸，就像挂在过水厨房门口的那几条丝瓜干，瘪嘴瘪脸，枯黄干涩；那薄薄的嘴唇像生了锈的两块铁片，紧紧锁住一箱子的秘密；嘴唇上的那颗黑痣像开偏了的锁孔，没有人可以打开她往外突起的锁芯；那永远晃晃荡荡的两条深色的阔裤管，就像打开两个边门的大厝随时可能刮起寒冷的穿堂风；她的许多行为也正像老宅二楼上关住的秘密，充满了诡异的色彩。一日三餐她从来不与他们在厨房的餐桌上一起用，一定要端到自己的房间。一个六十岁的老太太，饭量却是大得出奇。一大盆的稀饭或干饭，一大碗肉和菜，一大盆汤，从来没见剩过。沈沅无法想象，她看起来那么瘦小的肚子如何承载那么多的东西。可这样的食量顿顿如此。

在老宅里，最经常上演的是婆婆刘氏隔三岔五没完没了的烧香祭拜仪式。前天拜的是程让的太祖父，今天拜的是观音。八仙桌上摆放着各种供品，有荤有素，有生有熟。各路神仙无处不在，嗅一嗅这凡间物品，而后化为袅袅轻烟。

端到厨房的熟食立马被一分为二。猪蹄、卤鸡、封肉，还有韭菜饺子，刘氏各装了一大盆，端进了自己的房间。沈沅知道，这一进去，没有半个小时，老人家是不会出来的。她看着门在刘氏身后急急地关上了。

你阿姆是不是有什么癖好？非得把饭菜端到自己房间里吃？沈沅忍不住问。

她——习惯了！程让并不过多解释，只是轻轻一叹，唉——她太辛苦了！

说谁太辛苦呢？正说着话，嫁到同村的表姐走了进来。她笑着对程让说，你可不能让我们沅子太辛苦了！程让说，哪里会！哪里会！沈沅的心头热乎了起来。表姐此次从厦门专程请假回来主要是为了静养吃药。因为结婚多年没有怀上孩子，表姐的婆婆到处探听各种药方，最近说是又找到几贴偏方。表姐倒了一肚子关于不孕的苦水，末了，拍拍她的肩膀深有感慨地说，沅子，无论承受多大的苦痛，也一定要让自己怀上孩子！怀不上孩子谁都认定是咱们女人的问题，男人肯定不会承认自己有问题的……

无论承受多大的苦痛？无论承受多大的痛苦？表姐的话在沈沅的头上盘旋，她嗅到了一股灯笼草的味道，苦苦的，凉凉的。她明白，那是表姐的心理写照。她不明白的是，表姐怎么会跟她说这样的话？

难道表姐知道我的夜晚是怎么过的？就像不小心被看到了私处，沈沅浑身不自在起来。

老宅子的夜晚成了沈沅挥之不去的痛。

每个日子几乎都循着同样的路径前行。白天，夫妻俩双人双出，有说有笑，程让总是满腹经纶的样子，上知天文下知地理，做起事来庄重得体，永远做着做不完的数学题。他就像一盆温温柔柔的水，让人暖暖的，很有安全感。可到了晚上，他便像着了魔一般，裹着一身奇怪的味道，动作粗鲁，言语粗俗。他的白天与夜晚永远隔着一道看不见的门，门内风平浪静，单纯如她幼儿园中涉世不深的孩子；门外阴晴不定，关着的是困兽，是莽汉。更可怕的是，白天的他似乎从来不记得夜晚发生过的事情，夜晚的他似乎也记不起白天发生过的事情。沈沅怀疑他是不是得了健忘症，或者是比健忘症更严重的病。

疯子？傻子？呆子？精神变态？她不敢往深处想。但怀疑这东西，就像管涌，你越想捂住它，它就越想从哪里冒出来。他的嘴，他的眼，他的眉毛，他的鼻子……所有的细节都成了想象的出口，一切似乎都让程家当时无端仓促催婚并允诺高额聘金有了充分的理由。程家说是程让祖父去世，必须赶在百日内完婚来冲喜，否则就要等到三年后。可为什么居民户口的他们独独看上了偏僻山村农村户口的她？不就是因为偏僻不知底细好糊弄？

接近年关，预感很快就有了答案。那一天，沈沅陪着刘氏收好布衣摊买了年货，半路正好碰上程让骑着摩托车回家。见两个人手上都拎着太多东西，程让说，我先载阿姆回家，回头再来载你，你顺着公路走，不要走到小巷子里……

刘氏说，不用载我，我自己会走，你先带你老婆回去……她表述的字眼是好意的，但经她嘴的发酵，每一句话都像是隔了夜的豆浆，远远就闻得到酸气。

沈沅赶紧说，不，阿姆，程让先载你回去，我走走，马上也到了……

争执不下，程让说，要不，你们把东西都放到我车上，你们空着手也好走……

目光直直地盯着程让远去的背影，直到它成一个小黑点。沈沅万般感慨，不禁脱口而出，他如果一直这样该多好！

什么叫他如果一直这样该多好？刘氏一脸嗔怒，难道我们家程让对你还不够好？

不，不，您别误会！沈沅意识到自己踩到了雷区。刘氏如炬的目光带着刀剑砍向自己，额前的那几根芦苇也迎风飘扬，高高的颧骨一颤一颤地抖动，薄薄的嘴唇上那颗黑痣更加突兀。沈沅慌乱地解释，程让白天跟晚上好像不大一样……一抹窘迫的红晕在她苍白的脸颊上洇开。

怎么，你看出来了？刘氏的目光收起了锋芒，从未有过的柔软。她拽过沈沅的手，面露紧张与愧疚，言辞吞吐，小沅，你，你看出什么来了？

沈沅的心剧烈地跳动着。刘氏的客气与小心增加了她的担忧。难道他真的是疯子傻子呆子？这未来的日子该怎么办？被刘氏拽住的手已经一点点地降了温，降到了冰点。她冷冷地问，你们是不是有什么瞒着我？

刘氏四下里张望了一番，拉着沈沅往边上走。小沅，你不要生气，我们是有件事瞒着你……也不是什么大不了的事……程让从小体弱，落下一种病，一种不能对外说的病。医生治不了。我去求过巫师，巫师说，这种病是喜爱黑暗的病。它会感知天色，也会在感知天色中逼它的主人随天色的变化而渐渐发生变化。白天，因为光，那种病上不了身，所以，白天的他是正常的，是真正的他自己。而到了晚上，那种病就会上身，跑出来作祟。其实，那时根本就不是他自己。不过你放心，他不会伤人。我们千万不能在他黑暗附身的时候激怒他，否则他的病情会加重，甚至危及生命。我们只有顺着他，随着他，尽量满足他，他就会好起来……

他果真有病！当怀疑成了真相，只是三两秒，沈沅的心反倒释然了。与其说他患上的是喜爱黑暗的病，她更愿意相信程让就是《聊斋志异》里充满魔幻色彩的狐仙——只不过这狐仙是个男子，天黑时一副模样，天亮时另一副模样。或者，他就是分裂成两半的人，性情里住着两个完全不一样的魔，占有白天的是善魔，占有夜晚的是恶魔。无论如何，聘金是还不回去了。聘金早已换成大弟弟上大学的学费，偿还了建房子时借的债。

只能寄希望于他的病愈了。真能好起来，他还是不错的。她想。

好在，白天的时间还是比较长的。白天的愉悦虽然不足以完全覆盖夜晚的恐惧，却也可以一点点弥补夜晚的漏洞。好在，很快，沈沅就有了理直气壮拒绝夜晚的理由。

什么？你怀孕了？伴随着"啊——"的一声惊叫，刘氏手上的针扎到了自己的手指头。她先是挤出一大滴血，用力吮吸几下，尔后甩了甩手，说出一句意想不到的话，那从今晚开始，程让不能跟你一起睡了！

沈沅望几眼坐在厅堂上看书的程让，狠狠地松了一口气。这正是她想要的。

心头的喜悦只能是暗暗的，她知道有些话是不能说出口的。但她还是忍不住问，那程让睡哪儿？

睡哪儿？刘氏拿针尖在发间拨弄了两下，还能睡哪儿？不能同房，还是要同床啊！

沈沅的心绪飞流直下。

临睡前，程让照例去看望睡在隔壁房间的母亲。沈沅越来越无法忍受程家母子睡前的这必修之课。每天都见面的母子为什么好像总有聊不完的话题？他这一去为什么总是那么久？非得等到她熄灯躺下，他才会重新回屋。而明知她已睡下，他仍然要上身云雨。这早寡的女人一定是故意的，要让人不得安宁！

出乎意料的是，没有等到沈沅熄灯，这一次程让提前回到了房间。更出乎意料的是，回到房间的他迫不及待地上床，却并没有习惯性地宽衣解带。他的手轻轻地在她身上游走，像住在她娘家的那个晚上。他的温柔最终稳稳地落在她的小腹上，只是抚摩，抚摩，抚摩……她的心头突然间热了起来。

他终究还是懂得疼惜自己的老婆的！沈沅想。她的手搭在他的手上，许久，许久。手的交流代替了言语。

楼上似有零碎的声音响起。像是密布的鼓点？像是摔碎东西的声音？一会儿在前，一会儿在后。抑或是挪动桌椅的声响？一会儿往东，一会儿往西。间歇性地，有意无意地传来。

那是什么声音？沈沅紧张地问。

哪有什么声音？程让停住了手上的抚摩，不用管它！

楼上？怎么会有那声音？沈沅握住他的手，更加紧张起来。

应该是猫，或者老鼠……不用管它！程让打了个沉沉的哈欠，失眠的猫和老鼠……

沈沅半信半疑，在楼上的动静间辗转不安。

楼上声响停住的时候，刘氏的声音也响了起来。程让！程让！

什么事啊阿姆？程让懒懒地翻了个身。

你过来一下！隔壁房间的声音清脆，有力，不容置疑。

你阿姆真变态！这么晚了不知又有什么花招！沈沅的话语中带着极度厌恶之感。

别这么说她！黑暗中，程让极不情愿地爬起来，一边解释，可能是身体不舒服……

程让只出去了一小会儿，很快就回来了。沈沅问，什么事情？

程让不说话。只有"砰"的关门声。

这个讨厌的女人，她到底给他吃了什么药？沈沅心有微漾。

他上了床，身体挨了过来。沈沅的神经绷紧了。

他在脱衣服了！

怎么办？一切的如意都成了空想。

程让！程让！刘氏的声音异常尖锐地响起，拦住了他的动作。他只能乖乖地下床。

十几分钟后，程让重新入屋。一切都恢复了平静。除了楼上偶尔传来的三两个声响。沈沅怀疑，刘氏手里到底捏着什么样的药方，操纵着程让身上的病魔？

日子逐渐有了正常的迹象。

春节后，程让的书店正常营业了，沈沅很快也重新回到幼儿园代课。上班第一天，程让启动好摩托车等在门口。沈沅穿着一身红色的运动服走出大厝，犹如一团红色的火焰，又像山边那红极了的枫叶翩然而至。程让目不转睛地看着那片红，带着笑，带着光。沈沅被看得有些不好意思。她摸摸自己的脸颊，又拍拍自己的衣服，问，怎么，我身上有什么东西吗？

没有啊！程让脸上的酒窝难得陷成一条长长的沟涧。

那你在看什么？沈沅双手搭在他的腰上，一脚踩在踏板上，轻轻跃上后座。

看你啊！程让回过头，话语中满是爱意。

你就会哄人开心！沈沅把脸贴在他的后背上，无限满足。

摩托车开出十几米，沈沅回望阳光下的老宅子。它似乎不再那么破败，不再那么腐朽，也不再那么阴森。突然，一阵欢快的音乐声急剧地响起。那是非常熟悉的旋律。"人生海海，甘需要拢了解。有时嘛清醒，有时青菜。有人讲好，一定有人讲歹。若麦想吓多，咱生活卡自在。归工嫌车无够叭，嫌厝无够大。嫌菜煮了无好吃，嫌某尚歹看。驶到好车惊人偷，大厝歹拼扫。吃甲尚好惊血压高，美某会兑人走。人生短短，好亲像块七逃。有时嘛烦恼，有时轻可。问我到底，腹内有啥法宝。其实无撤步，欢喜就好！……"音乐似乎是从程家大厝里传出来的……可是，此时的程家大厝已经空无一人。

沈沅不禁四处观望。音乐越来越响，却找不着来源的方向。她的目光重新回到程家大厝，从一楼升上二楼。突然，她看到，二楼的窗前似乎站着一个人影，一动不动。她不敢相信自己的眼睛。她紧紧地抱住程让，程让，你停一停，咱们家楼上怎么好像有人？

别瞎说！怎么可能？程让并没有停车，甚至都没有减速。

真的，真的！不信你回头看一下……沈沅把程让的腰搂得更紧了，忧心忡忡，好像还有你经常唱的那首歌……

不可能！你别大白天的说梦话！程让加大了油门，一溜烟跑远了。

沈沅再回头。二楼的窗前空无一物。音乐声也渐渐地小了。没了。老宅子成了越来越小的一个点。

或许真是幻觉。沈沅眨巴着眼睛，望向道路两旁。去年收割过的稻田里密布着一大片一大片新冒出来的草，绿绿的，嫩嫩的，似乎还结着一层白白的霜。这层淡淡的白霜稀释了草本身的绿。微微带点白意的淡绿色就这样不露声色地铺满了田野，这边一畦，那边一垄，一路连绵过去，犹如给黑色的柏油路两边各镶嵌上一条绿色的滚边，煞是好看。

沈沅心动了一下。那正是传说中可以用来做鼠曲包的主要原料——鼠曲草。她很好奇，这再普通不过的草怎么会与美食关联起来？小时候，她也曾在自家的田园里、田埂上见过鼠曲草。但在半岭村人看来，那就是些随处生随便长，偶尔也可以当药使用的草。每年春末，村里的女人都会采收一些开了花的鼠曲草全草连同根部，晒干，储藏在干燥处备用。一年四季，家里大人小孩但凡有个感冒咳嗽、风湿腰腿酸痛，熬几次草汤喝下，很快就好了。这鼠曲草的生命力极其顽强，头年明明采摘干净、连根拔起的地方，来年春天，依然又长得旺旺的、满满的。那小小的生命匍匐在地上，弱弱的，随风摇曳着，让人忽视它的存在。可是，无论你在乎不在乎它，无论你摘没摘它，年复一年，日复一日，它都会把生命一次次地重新来过。

程家开始采摘鼠曲草的时候，田野里已经多了几分明艳的色彩。沈沅第一次发现，明媚春光下的小小的鼠曲草竟是如此可爱与娇艳。草株长得瘦瘦高高，歪歪扭扭，形态各异。长长窄窄的叶片恣意向着各个方向伸展，俨然一个个调皮淘气的小人儿。有些草茎的顶端已经开出淡黄色的小花，像小人儿举着一把把黄色的小伞。开了花的草株显得越发瘦高，最底部的叶子都已枯萎、剥落。远远地看过去，星星点点的黄缀在成片成片的绿中，像一颗颗闪亮的金子。沈沅兴高采烈地摘了一大捧开着黄花的草丢进田埂上的竹篮里，程让的二姐一见急了，叫道，小沅，开了花的不要摘……她拣出一棵说，这棵太老了！又拣出一棵说，这棵也太老了！

沈沅捡起被二姐扔在地上的几棵开花的草，一脸窘态。恰在这时，她望见程让把摩托车停在田埂上，手上拎着一个塑料筐走过来。

你怎么也来了？二姐问。

阿姆说今年要多摘一些鼠曲草，多做几十个送给小沅家也尝一尝。程让把塑料筐递给二姐，问，你刚才说什么太老了？

二姐又挑拣出几棵说，小沅专摘这些开了花的……太老了，捣不烂，吃起来会有渣！

我们小时候采摘来做草药的都是专挑开花的……沈沅旋转着手上的草，解释说，我还以为开花的更有味道，更香呢！

开花时固然更香更有味道，可是美食最需要的是鼠曲草的青春与鲜嫩，像这样细细的、嫩嫩的，捣碎了加到糯米粉里做起来 QQ 的，才好吃……程让从竹篮子里挑出一棵极嫩的草，舒展开草的叶子，像在舒展婴孩的小手臂。话锋一转，他把手上的草丢进竹篮子里接着说，当然，这么细嫩是做不了药的，没有时间的积淀，不够成熟，药性就不足……其实，人生就如同这青草，不同阶段有着不同阶段的美，不同时期也有着不同时期的价值。

就像小沅，现在这个阶段重要的是孕育宝宝，幼儿园的事情千万不要太辛苦……二姐关心地问，对了，你们有没有去查过？最好也是双胞胎噢！

怎么可能双胞胎？沈沅有些不好意思，也有些好奇。咱家又没有双胞胎基因！

谁说没有？咱们家还真是有双胞胎的遗传基因。二姐来了兴致，滔滔不绝地如数家珍，外婆生的是双胞胎，阿姆生过双胞胎，我生的也是双胞胎……

二姐！程让急急叫了一声。那叫声像突然降下的一道闸，二姐还没说完的话尾就这样被拦在了闸内。

阿姆生过双胞胎？沈沉惊了一下，试图在二姐的脸上寻找答案。你跟大姐是双胞胎？不对呀，你们不是差了好几岁？

哎呀，反正有就是有……二姐避开了沈沉紧追不舍的目光，看着程让，转移了话题。如果是双胞胎，你们最好是龙凤胎，一男一女，千万别搞出两个儿子来……

二姐！程让的语气明显加重了。

被电击中的麻感骤然而至，一阵阵直往沈沉的头皮上蹿。关于老宅子的那个魔咒又冒了出来。

楼上的动静像是用时间堆砌起来的，隔三岔五地反复出现，没有规律，没有征兆。那动静与时常站在屋顶上发情的那只老猫一唱一和，一夜一夜地纠缠。

天气一天天热了起来，沈沉的肚子也开始显山露水。楼上再无动静，可程让的脾气似乎又开始变得喜怒无常。

一进屋，沈沉就感觉到了脚下的异样。

几个新鲜的红点赫然趴在已经褪了色的红色地砖上。非常确定的是，那些红点一定不是水。这种红色地砖是两百年前从东南亚进口的，吸水性极强，别说几滴水，就是一杯水下去也瞬间会被吸得不见踪影。眼前的那几个红点明显是浮在砖面上的，很难被其吸附。

似乎不仅脚下几滴。前方又有几滴。再往前，还有。

像血。又像红钢笔水。清红的，新鲜的。

连成一长串。一直延伸到墙角的立式橱柜边。

沈沉蹲下身，用手指在红砖的表面揩了两下，指肚上隐隐有些淡红色的附着。她举起手指闻了闻，又搓了搓。一股幽微的血腥味，还带着点黏稠感。半个小时前，她起床走出这个房间的时候，丈夫程让还在睡觉。此刻，他正在刷牙洗脸，屋内并无其他人，却缘何凭空生出这一长串的血来？

小沅，你在干什么？程让被蹲在地上的沈沅绊到了，踉跄了几小步。他一手扶在她肩上，俯下身去看个究竟。

沈沅站了起来，伸出沾了红色的手指头说，这地上怎么会有血？

血？程让惊了一下。他拉过妻子的手看了两眼，又顺着她的手指往地上看了看，张大了嘴，却说不出话来。

沈沅循着血迹，走到橱柜旁。程让笑嘻嘻地挡在柜门前，说，不用看了！我估计嘛，一定是哪只路过的年轻妇女老鼠正好来月经……

老鼠也有月经？沈沅的脸烫了一下。从姑娘变成女人，身子上的差异无非一个晚上的一瞬间。心理上，却是几个月仍没拐过弯来。对于类似的问题，她依然有着姑娘的羞涩。

肯定有！没有月经怎么生小老鼠？程让郑重其事地说。

真的？沈沅摸着日益隆起的肚子将信将疑。结婚几个月时间，除了依然保留着解数学题的兴趣外，丈夫程让实在有太多让她琢磨不透的地方。整整两个月，他没有再进入她的身体。他对她是温柔的，特别是夜晚的搂抱，让她有一种久违的感动。她甚至怀疑他身上那种喜爱黑暗的病可能不治而愈了。

那种温柔之美仿佛只是徐徐吹过芦苇丛的一阵风，很快就隐匿了踪迹。孕期刚满三个月那天，他的旧病复发，甚至是变本加厉。

好在，还有白天。好在，白天终究还是比较长的。好在，屋顶上的那只老猫不知跑哪儿去了，再听不到夜色中它绝情地"喵喵"叫。她逐渐习惯在白天与黑夜中进行思维切换，对白天投以深情，对夜晚投以淡漠。

出门上班前，沈沅取出那件她最喜欢的无袖连衣裙。裙子是半个月前程让上市里进货时买的，韩版、及膝、纯棉质，紫中带绿带黄的小碎花，腰身比较高，腹部位置是极其宽松的褶皱设计，恰好掩饰了已经微微隆起的小腹。

展开裙子的一刹那，沈沅惊呆了。那本应空空的无袖之处居然生生被加了两个黑色的短袖。料子用的是刘氏穿的那种阔脚裤用的黑布头，已经旧得有些发白。与漂亮的小碎花一对照，就犹如一群青葱翠嫩的女娃中间突然插队进了一个老态龙钟掉了牙的老太太，那人衣衫褴褛、臭气熏天；随意剪裁的布料呈现不对称的格局，左边的大，右边的小；针脚又粗又长，针线用的居然是白线，时而长时而短，歪歪扭扭，俨然一只任意穿行在夜色中的白虫。

沈沅不动声色，把被缝了袖子的裙子递给程让。关于裙子的问题，两人心照不宣。裙子为她所喜欢，却为刘氏所嫌弃。裙子穿上的第一天，刘氏就说这没袖子的裙子太露了，需要另外缝上个短袖才像样。幸亏被程让的一句话坚决打住了。程让说，这裙子要缝上短袖，简直就像给嘴装了条拉链。相隔不到三五天，裙子终究还是被缝上袖子，而且居然是黑色的。

程让举起连衣裙，急急冲出房间，对着正准备出门的母亲大声喊道，阿姆！

刘氏扭头一看，问，什么事？

程让紧紧捏住裙子，只是张了张嘴，却摇摇手说，没事！没事！

你！你！你也太孬了！沈沅抓过裙子，一肚子的怨气。

算了，算了！程让被抽空的右手摸了摸脖颈，略显尴尬地说，欢喜就好！欢喜就好！老人欢喜就好了！

欢喜就好！欢喜就好！程让的退让就像沈沅手上那两块碍眼的黑短袖，被她一剪子一剪子地挑下，撕开，丢弃。你从来想的是让老人欢喜！你什么时候也能让我让你欢喜欢喜？！

穿上恢复原貌的连衣裙，沈沅心中的欢喜已经降了三分。她悠悠地站在门口，等着程让推摩托出来。有个似有几分面熟的堂亲骑着摩托车很主动地过来打招呼，程家新媳妇一大早要上哪儿啊？他嘴巴里打着热情的招呼，眼睛却并不看她的脸，而是盯在她的小腹上。似乎答案不在她的嘴里，而在她的腹部上。她应承了几声，实在被看得很不好意思，只好把身子转了90度，离开他的视线。恰在这时，程让走了出来。

程让，厉害啊！老婆怀孕了？那个堂亲冲着程让大声打着招呼，唯恐周边的人听不到。不是你的吧？找谁借的种啊？哈哈哈……

你！你！你！程让的声音打着战，仿佛舌头上压着一块大石头，让每个词都带着千斤重量，难以动弹。他把摩托车支撑架一打，伸出手指直指那个人冲了过去。他保持着手指的动作，仿佛手上举着把枪。他像一阵疾驰的风，马上要卷起一场风暴。

程让！程让！沈沆一边呼喊着，一边紧追了上去，把他往回拉。

那个堂亲加了下油门，疾驰而去。十几米外，他又停住车，回过头，抛过来一句带着坏笑的话：如果有需要，也可以找我啊！我很乐意效劳啊！哈哈哈……

空气中飘荡着那人的笑声，久久散之不去。程让一拳头砸向自己的摩托车，嘴里反复念着，如果我们用一束光去追逐另一束光，会发现这束光像是在空间中振动但无法前进的电磁场……如果我们用一束光……

在老宅子北面几十米远处有个八角井。八角井因其井沿形状为极其工整的八角形而得名，开在程氏宗祠门前左侧，有着数百年的历史，大块石头垒起的井身已经长满青苔，鹅卵石铺就的井沿已经被磨得光滑无比。其实，早在几年前，山泉水就已经引到了各家各户，但一向节俭的刘氏们都已习惯在井水中打着自家的小算盘。程姓姑娘媳妇们有事没事经常聚在这里洗衣洗菜，杀鸡宰鸭，更多的也是谈笑说乐。虽然不可避免地抬头不见低头见，但幼儿园老师沈沆与她们隔着书本、工作与心理的多重距离，从未加入她们的话题。

周末这天傍晚，难得见到表姐也在八角井边，沈沆破例向扎成堆的女人走去。她远远地冲着表姐笑，表姐，你什么时候回来的？也不上家坐坐！表姐的表情瞬间凝固，一旁的几个女人也马上停止了说笑。她们相互交换着眼神，眼神中似乎藏着不可告人的秘密。表姐并不搭话，只是盯着她的肚子看。有个肥胖女子推了表姐一把，不停使着眼色，说，你去问问程让的媳妇，她肯定有什么秘方……

问我什么？沈沅放下提在手上的菜篮子，笑着问。

几个女人晦涩地笑了起来。那笑像是嚼在沈沅嘴里的一大口辣，一种烧灼感，一种麻辣感燃烧了血液扩散至全身。

表姐上前挽住她的手臂，把她拉到一旁，轻声地问：你让你们家程让都吃了什么药？能不能告诉我？听说怀的还是儿子？

怀的是儿子没错。可是他没吃什么药啊！沈沅一脸诧异。

你就不要瞒我了！没吃什么药你怎么可能怀上孩子？表姐贴近沈沅的耳根子说，谁不知道你们家程让有病不能生育？

谁说我们家程让有病的？沈沅一把推开表姐，自己后退了两步。她瞪大眼睛盯着表姐，愤怒地说，谁说我们家程让有病不能生育了？

都这么说！表姐指了指一堆的女人小声说，都说他小时候被火烧坏了下体……

胡说八道！沈沅打断了表姐的话，他不能生育我这肚子里的孩子是谁的？

那就要问你了！表姐的眉目之间突然诡异起来，她挨近了沈沅说，告诉我，你是不是找别的男人借的种？

你说什么呢？沈沅用了更大的力气推开表姐，眼睛里噙满了委屈的泪水，这种话你怎么说得出来？程让是有病，但不是你们说的那种病，他……她眼前交替浮现着刘氏干丝瓜瓢一样的脸和几天前那个堂亲回过头来的一脸坏笑，再无法接上刚才的话语。

哎呀，我的傻妹妹！表姐紧搂住沈沅，嗔怪道，跟我你还有什么不好说的？表姐我是过来人了，我还不理解？我这是在跟你取经呢！你也不希望表姐我一直被人瞧不起吧？我……

别再说了！我没有什么经可以让你取的！沈沅厌恶地从表姐的搂抱中挣脱出来。她默默提起吊桶吊绳往八角井里吊水。井绳顺着光滑的井沿下到井里，水面上漾动着她模糊的脸，一层层，一阵阵，荡开。提起吊桶的时候，她的余光不经意地落在旁边的一个洗衣桶里。那紫中带绿带黄的小碎花此刻正堆在那个木桶里，它是那么熟悉、那么亲切。她的眼睛有点生疼。

你这裙子看起来很漂亮，是哪里买的吗？沈沅试探性地问。

也不知道谁这么糟蹋东西，好好的一件裙子就这么随便扔在路上。女人捞起裙子示意道，我拿来洗一洗，给我的小女儿穿正合适！

沈沅把吊桶往地上沉沉一置，水溢了出来。她顾不得洗菜，提起菜篮子往家疾走。

如她料想的，衣柜里那件无袖连衣裙果然失踪了！

这样的结果让她大动肝火起来，她信手抓起一个抱枕对着歪靠在床上看电视的程让咆哮道，你们一家子都莫名其妙！

程让捡起掉在地上的抱枕，光着脚下了床，一脸无辜。小沅，怎么啦？谁惹你了？

你阿姆简直有病！不是非得给裙子整两个袖子出来，就是干脆偷偷把人家的裙子给扔了！沈沅回过身，望着程让质问，这算怎么一回事？

我阿姆不会这么做的！程让重新放好抱枕，语气淡然：你不要跟老人……

不会这么做？裙子都被扔了，还被人捡起穿了，你还护着你阿姆！沈沅更来气了。别再跟我说什么老人欢喜就好！你阿姆有病，你也有病！你是不是被火烧过下体？你怎么没告诉过我？所有人都认为你不会生育，现在搞得我好像跟谁有奸情似的。你说，你让我怎么见人？

我是被火烧过，可是，后来，后来，我阿姆带我，带我去上海、北京看好病了啊！他们谁，谁还乱说话？程让不停解释着，你不要听他们乱讲话，他们，他们，他们都是布里丹的驴子，布里丹的驴子……

我看你才是布里丹的大蠢驴！沈沅一屁股坐在床上。

所谓最普通的婚姻，便是无论别人的非议如何，日子终究要往下过。不仅要往下过，还要过好，过得有模有样。日复一日，沈沅学会了把夜晚装进不为人所知的口袋，藏着，掖着；把白天折成一朵花别在胸前，露着，亮着。

伴随着沈沅一天天隆起的肚子，刘氏额前的刘海慢慢柔软起来，铁片般的嘴唇居然可以像小船儿一样地轻轻荡开，嘴唇上的黑痣也俨然成了挂在船上的小帆。这天程让的二姐回来，晚餐时，刘氏那轻易不得见的小帆又挂了起来。二姐摸着沈沅的一头长发说，小沅，你上次不是说要去烫头发，怎么没去烫？

这问题问得着实有些意外。

阿姆说……沈沅刚说了个开头，突然觉得往下说似乎有些不妥。

阿姆说怀孕的女人烫什么头发！程让替沈沅补齐了话。

阿姆，你太老古董了！嫁到城区的二姐往上托了托自己的卷发说，女人怀了孕再不注意理理打理，真就成黄脸婆了！

上回我也就随口一说，没想到你这么认真。刘氏扬起嘴角，说，去烫吧！我看我们几个布料摊的姑娘都去烫了卷发，也都蛮好看的……

沈沅简直有些受宠若惊。当晚，她约了同事，在美发厅里耗了四五个小时。回到家，屋里的灯已经暗了。她没有开灯，摸索着在床沿坐下，脱鞋，宽衣。

你去哪里了？空气中丢过来程让沉闷的话语。

我去做头发了呀！沈沅说，晚饭时不是说好的？

好好的做什么头发？沉闷的话语微微涌起了浪。

沈沅将了将刚烫过的头发，发精的清香迅速散发开去。现在整个幼儿园里的老师都时兴烫头发，我也烫一下……

程让的声音逼了过来。你不就是想迷惑男人么？

你怎么会这么想？沈沅盯着程让的方向，不解地问。不就是烫个头发？用得着这么紧张吗？她突然意识到他是一个病人，一个需要忍让的病人。她不想激起他那黑暗中的病魔，所以，语速渐渐缓了下来，语气慢慢弱了几分，甚至不忘了在话语中传递出几分嗲意和温情。

黑色的沉寂中，程让坐了起来。他一把揪住沈沅的头发，手开始在床头柜上摸来摸去。

沈沅双手拽住被他揪住的头发，喊了出来。你干什么？话音未落，手上的头发突然悬空了。她知道，他手上拿着的是剪子。

他又抓起了一把头发，伴着咬牙切齿的话语一剪子又下去了。我让你穿无袖的裙子去浪！我让你烫什么头发去勾引男人！

程让！程让！你干什么？你干什么？沈沅双手护住自己的头，声嘶力竭地叫了起来。你疯了吗？你发什么神经？你知道我是谁吗？我是小沅啊！

我让你浪！我让你浪！程让几乎是提着她的头发把她的头往墙上撞，一下，又一下。

沈沅被堵在了墙角。她不敢过分挣扎。与身体的其他部位相比，此时的头发已经无关紧要了。她只担心黑暗中不长眼的剪刀会危及其他。无人来帮她。无人来救她。她绝望了。她护着自己的肚子，声泪俱下。程让！程让！你不要这样！求求你了不要这样！

房门"砰砰砰"地响起来。屋外传来刘氏急切的声音，程让！程让！你干什么？你快开门！快开门！你会闹出人命的！快开门！

闹出人命好啊！反正我也不想活了！不想活了！程让咆哮着，手上的剪子也像着了魔，并没有停息。刘氏的呼叫并没有拦截他的进程，反而强化了他的动力。剪刀落得更密了，更近了。我让你贱！让你贱！

沈沅的头被揪住并往下压。她只能用双手撑在墙上，蜷缩在墙角，一动不动，任凭他狂风暴雨的包围。她只求用自己的安静尽早熄灭他心中的怒火。

住手！伴着"砰"的一声响，一句强劲的呵斥声像空中投下的炮弹在屋内炸开了。耀眼的灯光解救了黑暗和恐惧。

但，程让并没有歇手。他甚至加快了落剪的速度，胡乱抓起，胡乱"咔嚓"，有长有短，有深有浅。曲曲卷卷的长发飘飘忽忽，颤颤巍巍……

住手！你——几乎不成声调的吼叫从沈沅的后背传来。你简直是魔鬼！

沈沅试图抬头看一眼进到屋内的人。这显然激怒了程让。他用力压住她的头，扔掉手上的剪刀，揪住她已经被剪得很短的头发直接就往墙上撞，一下，两下……墙体发出非常沉闷的"通——通"声。

沈沅只觉得天旋地转起来。疼痛，眩晕，绝望。轰——轰……耳旁疾疾驶过一阵风，伴随着闷闷的一声"扑"，头发上的力气在一点点变小，变小。手松开了。有人倒在她的身边。

沈沅抱住自己的头，身体支着墙体缓缓站住。程让已经倒在她的身边。她的目光徐徐投向屋内的第三个人。她一下子呆住了。程让？抓在他手上的板凳"磕"的一声掉到了地上……沈沅不敢相信自己的眼睛。眼前的他是程让，那么倒在地上的呢？她缓缓把目光投向倒在地上的人。

小沅！程让的拥抱拦住了她的视线。他一下子把她搂进怀里，小沅，对不起！对不起！我来晚了！都是我不好！都是我不好！

沈沅的心暖了一下。这是她熟悉的声音，熟悉的拥抱，熟悉的气息。他真的是程让！

程让！开门！屋门外刘氏扯着嗓子叫。

程让朝着门跑过去。

沈沅的目光软软地懒懒地糊向地上的男人。和程让一样的衣服，一样瘦弱的身板，一样短的小平头……怎么会那么像？……他的脸……他的脸？她隐约看到，一条长长的疤痕从他的脖颈处往脸上伸展，红红的，凹凸不平，仿佛一只硕大的蜈蚣徒步向前，向上……天啊！他的眼睛！沈沅瞪大了眼睛，一手捂住马上就要蹦出嘴的"啊"，一手紧紧压住自己的胸口。他的左眼处一个空空的眼窝突兀地陷了进去，周边已经萎缩成一团褶皱。一路往上爬的那只活灵活现的蜈蚣仿佛被拧断了头，更加狰狞，更加可怖。她觉得自己的心已经悬在半空，就像担惊受怕地走着一段漫无边际的夜路，走着，走着，又突然一脚踩空掉进了一个更黑的窟窿里。什么都空了。

沈沅惊恐地一步步往后退，往后退。退到无处可退。有人撞在她的肩膀上，一把推开她。

是刘氏！

这个夭寿短命的……我就知道会有这么一天……终于来了……瘦小的刘氏低着头，曲着腰，嘴上喃喃自语，脚下步伐细碎，颤颤。终于来了……终于来了！

刘氏斜抱着男人的头颓然坐在地上，抽泣着。她的头埋得那么低，腰也弯成了虾米。她不停地摇头，抹泪，却并不敢让来势汹汹的哭泣跑出喉咙。那短短窄窄的喉咙处似有一个重要关卡，所有的哭泣到了这里都被严防死守。即使个别漏网之鱼也像被打了结，磕磕绊绊，一步三颠。

那场大火……那场可恶的大火！刘氏的右手捏着拳头状，不停地捶着胸口，一下，一下，她哽咽着，话语混沌不清。老天爷啊，你为什么要这么惩罚我啊！为什么不让我跟着他爸一起去死？不干脆让他们兄弟俩都死了算了？一个被毁了容，无法见人……一个被断了根，无法存世……你让我们程家还有什么颜面？怎么见人？你让我怎么办？

沈沅努力在刘氏破碎的言语中寻找出口，却无法梳理出头绪。她望向程让，轻轻地问，他——到底是谁？

他，是我的弟弟——程琤，我们——是双胞胎……程让的目光一寸寸地往低处走。那场火灾，弟弟毁了容，我也成了废物……

双胞胎？你的弟弟？废物？沈沅怔住了。"他们说的都是真的？那么平时……你……他……"沈沅指了指站着的程让，又指了指躺着的程琤，突然间明白了。一切都明白了。婆婆所谓的喜爱黑暗的病原来是假的。真正的答案是两个同胞兄弟，一个喜欢光明，一个喜欢黑暗。就像两枚硬币叠合在一起，一枚用的是阴面，一枚用的是阳面，俨然组合成新的一枚，她的白天与夜晚就这样不知不觉地被两个不同的男人分割了！

你为什么也答应这么做？为什么？沈沅突然觉得眼前的男人是如此陌生，她一步步地远离他。为什么？你觉得这样对我公平吗？

我有什么办法？那场大火全因我而起，你让我怎么做？程让揪住执意往后退的沈沅，急切地解释。如果不是我把鞭炮拿到房间里，如果不是我贪玩拿打火机去点汽油瓶……一切都不会发生……我爸不会死，鞭炮不会炸到他的眼睛，汽油也不会烧伤他的脸，更不会烧到我的下身……对程琤，对我们程家，我一直心存愧疚……是我毁了他，也毁了我们程家……也难怪他一直心有怨气……

是啊，心存愧疚，心存愧疚……沈沅冷冷一笑，心存愧疚就该拿我去偿还？我到底是什么？是你，是你们手上的一个物件？

事已至此，说这些还有意义吗？啊——咔——刘氏用力地咳了两口痰，又擤了把鼻涕，捏着鼻涕的手往地板上抹了两下，像是要将一切过往一笔勾销，又像是那地板上沾着某个具体答案。该是做决定的时候了！

把他送医院吧！程让说。带着些许无奈，带着些许悲情。或许还有救……

送——医——院？刘氏一字一顿地说出这三个字，带着疑问，带着惊讶。她小小的脑袋抬得高高的，小小的眼睛瞪得圆圆的，嘴上的那颗黑痣剧烈地抖动起来，像一颗上下乱蹦的黑豆。怎么送？谁送？送去了，怎么说？说他是你同胞的弟弟？说你确实是没有性能力的，你媳妇肚子里的孩子是小叔子的？

那难道把医生请到家里来？……程让拿捏不定母亲的想法，吞吐着自己的想法。总不能就见他……

这么多年，你觉得这样的日子还过得下去？成天生活在他的阴影中，成天在你的愧疚里指挥东指挥西，我都受够了，你还没受够？！你难道不知道，每次高考如果不是他故意来事，你怎么可能考砸？你早就读大学了？！你难道不想要幸福？刘氏悻悻地站了起来，拍着衣服裤子上的灰尘，重新直起腰，重新抬起头，愤愤地说，够了，够了，十几年了，该受的罪都受够了！反正现在程家也不怕断后了，孩子生下来，咱们程家照样有脸有面……

幸福不幸福其实都只是相对的……就像布里丹的驴子，没有第二捆草之前，它的日子不是过得好好的？程让喃喃自语，声音越来越低，低得让人听不见。他尽管自顾自地说，似乎他说的话并不是为了让人听见，而仅仅只是为了说说而已。

母亲拂袖而去，门外的黑暗迅速吞没她黑瘦的身影。一声"砰"后，更深的黑漫了过来。一寸，又一寸，漫过沈沅与程让的头顶。

黑暗没顶时，两个人不约而同地盯着地上的那团黑。眼前的场景就像丝袜上钩出的一根丝，不扎人，但生生的碍眼。

还是你来做决定吧！小沅！程让低着头说，像在背诵一句熟稔于心的台词。你——他？还是我？他把头埋得很低很低，犹如一棵已经缺少水分多时的植物，萎缩了枝叶，干涩了藤蔓，没有生机，没有气力，只能软软地倚着她攀附着她。他心里非常清楚，他想看的是她，可眼里瞧着的却是躺在地上的"自己"。他知道，只要与她的目光相遇，他这株勉强支撑着还能站立的植物定会倒下成为一堆败叶残枝。

布里丹的驴子？沈沅瞪住他低下的脸反问。我想要什么你难道不知道？

就像缩着脑袋的干枯植物重新得了水分，程让迅速抬起头，舒展开身体，急速迈开步子。他走到墙角的立式橱柜前，打开柜门，抱出大棉被往地上一丢，一个闪身，钻进了柜子里。柜子里传出木板被艰涩推动的声响，"格——格"……从柜子里重新走出来的程让抱起地上的程玮，猫着腰再次进入柜子里。

你这是要去哪里？得不到回答，满腹狐疑的沈沅跟了过去。她看到，柜子的内侧的背板已经荡然无存，空空的背板后并不是白白的墙壁，而是黑漆漆的一片。白白的墙壁上撕开着一个巨大的口子，口子里填满的是屋外无边无际的黑。

随着程让的脚步走进黑暗中，却并不是意料中的屋外。墙外似乎隔出了另一个密闭的空间。摸黑往前走了几步，居然开始上楼梯。"通——通——通"承载两份身体重量的台阶闷闷地响着，敲打着夜的寂静，敲出她的心无着落。她慢慢适应了这种黑，灯突然亮了。他们进到了二楼的房间里。一股霉味夹杂着屎尿味扑面而来，带着酸腐，带着恶臭。沈沅连呕了几下，吐了几口酸水。程让把程玮放在床上。那散乱着衣服、鞋袜、围巾、帽子的床瞬间被一床满是污渍的被子覆盖了；桌上摆放的小型录音机已经蒙上一层薄薄的粉尘，茶杯里已经结了厚厚的一层茶渍，有的杯子里甚至长了绿绿的霉。快熟面的袋子、烟蒂、报纸、果皮、骨头等东西堆积在一起，不时有苍蝇飞起；床底下，脸盆、尿桶、水桶堆在一起，各式各样的酒瓶横七竖八。四分五裂的鞋子有的站着，有的趴着，有的侧立于床柱上，有的飞跃于凳子上；一只黑猫被吊在后窗户上，脖子上的血已经风干……房间的另一侧还有一个楼梯，该是可以通达刘氏的房间。

两个人看着静静躺在床上的程玮。他紧闭着眼，似乎永远睡着了。感觉不到他的呼吸。也看不出他的表情。一个房间，两个楼梯，这是躺在床上的这个男人的存在方式。他以楼梯的形式搅动着一家人原本正常的生活。

一个人通达的不仅是两个人的房间，而是两个人，不，是三个人，甚至更多人的生活。

　　一切都结束了。他说。

　　一切都结束了？她摸着肚子问自己。

7 / 百鸟图

　　热闹的安同路上，最先暗下来和最先亮起来的总是十字路口的如是茶店。店是两层，昏暗的一楼做着不好不坏的茶生意，天还未暗却早早地歇了。敞亮的二楼，常常不分昼夜支着牌桌。

　　密闭的二楼客厅，挂着一年四季不曾打开过的厚重的窗帘。窗帘是暗红色的花开富贵图案，图案上的牡丹一朵朵耷拉着，失去了该有的神采。几竿烟枪密密麻麻地吞云吐雾，客厅俨然一个刚刚打开笼盖的大蒸笼，蒸腾着此一阵彼一阵的白烟。蒸笼里的角色正坐，斜靠，歪奔，都泛着馒头的白光。此刻，作为店主人的我嘴上斜斜咬住烟屁股，腾出右手，两手手心相向挤牙膏似的一点点拖开手上的牌，一副黑框大眼镜从牌的顶端探出，像跳出地平线的太阳，照照这个，照照那个。

　　我是牌场高手，却并不喜欢与钱沾边的牌场生活，今晚只是替人临时搭个手。我有一份体面的工作，不像我的妻子刘小兰，把管理我作为她的唯一工作，把取悦打牌人作为职责。

　　"臭头强怎么回事，说好今天要好好打一局……"左手位置的粗桶胜半眯着眼睛敲了几下烟灰，抬起手上的劳力士。他迟迟不肯放下劳力士，仿佛黏在了时间刻度上。"都已经九点了，电话还是打不通，不会是出什么事儿吧？"看着他长势良好的水桶肚，我一直以为捞沙场捞的不是沙而是金子。

"他臭头强能出什么事儿？"对面的白孟庭仰着头，开阖有致地"啪啪"着嘴，烟圈打着转儿上旋，像水墨画中蒸腾的云。"也许是飞机晚点……或者跑到哪位美人床上也不一定……"白孟庭细皮嫩肉，纤长细指皓齿红唇。与此形成鲜明对比的，是秃掉一半的脑门反射着室内的灯光。

戴着金边眼镜，穿着白衬衫打着蓝领带套着西服的赵成谨神情专注地灭着牌。他胖乎乎的手背上养尊处优着一个个成年人罕见的手窝，贴着牌面眨着眼。他甩出三个连对主牌后才缓缓甩出一句，"16个小时的飞机飞了三十多个小时这也太……"

三个人都是我这张牌桌上的常客，而后又无一例外地成为我培训班的学生家长。半年前，我不顾刘小兰的强烈反对，果断结束被培训支配的生活。

"王如是，给白书记递烟……""王如是，给赵行长递杯水……""王如是，再给臭头强打个电话……"紧挨着白孟庭而坐的刘小兰总瞅着埋牌间隙，把我当作风当作雨地呼来唤去。她忘了她只是渔夫的妻子。她以为她是女王。她没看到，我的表情与她互为相反数。

一张张木讷的牌黑着脸，红着脸，"唰唰""苏苏"地走着，散发着新油墨的味道，在几个人手上进进出出，吞吐着每个人的心思和算计。牌是他们的眼睛。牌是他们的嘴。牌是他们的耳朵和鼻子。几个人摸着牌。几个人被牌摸着。大家手上摸着牌，嘴上却都在谈论臭头强以及臭头强此次欧洲行的500万元订单。

没来的人，反倒成了最大的主角。谁能想到，这个主角在漫长的十几年时光里都是我的配角。我们就像磁铁上的南北极，或者像数学意义上的相反数，走着完全不同的路。在我们班上，我是永远的正数，他是永远的负数，连最有耐性的班主任都放弃对他的拯救。没人拯救的臭头强因为早恋被学校开除，从此开始混迹江湖。我刚参加工作，他已是两个孩子的父亲，摆地摊，开摩的。当年的他，经常穿一条几乎要磨破屁股的牛仔裤，搭一件这边一片污渍那边一片油垢的粗布衬衫，两只手吊在前裤兜上，到学校找我借钱。面对他所有倒霉事都摊上过的充分理由，打字员刘小兰无数次苦口婆心地劝说，"他的话你也信？"我还是无数次就范，"这一次应该是真的……再说了，跟他说没钱，我也说不出来。"于是，刘氏名言"不骗人他会死，骗人你会死！"诞生了。

刘小兰扭着大屁股，端来一盘削得雪白浑圆的荸荠。插着牙签的荸荠像漂亮的白蘑菇，架着刘小兰的手，次第与烟交接，盛开在上帝们的嘴里。但我没有这样的荣幸。我索然无味地嚼着自取的"白蘑菇"，嚼着上帝们与她接近打情骂俏的话。"不骗人你会死啊！"刘小兰带了几分暧昧的语气骂人却怎么听都像句好话。

牌场是个大骗局。在这个牌场里，时不时来点笑料的臭头强多半是输的，赵行长和白书记多半是赢的。我逐渐看明白了，所谓的牌场高手不是像我这样把一手好牌打好，或者把一手烂牌打好，而是像臭头强那样，把一手好牌不露痕迹地打烂。恰到好处地输赢需要技巧。

几根烟，三副牌，一个多小时过去了。没有臭头强出席的牌局越打越沉闷。粗桶胜看了三次劳力士。赵成谨点了两次手机屏幕。白孟庭第四次瞟了墙上的钟时，手机响了。他让刘小兰帮忙抽牌，接了电话就往楼下走。楼梯口隐约传来"什么……怎么可能……"

白孟庭重新回到楼上客厅，接过刘小兰抽好的牌入座。他把牌扣在桌上，手肘支着桌面，点了根烟大口大口地猛抽。他的心思不在牌上。果不其然，几十秒的停顿后，白孟庭掐灭只抽了半截的香烟，揪过套在靠椅上的夹克衫，掏出五六张钞票放在桌上说，"不好意思，家里临时有点事，让老板娘替我打两圈，钱我出……"说完，起身，招呼着刘小兰入座。

相隔不过十分钟，赵成谨看了第 N 条短信后，也要抽身而出。"散了散了，不打了！"输得最惨的粗桶胜见状趁势也站起身来，扬手说，"不打了，赵行长有事，咱们改天再打！"这是他惯用的伎俩。

牌局就这样散了场。刘小兰总是比我快一步，还没等我对桌上散放着的钱下手，她已经将它们叠在一起，一张一张地抽出重新放一堆，"一二三……"。尽管没收场租，12个数字已经在她嘴上开了花，她又倒回去再数了一遍。

刘小兰把12张钞票在手上打开成一把扇子，兴奋地说，"以这样的速度，儿子大学还没毕业，我们就可以买江滨花园的房子了！"

我伸手从扇面上抽出两张票子，像从占卜师手里抽出命签。

刘小兰眼疾手快地一把抓住我的手腕，"你要钱干什么？"

"同事结婚……"我像个贼一样接受警察的讯问。

"哪个同事？当年我们结婚他随礼了吗？"

"当年我们结婚，人家还小着呢！"

"那就给100……"刘小兰宽宏大量地只抽回一张，"咱不能总是做赔本生意……"

我无语。结婚第二天，刘小兰从支配我的工资卡开始管理我的生活。她就像一个开口极小的储钱罐，无论何方来钱，一旦钻进她的钱眼里，就再难出来。我拉开厚重的大牡丹窗帘，像拉开二十年的一条缝，却只感受到粉尘扑鼻。我捂住口鼻打开窗户。弯弯细细的一钩下弦月正挂在对面高楼的屋角，像褐色的衣领上别着一个金黄的月亮胸针，闪着光，透着亮。

一只手绕在我的腰上，我惊了一下。因为钱的缘故，刘小兰性致来了。她拽着我回到卧室，主动宽衣解带。在婚姻的叶子上蚕食了二十年，她的体重有如春天的湖水般日日看涨。看着她矮胖的身子，我再一次不举。

"你怎么回事？"刘小兰爬下我冷峻的身体，极其不满地说，"自从吴倩回来，你就开始厌倦我了？"

男人不举是一种说不出的滋味。我懒得理她，侧转身。

"你是不是外面有女人了？"刘小兰以为自己是圆心，硬掰过我的身体做180度旋转，"是不是吴倩那个狐狸精？她离婚了就回来勾引你，是不是？"

我知道这又将是一个难缠的夜晚。我睡到了儿子的房间。

汽车像疯了一样，撞进夜色中，把刘小兰关于吴倩的谩骂远远甩在身后。半开的车窗外，风一阵紧似一阵，寒冷被狠狠地灌进车内，王杰带着悲伤的"那只是一场游戏一场梦，不要把残缺的爱留在这里……"不知有意还是无意地打着颤音。灰色的水泥路面七弯八拐，惨白着一张狭长的小脸，冷飕飕地插入路尽头的孤寂。

一个人在这样的冷夜，走在这样的冷路上，却像一颗青豆在烧得发红的铁锅上弹跳。

手握方向盘，有一阵子我居然忘了方向。车是臭头强送的二手车。这两年，我就像一台精准的刻录仪，刻录着与臭头强一同出入的地名、方向，刻录着他的轨迹，却漏刻了他赌球的重要细节。十五年前，知道刘小兰背着我买六合彩后，我开始攒起私房钱。十五年费尽千辛万苦偷偷攒下的只有5万元，投到臭头强的担保公司里只是短短两年时间，就已经变成了8万，加上我大哥的15万，我三弟的10万……我们躺在每个季度准时收到的利息里欢愉着，一点点增加我们的投入金额。谁知道，臭头强这节火车头已然脱开了我这节车厢的钩，遁入隧道中。我们计算着他承诺的两分两分半的利息，他算计的是我们无数个九毛八的本钱啊！我的钱拿不回来问题还相对小一些，我兄弟的钱可都是找银行贷的款啊！

二十几公里的路却仿佛是一辈子的长度。往事长了倒刺，一点点钩着我的心。臭头强命运的转折来源于老家房子的拆迁。几间破房子一夜间换成了十几万的真金白银，他特意当着刘小兰的面，拿着一大沓钱交给我，说是连本带利。我谢绝了。用这十几万做本钱，没人拯救的臭头强拯救了自己，十年累积起千万家产，成了我们县里的纺织大王。我的相反数没忘记当年我对他的好，出钱帮我开了如是茶店，并让二楼成了定期提取场租的牌场。从此相信，相反数不再是相反数，而是绝对值。哪里知道，绝对值的双线内，依然是负数！

车轮不知道往事的沉重，拖着夜色快快地行驶。我在臭头强的老屋前踩住了刹车。老屋还是那座老屋。昏暗的老屋厅堂里曾经有一副他祖父早早备下的楠木棺材，因为这个棺材，老屋充满着诡异的阴冷。每次从厅堂经过，一股阴风生起，我就捂着眼睛一路尖叫猛跑。后来，跟臭头强混熟后，我居然敢与他一起躺进棺材里玩。不再住人，也不再住棺材的老屋是冷的，像调出黑夜的一块老墨。连着老屋的二层楼亮着灯。灯光研磨着此起彼伏的话语从窗帘里透出来，本该是暖的，此时却也冷着。

楼下的大门虚掩着。我推门而入，疾步上楼。许久才敲开二楼的门，臭头强的原配夫人黄芝麻站在门内，见是我，眼里光合作用了几下。只是一瞬间，她向着我用下巴朝里屋歪了歪，惊惶与担忧在脸上蔓延。我头一偏，避开黄芝麻的身体，往里一看。

居然一屋子的人！

居然一屋子熟悉的人！

白孟庭，赵成谨，粗桶胜……牌桌上的人悉数到位。想来，原本都以为是绝好的生意。都怕别人单抢了这仅有的机会。都不声张。却不知道，从何时起，都被臭头强拢到了这一张牌桌上。

黄芝麻把我让进屋内，重新关上门。这么冷的天，她穿着短裙，裹着双层红丝袜。因为是内厚外薄的双层，那腿像削了皮的胡萝卜，打着各种或大或小不规则不完整的圈儿。我起了一身鸡皮疙瘩。她极力做出新潮的打扮，但仍像是从二十年前的结婚照中走出来。

左侧墙上，挂着那张放得非常大的婚纱照。二十年前，黄芝麻陪着臭头强吃苦受难，婚纱照里没有记录。二十年后，臭头强把她安顿在老屋边上，县城的房子里走马灯似的领进了一个个与他的女儿年龄相仿的女子。几年前补拍的婚纱照放得很大，曾经的苦难就这样被一笔勾销。现在，他带着小秘远走高飞，而她呢？

我的出现，搅动了内屋的氛围。

"这么巧？"

"你也来了？"

"早知道要来就一起来！"

客套的虚伪后，尴尬的沉寂像滴在宣纸上的一点墨，慢慢晕染开去。中间是浓的，周边是淡的，淡到若有若无里。

"既然来了，来者有份！"粗桶胜捋起双袖，率先在平静中丢下了一块小石子。"麻婆，我们不管臭头强是跑路了，还是躲哪里了，就按我们刚才说的，厦门的那套给赵行长，县城的那间店面给白书记，套房给我……"粗桶胜指着我补充道，"王老师，你被借了多少？"

"我，我，我没多少……"我一时语塞。这种赤裸裸的分割不是我想象的场景，也不是我想要的。我想起了小时候乡下过年见过的杀猪场景，一只猪被几个人五花大绑地缚住，有人按头，有人抓腿，它使劲扑腾，扑腾。屠夫一刀进去，血汩汩而出，冒着热气，凄惨走样的哀号声"咿——咿——"地扯出长调，在案板上叠加，翻滚，扩散，上升。哀号声里带着一把刀，所经之处一片悲凄。

"没多少总也有几十万吧？利息都别指望了……"粗桶胜自作主张，冲着黄芝麻指手画脚，"我看就把你儿子那宝马车给他算了……你就干脆点，自己拿出来吧！"

屠夫已经掏出了刀。黄芝麻频频摇头，眼里满是哀怜的求饶和迷惘。

"不！不！我……"我觉得自己被侮辱了。我想往下说，说，我只是想……可是，现在，绝不是说那幅画的时候。

"也只有车了……"粗桶胜看了看我，表示出了无奈。

我的解救方程式里突然无解。

"如果不是等着钱急用，100万换你一家店面谁愿意干？"白孟庭像做着脚注，摸着半个光头拉长语调说，"再说了，那钱也不是我的钱，都是亲戚的钱……都这么熟，都好说！"

"我弟弟要办厂，不算利息，300万要你厦门一套房子应该不过分吧？"

赵成谨点着一支烟，把打火机用劲拍在桌面上。烟从左手的指尖冒出，左手上的手窝隐约可见。

黄芝麻把目光投向我，喃喃地说，"他不可能跑路！如是，你说，他不可能跑路！"那目光像霜打过的菜叶，被风吹着，晃着，颤颤巍巍。

我不敢看她的目光。

"好，麻婆，你不拿出来，我们只能自己找了！"粗桶胜起身，打开身边的柜子。

我看到屠夫一刀进去。黄芝麻抱着头，把头埋进肩膀里，活像蜷成一团的穿山甲。

白孟庭与赵成谨对望几秒，保持同样的坐姿。粗桶胜翻出了一本存折，他看了两眼，收进手上的包里。

冒着热气的血如注。

白孟庭与赵成谨再次对望。两人的身体分别转了几十度角。粗桶胜翻出了一个金手镯，又收进了包里。绷得紧紧的白孟庭与越成谨几乎同时从椅子上弹起，发射，两人同时冲到床头柜前。

最好的演员也无非如此。

一屋子的柜门。一屋子的抽屉。一屋子的凌乱。一屋子的猥琐。有一刹那，我几乎也要脱离我的座位。粗桶胜从床底下的一个破箱子里抓出一张卷着的画，半展着，左看右看，上看下看……画上是一群鸟。我的心在那群鸟上上蹿下跳，所幸白孟庭和赵成谨忙得不亦乐乎，无暇顾及于此。这鸟当然没有钻戒、金镯子的吸引力大，粗桶胜顺手一甩，那群鸟又掉进箱子里，打了几个滚。他再用脚一踢，那装着鸟的箱子干脆又溜进床底。我抓住几乎要出窍的灵魂，任由它被思维的滚桶摔过来甩过去。只用视线，随着他们翻江倒海。

谁都在说谎。人生本就是无数个假话拼接的碎段，可我该怎么说出我的那句谎？我的脑门上爬着一千只一万只蚂蟥，钻进去，吸着我的血。但我，纹丝不动。

时间在混沌摆动着。时快时慢，时圆时方。

我如愿借到了那张《百鸟图》。

但我无从把握它的价值。

怀揣那群鸟，我贴着公园的树丛走。拐弯时，我警觉地回头看，一件红衣裳闪到榕树后。我一阵烟似的溜进公园边上博物馆办公室。馆长是我同事吴倩的父亲。老先生拿着放大镜走过这张画的每处笔墨，犹如走过美女的每一寸肌肤，而后颤着音告诉我，画是真画，当下值个十来万该是有的。作者已经年逾九十，几乎不再作画，一旦去世，价值将数倍增长。心中那股窄细的小溪流顿时宽阔了起来。

茶店里没有往日的嘻哈热闹。穿着红毛衣的刘小兰端坐茶桌前，托着圆圆的下巴，盯着手上的玉镯子发愣。没有钱的酵母，她再发不起激情的面包。我盘算着，该是把二楼反租出去的时候了。

刘小兰堵在茶桌与放茶的冰柜间等待坐化，我收着肚皮整个人塞了过去。我拿过一盒茶，又重新把整个人塞了过来。这时，大哥打来了电话。他焦急地问，"听说臭头强赌球跑路了，是真的吗？"我平静地说："他只是去欧洲谈生意，还没回来。"大哥带着疑问，"谈生意？真的？"我不痛不痒地答，"应该是真的。"大哥善意地做着提醒，我含糊地"噢！噢！"

电话声使刘小兰从坐化中回到凡间来，又恢复了剑拔弩张的状态。她双手撑在桌面上，乜斜着眼，拿捏着鼻子，一句接着一句，"哎哟，我还以为你昨晚走了就不回来了呢？昨晚谁打的电话？是不是那个狐狸精？怎么不敢说啊？"

我冷冷地丢出一句"不知又在发什么神经"，抬腿就要往楼上走，刘小兰却不罢休。她拖住我的手臂大嚷道，"你敢说昨晚不是她打来的电话吗？你敢说吗？"我甩开手，大声喝道，"我说什么说？同事约出去喝酒有什么好说的？！"刘小兰握紧拳头，密密地捶打在我的手臂上，"骗我！骗我！不骗我你会死啊？"接着是不成声调的哭声，那声音时长时短，时高时低。店门外人来人往，不时有好事者把头探进来。我再次选择妥协。

我三步两步上了楼，把自己锁进儿子的房间里。刘小兰的哭声也跌宕起伏地跟进，像游离不散的幽灵。一拳。又是一拳。在门上，在我心上。恰在此时，专属她表姐的《月亮之上》手机铃声响了。很快，我听到她"咚咚咚"高跟鞋敲打在木阶上的鼓点，我听到她"砰砰"关门的声音。

世界恢复了平静。短暂的平静。二十年前的影像放映在眼前。20岁的刘小兰在学校当打字员的时候，我正与同事吴倩谈着半明半暗的初恋。在吴家母亲以死相要挟的再一次坚决反对下，我的幻想被打入地狱。吴倩很快被调到市里的一所中学，很快就与人订了婚。像是在进行结婚比赛，赶在吴倩结婚前，我率先与刘小兰结了婚。而后，无理数进入了有理数的平静生活。

刘小兰耗到凌晨一点多才回来。我知道，她不是跟她那有钱的表姐去见世面就是去研究时时彩了。她表姐是一家服装厂的老板，披金戴银，开宝马挎LV。我曾怀疑她表姐的钱路，她却挺着胸膛直撞我的猜疑，"即使她的钱是骗来的，我也羡慕她！有本事你也去骗啊！"我不反对刘小兰有理想，可她怎么可以把她表姐作为她的理想？

我已经做好了收音的准备。她又该要一遍遍地重播她们去了哪个会所，去了哪个美容院，她表姐中了几万元的时时彩，又新买了个多少钱的PRADA……

她一言未发地钻进被窝，紧紧贴向我。一股极冷的寒气穿透我的棉质睡衣。

我假寐。她辗转。

清晨的校园总是这样的清新与明艳，像刚刚冲泡的柠檬水，微酸里透着一种特别的甜。刚修整过的绿篱，散发着日本丁香特有的气息。青青的，幽幽的，犹如身边一群群擦肩而过的阳光少年。阳光镀在绿篱上，打下半是金黄，半是暗绿的影像。我早已过了散发青春的季节，嗅着它生了些怀旧的伤感。一旁灯笼树上伸过来几枝灯笼花，花瓣上鲜红的纹理走在明黄的底色上，正像少女白皙的脸颊依稀可见的血丝，充满着腼腆，充满着娇羞。

一个修长的剪影漫过绿篱的金黄。"王老师！"我回头一看，吴倩已经站在身后。初阳下的她，发梢带着光亮，翘着嘴角在笑。二十年了，尽管眼角已经有了鱼尾纹，尽管婚姻不幸，她还是那么迷人。一个女人，单有五官的美是远远不够的。二十年前的刘小兰，要鼻子有鼻子，要嘴有嘴，五官比她更精致漂亮。可二十年后，鼻子还是那个鼻子，嘴还是那张嘴，撑起的却是完全不同的四十岁。

"王老师，那画怎么样？"吴倩将讲义夹抱在胸前，歪了一下头问，"打算卖吗？"

"再看看吧！"我总是长话短说。就像铁观音的 64 道工序，最终只化为一杯淡淡的茶水。"谢谢你，那天晚上及时告诉我，否则……"

"我也是正好听我哥讲起，知道你跟他是死党，难免会有经济上的瓜葛……"吴倩把微风吹乱的头发往后拢了拢，语气淡淡的，释放着那杯柠檬水的味道，"几年前，他找我父亲鉴定过那幅画，所以……一切都是巧合！"

"还是谢谢你！"我像一只缩头缩尾的乌龟，半天吐不出一句话。

"老朋友了，还这么客气！"吴倩"扑哧"一笑，眼角荡开一层层小波，甩了甩长发往前走，"真谢我，改天好好请我！"

我满嘴"嗯—噢"，说不清词。在我深思熟虑的这段时间，她已经走远。只留下一个修长的轮廓线。因为她的这个背影，每节课都有了好心情。

下午上第一节课的时候，在省城工作的三弟的一个电话扰乱了我的数学思维。他的丈母娘住院了，得的是很重的尿毒症，需要换肾。作为兄弟，他希望我能帮上忙。我问，"需要多少钱？"他说，"没有 10 万，也要 8 万。"

匆匆上完这节课，我急急往家赶。经济权掌握在她手上，我得主动打破夫妻间的冷战。

刘小兰在厨房里殷勤地忙碌。我瞥了一眼开着朦胧灯光的餐厅，铺着方块桌布的餐桌上意外摆了三道菜：胡萝卜炒牛肉，西芹炒豆干，清炒西兰花。等等，等等！我看到翠绿的西兰花上意外躺着三只漂亮的鲍鱼！翠绿掩映着米白，鲜红衬托着微绿，三道菜在灯光下娇羞欲滴，鲜艳夺目。这是两人的餐桌上从未有过的奢侈。

她似乎已经在主动示好。我的愧疚从碟子中的汤汁里渗了出来。那群鸟在我心的枝头上鸣叫。我不知道该从哪一句话开始讲起。

"回来啦？"刘小兰端出第四盘菜时看到了我。就像这两天什么事情都没发生过，她把四盘菜重新摆了个前后左右，仿佛菜的位置不同，味道也会跟着不一样。她又用筷子夹了几下菜的造型，像在精心为一幅国画补白。

我在她的指挥下木讷地入座。她心血来潮地倒了两杯酒，举杯，含情脉脉地看着我，"老公，生日快乐！"

我惊讶成感叹号！怎么是今天？

"老公，这么多年让你辛苦了！"酒后的刘小兰红着小脸，从未有过的深情。她讲起买房子，找工作，各种打算……

关于钱的笔墨无论怎么补，都将毁灭这幅画的创意。我想，此事暂且不提。

有急促的脚步声踩在木阶上。那声音是钉进夜色中的一只楔子，理直气壮咬着我们每一个动作的间隙。所有的动作都被按下了暂停键。

"如是，如是！"大哥气喘吁吁地呼喊着我的名字出现。他两手支着餐桌旁椅子的靠背，目光直直咬着我。"如是，快，快拿几万借我用一下，我老丈人住院了！"

几万？老丈人？一列火车从我两耳驶过。咣——当——咣——当……脑门像被按下了脱水键，"空空"作响。所有的情绪都绞在一起。

"咦，我早上才在路上碰到嫂子，她怎么都没说？"刘小兰咬着筷子不解地问。

大哥的面部表情打了几个褶儿，和他身上西装的褶皱相互呼应。他努力地熨了两下表情，没能熨平。在我们直视的强光下，他被照矮了下去。他小声地说，"刚刚才……"

"小兰，家里有多少钱？"我问。

刘小兰沉默。

"小兰，家里到底有多少钱？"

"没钱！"

"怎么会没钱？"就像被热水烫了脚，我整个人弹了起来，"你又买时时彩了？"

"哪有钱买时时彩？"刘小兰的面部发生了化学反应，随时压榨的泪水一大把一大把地榨了出来，"你以为你王如是赚的是美金？你一个月也就两千多块钱的工资，一家子不要吃不要穿啊？"

面对女人的泪水，我没有还击的弹药。我无法确定刘小兰手上的银两，但只要她没买时时彩，六七万该也是有的。我吊着苦瓜，望向大哥。

"要不，上次放在你这儿的钱先拿给我急用一下？"大哥想到了退路。

"放在我这儿的钱？"我延迟了几秒才反应过来，"那钱……"就在这时，我的手机响了。这回，是弟媳妇打来的电话。一开口，她就兴师问罪，"如非不是让你汇钱吗？你怎么还没汇过来？我妈等着那钱救命呢！"我自知理亏，小心翼翼地说，"我手头上没那么多钱，我，我在想办法！"弟媳妇的嘴像把刀对我一阵猛戳，也容不得我有阻挡的机会，"你怎么会没钱？如非不是有10万元在你那儿吗？如非背着我藏钱，你当二哥的不会想白吞了吧？……"弟媳妇的话像响在耳畔的一串鞭炮，噼里啪啦，噼里啪啦……

"怎么啦？"刘小兰双手叉腰问。

"三弟的丈母娘尿毒症要换肾，找咱们……"我唯唯诺诺地说。

"这么巧，大哥的老丈人住院，三弟的丈母娘尿毒症？不骗人都会死啊！"刘小兰冷笑两声，"我前天还碰上你三弟的丈母娘，老人家还乐呵着呢，他们这是巴不得她早死啊？"

大哥的目光像毛衣里抽出的羊毛线掉了下来。他歪过头，不自在地抬起右手抓脖颈。

他们要拿回他们的钱！在刘小兰的点拨下，我总算是听明白了。大哥的老丈人？三弟的丈母娘？这都是他们的牌。除了钱，他们谁都不信！

"你们那钱不是借给臭头强了吗？你们找臭头强拿呀！找我们家如是做什么？"刘小兰收拾着桌上的碗盘，每叠加一个就来一句，每叠加一个就加重一点语气。

"可我们那钱是经过如是的，我们没有跟臭头强直接联系……"大哥展出手上的纸条说，"这借据也是如是写的……"

刘小兰一看，蹦跳起来，像即将爆开的爆米花罐，"你是猪脑啊？人家拿利息，你给人家写借据？好了，好了，现在臭头强跑路了，我看你拿什么还？你怎么会呆到这种程度呢？你，你……"

是啊，是啊，我怎么这么傻？我是教数学的，我怎么可能这么傻？我从来不曾告诉过她，经过我手拿给臭头强的利息是两分半，而我算给我兄弟的是两分的利息。如果不是为了赚那半分的利息差价，我怎么可能那么傻？

我已经没有退路了。"好了，别闹了！"我一声呵斥斩断刘小兰的咆哮。我从卧室拿出那张画，和大哥一人拉着一边，在玻璃桌上展开《百鸟图》。一群鸟不动声色地站着，跳着，飞着，我平静地表述不时做着补白。一时没有声响。只有时钟"嗒嗒"地走着。

大哥捋直画作开始往内卷说，"我看，画我先收着！"

"还是放我这儿吧！"我拉住画的一角，以三弟来搪塞，"三弟也有份的……"

"他才10万，我15万，还是放我这儿吧！"大哥的语气不容置疑。他的手上多了几分力。

"我，我……"我的手上没有了争辩的力气。但我并没放手。

"既然是我们如是写的借据，凭什么画要你来收？"刘小兰理直气壮地用两手揪住几乎要从我手上挣脱的画作，用力往回拉。

"小心！"我的话还没出口，《百鸟图》就已经被撕成两半。

大哥和刘小兰一人抓着一端，怔住了。

"你！你！你不想让我活了！"我一把推开刘小兰。"嗙"的一声，她撞在墙角。我急急地抓过两截断画，试图在桌上进行拼接。那不规整的撕口裂在鸟背上，树枝上，鸟翅上，鸟尾上……断画瘫在桌上，一群鸟被抽掉了表情。10万，20万，30万，全都泡了汤！我手捧那两截断画，像捧着自己的亡灵。一切，都完了！

备课室里，三弟的来电在口袋里闷着声音震动着。同事们正在凑周末聚餐的份子，我摸了半天摸出一包餐巾纸。有人笑说，"王老师，你不会也借钱给那个强老板了吧？可怜的孩子！"一群人笑成一团。我捂着痛不敢说。才三个晚上的时间，臭头强跑路的消息就像街头巷尾飘荡的"回收旧冰箱，旧彩电，旧电脑，旧空调，旧热水器……"一遍又一遍地响起。这个话题，像味道浓郁的调味品，调佐着茶余饭后的生活。

走出校门往右走，走过一条繁华大街，走进一条幽深的小巷，有一家木材店。店老板是个热心的中年人，他不断向我介绍各种课桌的尺寸和用材。一阵螺旋转甩着的"咻——咻——咻"声急驰而过。接着是一阵"咿——唔——咿——唔"声呼啸而过。而后是高低起伏的"呵——哦"声飞奔。店老板随着几款声音探了几次头，不停叨叨着说，"好像是服装厂那边……这回估计整大了！"终究禁不住诱惑，扔下我跑出去看个究竟。我没有这份闲心。

店门意外关着。刘小兰不在家。那两截对接不上的断画还皱着眉头，歪着脸，龇牙咧嘴，四肢开叉地躺在玻璃桌上。这个风烛残年的贵妇人，已然没有姿色，没有气韵。我把客厅的牌桌收起，茶几和沙发搬到儿子的卧室，安排着课桌椅的格局。

一个陌生来电。一种陌生的声音。几句没有温度的话。

"是刘小兰的家属吗？"

"是！"

"我是110，请你现在马上到森森服装厂……刘小兰有跳楼倾向……"

时间凝固。表情凝固。语言凝固。沉默凝固。关于刘小兰的这个电话有无数个解，浑身解数的数学老师笔下已是一团漆黑。她这回又是玩的哪出戏？

森森服装厂已经被里三层外三层地包裹着。警车、急救车、消防车，如临大敌地严阵以待。警察带着我挤过人群，我看到人群里那个好事的木材店老板。他也看到了我，目光中满是诧异。所谓有跳楼倾向只是一种轻描淡写的表述。实际情况是，刘小兰已经完成了跳楼的前期准备，只差一个跳的动作了。她站在六层楼楼顶的栏杆上，左手像翅膀一样地展开，右手举着电话。她侧着脸对电话吼，"你这个骗子！骗子！我不相信你！"而后，她收起左臂，咬着牙根双手一齐发力，起爆炸弹似的按掉手机。

我趁机往前走了两步。她猛地侧转过身，像被风吹送的烛火晃了两下。这回，她赶忙抬起两只手臂。我不敢再靠前。我与她隔着两三米的距离。

她收起两臂，眼神呆滞地看我。"你怎么来了？你不去找吴倩找我干什么？"

"你瞎说什么呢？快下来！危险！"我的语气有些威严，招手招得很坚决。

"你别骗我！她回来了，你肯定想跟她重修旧好……"刘小兰的上半身整体往右倾斜，她瞄了两眼六楼下的人群，"我成全你！"

"孩子都这么大了，你还说这种话……"我往前挤了半步，语气温和，"我跟她是不可能的……"

"真的？"

"真的，我什么时候骗过你？"

"那好，你老实告诉我，那天晚上没回家你去哪里了？"

"我去臭头强家拿画……"

"那，第二天你鬼鬼祟祟去公园干吗？"

"我去博物馆找馆长……"我突然想起了那件红衣裳，"那天，你在我身后？"

刘小兰点头。洋葱一层一层地剥开，散发着刺激性的香味。一个真相的背后，总有无数个真相相佐。刘小兰的嘴巴一张一合，启动真相的快门。她紧绷的身体慢慢打开。

"下来吧，小兰，你下来说。"我向前迈出一步，向刘小兰伸出了手。她向我走近了一小步，微微俯下身子。就在我们的手即将相握的时候，她突然直起身，向后倒退了一步。她惊惶地叫道，"不，不！你不会原谅我的！你不会原谅我的！"由于重心不稳，她的身体剧烈地晃动，像飘零的树叶。我匆忙止住脚步。

"那么多钱！那么多钱！"她摇着头喃喃自语，一点点往后挪着步，两只眼汪成两条小河。

我马上意识到她说的是画，就编了个谎。"没事，我探听过了，画可以修补……"

"真的？"刘小兰眼睛亮了一下。但只是一下，又拼命摇头。"不单单是画，还有很多钱……"

她果然又去赌时时彩了！我像突然伸进了冰水里，手不由得往回缩了下。几年前，她已经发誓不再赌了。可是，现在……

"我把钱寄在我表姐那儿，2分利息，谁知道她又拿去借给臭头强的担保公司……"刘小兰抹了几把泪水，哽咽地说，"我去找过表姐很多次，她一直说她没钱。她甚至都不见我，不接我电话。今天，我在她办公室给她打电话。她说，'投资是有风险的，凭什么赚了你拿利息，赔了我出本钱？'

我说，'你不把钱还给我，我就死给你看。'她居然说，要死你就死，我会送一个漂亮的花圈……好，我死了，她就会把钱还给我……"

我有些许的释怀。我再次向她伸手，"你下来！你想，你死了，她如果不还钱，那怎么办？"

"不，她一定要还我！一定要还给我！"

"算了算了，我想好了，咱们再办培训班，把钱给赚回来……"

"那可不是一笔小数目……"刘小兰顿着脚说，"整整 20 万啊！等你赚回来，我们都老了……"

20 万？一切都凝固在这个天文数字里。

手机再次响起。一串莫名其妙的长号码。我按掉，再按掉。我向着刘小兰靠近。

"别过来！别过来！"刘小兰小步后移，不断发出警告。手机不识好歹地第三次响起，还是那个陌生长号码。我只能接通。电话里传来一个熟悉的声音。

臭头强！

他妈的跑路的臭头强！

他妈的该遭千刀万剐的臭头强！

"他妈的，王如是，你怎么总挂我电话？赶快替我上关帝庙烧炷香！"臭头强的声音从遥远的地方传来，"这次真是大难不死！那天谈完项目，一高兴我和秘书都喝多了，上了辆黑车，半路上就被抢了。我以为完蛋了，小命肯定不保。哪想到，他们把我们扔在荒郊野外……你不知道这三天我是怎么过来的……还好，命算保住了，还有 2000 万的订单！2000 万啊，是欧元！"

"这……这……"我的车厢重新接上火车头，却一时调转不了方向。

这是一个相反数堆积的时代。

我举着电话，急急地对刘小兰喊出，"臭头强要回来了，臭头强要回来了！他发财了发财了！"

"你别骗我！"

"骗你我会死！"我诅咒般地对刘小兰说。

伸手拉下刘小兰的一瞬间，我最先想到的是：无论如何，我要赶快还回那张《百鸟图》！

8 / 趁凤飞

　　杨念卿对一个标价 5800 元的翡翠上了心。她拿起来，对着房间里的灯光转来转去。那翡翠晶莹剔透，宛如一块深绿色的厚玻璃，漾动着诱人的绿光。

　　表姐从她手上拿走那块翡翠，重新放回架子上，不屑地说，这个不用看。这个不是什么好东西。

　　杨念卿很奇怪，怎么不是好东西？那么绿，没有一点瑕疵。

　　你不懂！那不是 A 货！如果真是好东西，怎么可能才标价 5800 元？表姐放好手上的翡翠，拉过杨念卿的左手，手心朝下。她的右手握着杨念卿的左手，在大拇指的第一个关节处用力一捏，再捏，喜上眉梢，说你这手骨这么柔软，指不定可以戴上我店里的这个小手镯。

　　表姐返身从另一个小玻璃柜下取出一个手镯，拿细布擦拭一番。她让杨念卿在手上抹了点润肤露，在红木桌前坐好，左手肘顶在桌面上。她反复握着杨念卿的左手掌，说，放松，放松，而后，把手镯轻轻往里一套，用力一点点往里挤了进去。那手镯镯身极厚，纹理呈棉絮状，并不通透，泛着一点牛奶的蓝光，镯面上雕着大半圈的花朵和一只扇动翅膀的蝙蝠，花上带着深浅不一的黄，很是雅致。

　　这是上等黄翡"福在眼前"……很多人喜欢得不得了，就是戴不进去！表姐抽了张纸巾擦了擦手说，没想到你还真能戴得进去！怎么样，喜欢吧？

少杰，你也过来看一下！

杨念卿打心眼里喜欢这个黄翡手镯。她翻来转去，上上下下地看不够。眼光恰如那在玉盘中活蹦乱跳的大珠小珠，雀跃着无声的欢乐。

邱少杰走过来，揪起的却是手镯上挂着的标签，标价是七万八。他放下标签，并不说话，硬挺着身板，目光却涨了潮。杨念卿咋了下舌，收起微微张开的风帆，急急地把手镯往外退，说，这么贵，戴得了我也买不起。

严丝合缝地套在杨念卿手腕上的手镯却不是轻易可退下的。表姐按住她的手，轻轻地说，翡翠讲究的是缘分，戴得进去就是缘分……杨念卿瞟了邱少杰一眼，象征性地再退了两下，力道明显是轻的。表姐脸上有几分挂不住的生气，继续说，我又不会多算你……还是按五年前的成本价算你，你给3500元就可以了！末了，表姐突然想起了什么，重新拉过杨念卿的手问，那个翡翠戒指你怎么没戴？

杨念卿的心咯噔了一下。等不及她解释，表姐就说，翡翠讲究的是色和种，有色看色，无色看种，有色有种最好。之前给你的那个，色是满色，没有任何瑕疵，种是冰种，现在市面上即使花五六万元也难买到那么好的货。你千万不要随便送人啊！

五六万？一口气刚提到胸口，却突然被堵住了去路，杨念卿的嘴巴张得大大的。她狠狠地瞪了邱少杰几眼。这个满嘴黑牙齿的瘦小男人顿时更矮了下去。他抬手兀自摸了摸半秃的脑门，目光自知理亏地退了潮。翡翠戒指是四年前表姐在云南开店时，杨念卿托她买的人生里的第一件玉器。那段时日，表姐夫试水赌石市场，接连赌输了两块大玉石后又出了车祸丢了性命，表姐开始变卖资产还债。杨念卿提前还了买房子时找表姐借的5万元，本想找人再挪借一两万借给表姐，可表姐知道她的难处坚决不要。后来，她主动开口说要买个一万元左右的玉器。表姐不要她花钱，要送给她这个翡翠戒指。几番推让，后来表姐收了她7800元，说是成本价。一买回家，邱少杰就一脸不高兴，下里巴人戴什么翡翠？她摸着手上的戒指，小心翼翼地盯着他看，现在哪个女人身上不戴点这东西？他不看她，黑着脸，亮着脑门，把原本抓在手上的报纸重重地信手一扔，几乎是咬牙切齿地说，阉鸡趁凤飞！你表姐店里还有手镯，还有翡翠如意，你是不是也都要啊？也不想想自己一屁股的债！"阉鸡趁凤飞"这简简单单的五字闽南语正像对面工地上水泥搅拌机里流出的水泥浆，"突突突突"齐刷刷地浇灌进她的耳内，带着强烈的情感色彩，那么生硬，那么冷漠，那么尖锐。

多少年没听到这句话了？很小的时候，杨念卿最经常听外祖母说的就是这么一句话。那时候，她寄养在大舅家，跟着表姐一起长大。上小学五年级的表姐第一次到镇上赶集回来，就学镇上的人穿起了牛仔裤。外祖母一看，数落道，死妮子，阉鸡也想趁凤飞？表姐不管，穿得理直气壮，穿得昂首挺胸。上初中时，表姐第一次进城回来，就学人家城里人烫起了大波浪，气得外祖母直咬牙，说，整天就想阉鸡趁凤飞，有本事你就飞走！许是为了呼应外祖母的这句话，高一还未读完，表姐索性一个人"趁凤飞"到云南，从此一去不回头。尽管那时候的她不知道表姐的对与错，但隐隐地，她更愿意把这五个字的重心放在"趁凤飞"上。这一放，表姐俨然一只展翅高飞的凤凰。一直以来，她以为，"阉鸡趁凤飞"只是表姐的专利，与向来温顺的自己隔着山隔着水。而现在，当自己的爱人把这样的字眼罩在自己头上，不知为何，那五个字的重心却落在了"阉鸡"上，一种强烈的排斥感油然而生。难道，就因为一个戒指的缘故，在他眼里，我顶多就是只阉鸡？她赌气戴上戒指，像维护一只阉鸡最后的尊严。

杨念卿在中学教书，邱少杰在区残联工作，两人都是从乡下考进市区的。六年前，两人在市中心买下一套商品房，房子还未到手，一个月六七千的按揭款就已经张着大口。他戒了酒，戒了烟，也戒了对外的许多应酬，就像百源路上银行门口的那对狮子，左边的那只口是开着的，右边的那只永远把嘴闭得紧紧的，只进不出。后来，她在家里办起培训班，每个月多出几千元的收入。她想，生活的口袋可以稍稍松了，可他依然紧着。

那一段日子，手上戴着翡翠戒指，杨念卿的心里却戴上"阉鸡趁凤飞"的紧箍咒。丈夫的目光一上手，紧箍咒就跟着上手，上心。后来，她干脆将戒指收了起来，眼不见为净。一收就是好几年。去年冬天，一个朋友嫁女儿，她受邀当伴娘，为了显示隆重，才重新戴上。哪想，戒指一上手，邱少杰关于"趁凤飞"的经文又起死回生地念了起来。那经文跟以前乡下露天厕所的气味一样，又臭又闷，没日没夜、铺天盖地地袭来。那时，正四处借钱装修房子，他说，没钱装修房子，还有钱戴戒指？干脆把戒指卖了，买一套好一点的真皮沙发！正在纠结难耐之时，交往了20年的好朋友许沁阳爽快地说，你把戒指拿来给我吧，免得你们夫妻俩发生戒指大战！戒指送到沁阳手上时，尽管她百般拒绝，沁阳还是执意多付了2000元。

9800元就这样以真皮沙发和原木餐桌的形式出现在新家里。日子终于重归太平。

原以为9800就是9800，哪曾想转出去的却是五六万！这次，不管邱少杰再放什么"阉鸡趁凤飞"的狗屁，杨念卿意志坚定地要下这个3500元的黄翡。

挺直腰板的杨念卿抚摩着手腕上的黄翡，像在抚摩一份失而复得的爱情。

邱少杰收回了跑到半路的字句。

很长一段时间，那枚满绿的翡翠戒指就像扎向杨念卿指尖的一根刺，不致要命，却疼得实在。又像一只蜿蜒前行的千足虫，蠕动着一身晃眼的绿，从指上爬出，爬过手臂，钻进看不见的角落里。

杨念卿进入卫生间的时候，邱少杰又在挤牙膏。这是伴随着家里使用牙膏的进度，他每隔一两个月都乐此不疲的一个重复性动作。他的双手呈握拳状，在牙膏的底部，两个大拇指呈90度交叉，彼此交替往上挤，左一下，右一下，再左一下，再右一下。仿佛牙膏壳里装的不是牙膏，而是金银财宝。这个时候，牙膏在杨念卿眼前无限放大，她恍惚觉得，邱少杰简直就像用双肘匍匐在牙膏上前行的一个战士，手上的动作充满节奏感，也充满力量。双手匍匐前进到了终点，他用劲压了一下牙膏顶部，牙膏并没有如其所愿地出来。他的双手又返回牙膏底部，继续孜孜不倦地匍匐行进。

杨念卿在心里冷冷一笑，目光直跳几行，默不作声地从抽屉里取出一支新牙膏。

邱少杰瞥了一眼，加快了手上的进程，边喊道，不用拿新的，这个还可以挤出一些，够你用的！他的话还没说完，一截牙膏已经溜出牙膏壳，直挺挺地躺到杨念卿手中的牙刷上。

邱少杰白了妻子一眼，下颌骨咬合了一下，不屑地扔出一句，还没长胖就先喘上了你！而后，将好不容易挤出的一小截牙膏涂在自己刚刷过牙的牙刷上。

那个戒指如果不卖掉，够你每天用一支牙膏！一想起那个满绿戒指，杨念卿就来了劲。

邱少杰的嘴巴蠕动了两下，终究没有说出话来。他把憋住的那股气用在手上，可怜的牙膏盖被拧了一圈，一圈，又一圈。牙膏壳几乎要被拧断脖子的时候，"砰"的一声被扔到了角落的垃圾桶里。

一楼的些许阴凉不足以抵挡热浪。杨念卿用力一拉，"哧——"，窗帘上的钓钩接连掉了两三个下来。没被钩住的窗帘角像突然失去支撑的脖颈，耷拉着软软的脑袋。这是市教育局正式通知取消培训班后的第一个周末，难熬的周末。她已经习惯了让学生来分割她周末的经度和纬度，突然出现的时间与空间让她犹如急驰的跑车意外掉进一个深坑里，动弹不得。

开办了三年多的"念卿学堂"寿终正寝，生活马上又要回到两份工资的单轨道。

杨念卿蜷着身子，怀抱抱枕，歪靠在沙发上，像一只蛰伏在夏季里的青蛇，腰身是懒的，心事却是烦乱的。她的目光在客厅餐厅里游走，所过之处的每个物件都瞬间被镶上了一层冷飕飕的寒意。米黄色的真皮沙发如此崭新，暗红的餐桌还散发着木头的气息，却都不可避免地泛着一层满绿的寒光——她看到的是一颗满绿的戒指。大空调被重新罩上碎花布套，一台已经收到储藏室里的老式电风扇重新被搬了出来，正有气无力地摇头晃脑地转动着。几个月前刚换的 43 寸的等离子电视屏幕上，已经蒙上一层薄薄的尘埃。餐厅里的上了年纪的小容量单开冰箱发出"哼哼"的声响……

这么多年来，来自培训班的额外收入就像儿子抽屉里的水彩笔，为他们的生活悄悄地着色。先是着上一层粉色，生活不再那么艰辛干涩；接着又着上一层浅黄，漫出温馨的芬芳；后来又着上了一层浅绿，眼看更好的生活就要抽枝发芽，浅绿将变成深绿，变成大红大紫……一片殷红漫了上来。杨念卿疼了一下。

好在没花大钱去买那个双开冰箱，否则真就没有退路了。杨念卿想。她下意识地转动着黄翡手镯，像要转动涨价的车轮。好在买了这个。她稍微安慰了些。这些许的安慰刚刚浮起，很快又被手指上的空寂覆盖了去。要是，要是那个戒指还在……唉，怎么就把五六万的真金白银拱手相让呢？这得上多少个周末培训班？她心生怅然。

邱少杰在厨房里忙碌。从挤完牙膏后就开始一直忙进忙出。他似乎一点不受这件大事的影响。她知道，几乎复制乡村生活习惯的他在城市里的生活成本是低的，正如他每况愈下的身高和生活情趣。杨念卿像被芥末辣了一下，鼻子微微泛酸。他可以十年如一日，可她不想。

妈，吃饭了！儿子已经坐到餐桌前，夹了一口红烧肉，边喊，好多菜啊！

十六岁的少年，已经一米七五的海拔，这种对于父亲基因的突变恰到好处地弥补了此时杨念卿的心理落差。她懒懒地坐起身来，把抱枕轻轻一放，懒懒地走向餐厅。她最喜欢吃的白焯章鱼上了桌。她却迟迟不动筷。那被切成段的章鱼摆出漂亮的造型，头归头，触角归触角，趴在豆芽上，俨然在白色的海浪上做最后的游弋。

邱少杰给她夹了几下菜。这是比较反常的一个举动。杨念卿缓缓把头抬起，望向他。他摸索着从口袋里掏出一个小盒子，从小盒子里抽出一条项链，露出满嘴黑牙齿，笑着说，你不是一直想要一条项链吗？结婚时，没有给你买，十八年了，我把这个补上。

杨念卿接过项链，内心充满着感动。她看了一眼墙上的电子日历，恍然大悟，今天是他们结婚十八周年纪念日。结婚这么多年，这该是他第二次送东西给她。感动只是一瞬间的。项链是 K 金的，只是 K 金的。可是，四十岁女人的脖子上，要么就不戴任何物件，要么就戴点含金量高的玉器，没有人会去戴这东西。她想。

杨念卿的右手抓住项链，紧紧地，像要抓住一段稍纵即逝的回忆。她下意识地展开左手，手心，手背，翻来覆去地看。望着空空的无名指，想象着那里曾经开出的大额支票，唯有叹息。一个那么不起眼的戒指，恐怕可以换上百条这样的项链吧！她咬住嘴唇。仿佛那里是一切疼痛的源泉，也是一切疼痛的解药。

邱少杰给儿子夹了一只章鱼的触角，又习惯性地夹起儿子扔进纸盒里的一根吃净的骨头放进嘴里，津津有味地咬了起来，把少有的骨髓吸得"咻咻"响。他说，你也不要太放在心上，你表姐说的那东西也不一定都是真的！

怎么可能不是真的？杨念卿瞪大眼睛说，难道我表姐还会骗我？

真有那么好，你不会找沁阳把戒指再要回来？邱少杰把嘴巴填得满满的，一边嚼一边说。

可是，那么好的朋友，给都给了，怎么好意思再要回来？杨念卿话语中充满着犹豫。

要么就不要再想，要想就再找她要回来，就这么简单！邱少杰往饭碗里夹进几样菜，脸几乎就埋进了高高耸起的菜堆里。许久，他抬起头，若有所思地说，只是，一个戒指万把块钱，咱们现在还有必要花那钱吗？

自己不戴，拿去卖掉也可以赚好几万！杨念卿说。

卖掉？哼！邱少杰用力咬合着食物，带着狠劲。我看根本还是你自己想戴！

妈，你要戴什么？不明就里的儿子舔着汤匙上的汤汁问。

你妈想跟你表姨一样穿金戴银……邱少杰冷冷地哼了两声，接着说，也不看什么时候，整天就想阉鸡趁凤飞……对了，我那同学今天打来电话，人家自己要买车，我们找他借的那3万元要想法子先还上！

3万元？杨念卿咬住了伸进嘴里的筷子。如果戒指要得回来，或许还真可解燃眉之急。

"阉鸡趁凤飞"是什么意思啊？儿子好奇的疑问再次刺激了杨念卿。她剜了几眼坐在对面的邱少杰，他却不管不顾地埋着头，亮着头上那圈刺眼的秃顶。她的目光改变方向，死死盯着那盘章鱼。

戒指就像盘子上突然活过来的章鱼，它用吸盘牢牢吸住她的视线，还伸出八只爪子四处探询。

杨念卿未曾想过会在同事的婚宴上与许沁阳不期而遇。

坐在席位上的许沁阳手上居然戴着那个她几乎没戴过的满绿戒指，几个人正聚在她身边拉着她的手看。她们不像在欣赏那个戒指，倒更像在欣赏那只手。那只手确实是漂亮的手，饱满、白皙、圆润，就像池塘里刚出淤泥的莲藕。戒指戴在那只手上无疑也是天衣无缝、无可挑剔，甚至是画龙点睛的。杨念卿长得细瘦高挑，手指上的指节却遗传母亲的粗大，好不容易挤过粗大的指节套在中指上的戒指并不紧致、牢固，与她手指的骨感形成一种强烈的反差。而那一抹翠绿戴在珠圆玉润的许沁阳的无名指上，像在洁白无瑕的藕节上镶嵌一道绿色滚边。她穿一件嫩绿色的旗袍，脖子上挂一件镶着金边、带点飘花的翠玉，挎一个黄绿搭配的包。这一身绿的主色调正好与手上的满绿戒指相互呼应，相得益彰。她手指的浑圆白嫩，衬得那满绿更加翠流欲滴，衬得那通透的光泽越发熠熠生辉。而戒指的陪衬，也更显得她手上皮肤白如玉、细如绵、娇嫩如新，举手投足间无不透出一种养尊处优的精致，带点小资的风情。她时不时地将手从众人的观赏中挣脱出来，摩挲几下脖颈，托着下巴，先是鼻子上挤出几条纵向纹理，而后"叮铃铃"地一阵笑，仿佛嘴里挂着一个清脆的铃铛。

一股酸酸的醋劲涌了上来。那感觉就好像满腹牢骚的原配夫人，赌气把老公送入小三的怀抱，到头来却只能眼睁睁地看着小三与老公假戏真做后的万般恩爱，自己却对逝去的婚姻无能为力。如果此时坐在许沁阳位置上的是我，她们也会如此关注吗？曾经，她以一年四季的长裙被美誉为"长裙仙子"，沁阳以一年四季的旗袍被称为"旗袍王后"。结了婚，她因为邱少杰的喜好改穿裤子，沁阳则保留着自己的旗袍风。随着年岁的增长，她清晰地看到，小学教师许沁阳随着老公生意的风生水起，在年轻时漂亮的基础上更添了几分迷人的气质与风韵。而她自己，似乎增加的只是年岁带来的珠黄。现在，一道耀眼的满绿，让许沁阳放射出更夺目的光芒，成为众人围绕的圆心。而那道耀眼的满绿，来源于她。

杨念卿的目光拐了道弯。她背向许沁阳，绕过桌子，往隔壁的桌子走去。买回黄翡手镯的第二个星期，她曾打过电话给许沁阳，打探那个戒指。沁阳叮铃铃地笑着说，正打算用这个戒指巴结新来的副校长，便不再多说。没几天，许沁阳打来电话说，那个女领导把戒指给退回来了……杨念卿顺水推舟，说自己的表妹要结婚，就想要自己的那个戒指。许沁阳又在电话里笑出一串铃铛，说，如果是你自己想要，我就给，你表妹嘛，就算了！让她另外去买！人家要结婚，买的东西自然该是全新的，怎么可以要个别人戴过的戒指？杨念卿卡在自己的话里。她万般懊悔这个托词，但已经无法改口。

念卿！念卿！来，来，坐这儿来！这儿还有一个空位！许沁阳看见了杨念卿，抬起那只满绿戒指的手，热情地招呼着即将坐下的她。

杨念卿极不情愿地起身，返回，坐在许沁阳对面的空位上。许沁阳收回那只耀眼的手，满脸焕光地问起孩子的学习，问起培训班的情况。杨念卿的思绪无法聚焦，答得有一句没一句。她的余光一次次扫到那抹翠绿。那翠绿简直是悬在她心头的一把剑，随时落下，随时扎出血来。她一次次强迫自己不要往许沁阳的手上看。无奈，越是强迫，看的欲望却越发强烈。

念卿，你怎么回事？好像心不在焉的样子？许沁阳皱了下眉问。

没有啊！杨念卿咧了咧嘴，指了指周边，语气平淡地敷衍道，太吵了，听不大清楚。

许沁阳还想往下说，有个人经过她的身边时却像被粘住了一样，拉过她的手大呼小叫道，哇，沁阳，你这戒指好漂亮啊！

说这话的人杨念卿也认识，是她的一个学生家长王冬霞。以前办培训班的时候，这个人是她家里的常客。王冬霞也看到了杨念卿，赶紧打了招呼，杨老师，你也来了！而后忙不迭地追着许沁阳问，这么漂亮的戒指一定很贵吧？

许沁阳看了几眼杨念卿，半是欢喜半是不好意思地说，也没多少钱，就几千块钱而已！

不可能！怎么可能？王冬霞举起许沁阳的手，这是满绿翡翠，不仅色好，种也好，至少也值七八万！

七八万？不可能吧？许沁阳把一长串"叮铃铃"的笑声抛向杨念卿，鼻子上的纵向纹理挤得更密了。杨念卿显然被这个天文数字给惊呆了。她的心头汹涌澎湃，悔意一浪接着一浪撞向她的胸腔。

　　王冬霞饶有兴致地讲起自己花了好几万的学费终于学会看玉石的经历，颇有几分传奇色彩。她讲得越生动，杨念卿心头越堵。末了，她又有板有眼地问许沁阳，你说这东西几千块钱买的，要么就是碰上一个傻帽，让你捡着大便宜，要么你就是买了个 B 货！

　　B 货？不可能吧？许沁阳笑开了嘴，正像银行门口那只开口的狮子。她用手轻轻摩挲着戒指，目光却意味深刻地爬上杨念卿的脸。

　　杨念卿被这笑声烫伤了。一阵突如其来的麻感瞬间垄断了表情。她如坐针毡。她既希望许沁阳相信它是真的，又希望所有人都相信它是假的。

　　沁阳怎么可能买 B 货？她肯定是没说实话。旁边有人轻声嘀咕，她老公生意做得那么好……

　　王冬霞又抬起许沁阳的手前后左右地看，边看边说，看这色泽和水头都不像是 B 货……你摘下来我看看！

　　许沁阳正要退出戒指，灯光突然暗了下来。婚礼马上就要开始了。

　　有人压低了声音说，按理不可能是 B 货！可这年头，哪有那么好的便宜？

　　杨念卿觉得自己一定得说点什么。她想说，东西一定是好东西，沁阳真是捡着大便宜了。可鬼使神差，脱口而出的却是酸酸的几句话，这玉也要看人戴！沁阳一副贵妇人相，哪怕戴的是 B 货，人家也会以为是真的！换成我，一副穷苦相，即使戴的是 A 货，人家也以为是假的！

　　杨念卿依稀看到许沁阳脸上的笑像是被自己的这股酸劲微微绊了一下。

　　这倒是真的啊！同桌的人都附和着认同，讨论的主题由玉转为人。杨念卿看到，许沁阳重新挂起一串串铃铛来，笑靥重新在她脸上扬满帆。

　　看来，她对它真是上了心的。

　　除非，它是假的。

　　可它，实实在在是真的。

　　《婚礼进行曲》响了起来。杨念卿脑子里突然冒出一个大胆的想法。这个想法连她自己都感觉有些不可思议。假使，假使……她不敢再往下想。

十点未到，杨念卿已经早早地躺到床上。她期盼睡个好觉。心中的念想却犹如身下燃着的火焰，烧得她频繁地翻身。于是，睡眠正像那滴入油中的水珠，慌不择路地从这边跃起，跌下，又跃起，再跌下。跌到左边，面对的是鼾声四起的邱少杰，眼前浮现的却是那个满绿戒指。跌到右边，面对的是壁橱，飘来荡去的却是马上要还的3万元和每个月七八千的按揭。即使仰面躺着，在天花板上居然也会闪现出再过三四年才会出现的儿子的大学入学通知书，上面赫然印着高昂的学费……

连续几天，每个夜晚原本就差的睡眠都被那个带着点邪恶的念头扯得又长又细没了气息。从小到大，她没学会说谎。每天大课小课，她也一直告诫学生们不要撒谎。而现在，她正被自己潜心构造的惊天大谎压得喘不过气来。

她需要一个帮她递话的人。这个人必须诚实可靠，还必须要跟她杨念卿与许沁阳都有交集。几个符合条件的人鱼贯而出。朋友小梅，她是许沁阳的同事，可是，她对翡翠一点研究都没有，而且也少与许沁阳打交道；堂妹阿芳，她与许沁阳也很熟悉，可是让她说句玩笑话都会脸红，何况……同学美娜，她与许沁阳似乎更肝胆，万一倒戈不站在我的立场讲话怎么办？找谁说比较合适呢？

这个问题一直被杨念卿带到天亮时，带到餐桌上，带到骑车往学校的路上，带到讲解《项链》的课堂上。文学世界里，假的项链被当成了真的，而真实世界里，如何让真的戒指变成假的呢？这样想着，她突然踩不着油门般地思维断档，脑子里一片空白，讲到一半的课文戛然而止。

所有目光聚焦于杨念卿发愣的神情，一圈又一圈。

杨老师！杨老师！学生们轻轻的呼唤此起彼伏。杨念卿重新踩上油门，回过神来。她有些不好意思地环视一圈，继续讲下去。讲到结局，有个学生突然举手提问，杨老师，如果当时女主人公买一条假的还给那个有钱人，那会是什么样的情形？

　　如果那样的话，那就没有这篇小说了！杨念卿笑笑地答。当她的目光温和地落在这个学生的身上，他母亲的名字立马跳了出来。

　　王冬霞！

　　当这三个字莫名跳出来的时候，杨念卿也被自己吓了一跳。就像一头扎进冰水里，她感觉全身的毛孔瞬间绷紧。王冬霞曾经托她买一套辅导材料，约定取书的日子就在今天放学后。

　　备课室里再无他人。王冬霞接过辅导材料，给杨念卿递过一个装着钱的信封。杨念卿把信封往她的方向一推。说，这个，你先收回去，以后再说。

　　王冬霞还想往回推，却被杨念卿依然使着的力气顶住了。杨念卿探过身子，轻轻地说，我有个事情也想请你帮忙！

　　请我帮忙？王冬霞的手指头像被万能胶粘在自己的鼻尖上，静止不动。

　　这以后，等待犹如被时间提在手上的麦芽糖，一提，就老长老长。就像伯牙弹出了高山弹出了流水期待着子期的回应，杨念卿也在等待王冬霞的回应。可王冬霞却俨然跟不上拍子的舞伴，迟迟不见动静。她不想因为这事丢了自己的师尊，所以，也就忍着，等着；等着，忍着。

　　渐渐地，就淡了。

　　日子装进了恒温箱里，一切照旧。杨念卿与许沁阳依然偶尔见见面，偶尔打打电话，不增不减，不咸不淡。保持着原有的温度，保持着原有的色泽与湿度。

　　许沁阳请客的地方只是个小饭店。低矮的楼层，狭窄潮湿的通道，打滑的楼梯台阶，所谓的包厢只是廊道尽头一间窄小的房间，密布污渍的墙壁犹如一个浑身臭味的老男人穿一件汗斑点点的白汗衫，餐桌上的橙色桌布这边一个窟窿，那边一片油迹，像一只被开水烫伤脱了皮的老黄狗。已经上了桌的都是又常见又便宜的农家菜，老鸭汤、炒猪肝、炖猪肚……这是杨念卿始料未及的。

去年，也是许沁阳儿子的生日，他们请杨念卿一家子吃的是新开的一家五星级酒店的自助餐。光滑得可见倒影的大理石地板，巍峨气派的大理石堂柱，甚至让杨念卿有些怀疑自己身上不够优雅的衣服是否衬得起这么富丽堂皇的酒店。曼妙的音乐像从四面八方不断涌出的清泉，徐徐飘来。雅致的壁纸，欧式的餐桌，餐桌上充满异域风情的小物件，无不让人恍如隔空穿越到欧洲。餐架上应有尽有，生食区有三文鱼片、生蚝、螺片等，熟食区有中鲍、小青斑、鸵鸟肉等，还有许多精致的手工菜，以及即时清理的五星级服务。后来，杨念卿儿子过生日，她坚持相配套地请许沁阳一家子上了一次相当高级的海鲜馆作为回应。

许沁阳夫妻不说话。杨念卿夫妻也不说话。只有两个十几岁的孩子先是埋怨了一番，但很快就迫于难耐的饥饿一头栽到了菜碟里。许沁阳若有若无地动了几下筷子。杨念卿也懒懒地用筷子夹了两下，夹住几根青菜，也夹住一肚子的猜疑。揣着心事，几个大人都像新手练习的颠锅上颠来倒去的沙石子，起起落落，落落起起，只是那起落间的声音唯有自己听得见。

好不容易把一顿饭的时间耗掉，许沁阳的丈夫提前到楼下结账，邱少杰带着两个孩子紧随其后。服务员出门后，她才起身虚掩上门。

念卿，有个事情一直不好意思说……许沁阳挨着杨念卿坐下，不停摩挲着脖子，欲言又止。杨念卿注意到，此时她的脖子上空空的，只有一截又圆又嫩的白。顺着她摩挲脖子的手指往下，那颗耀眼的满绿戒指横在眼前。

什么事？你说呀！杨念卿别开眼神，像避开一道刺眼的闪电。

是这样的……许沁阳揪着脖子上的皮，像要揪出一个重要的决定。她说，你也知道，舒城跟人家在社会上放贷。哪里想到放贷会有那么大的风险。最近，找他贷了200万元的人跑路了，现在借他钱的人天天找到家里来要钱……

怎么会碰上这种事？杨念卿急了，你们报警了吗？

哪里敢报警？许沁阳说，这种民间高利贷是不受法律保护的……

那怎么办？杨念卿问。

最近我们都在四处借钱来还……许沁阳说。

一提到钱，杨念卿卡壳了。沁阳，不好意思，我这培训班一停，连还银行按揭都难……

不，不，我不是要找你借钱！许沁阳摆摆手，又摸着脖子说，我脖子上的那条翡翠项链卖给一个同事了……像一只拖着档位行进的老破车，许沁阳走走停停。好一会儿，她放下手，伸出那个戴着满绿的手指头说，这个戒指……你能不能……

一股热热的东西涌上杨念卿的头。她几乎要热血沸腾。这，这，这不正是自己想要的吗？

心中刚不动声色地掀起一股浪，逆向而来的一个浪打了过来。这东西的到来，居然是以她家的经济落魄为前提，这可不是我想要的！……可，既然这样，那我岂不是在帮她？一想到这儿，心中就有了底气。杨念卿按捺住喜悦，缓缓地说，没事，没事！既然急缺钱，戒指我再拿回来！实在不行，我再退给我表姐也没问题。

许沁阳旋转着手上的满绿戒指，像在倒退着旋出一个拧进时间里的螺丝。螺丝是紧的，时间却松了。

接过戒指，杨念卿轻车熟路地套到自己手上，展开手指，说，钱我明天再打到你卡上吧！两秒钟的停顿，她补充了一句，我打一万二给你吧！就像本来已经画好的一幅青绿山水，她又轻轻描了几笔，几重远山就呼之欲出了。

不用，不用！许沁阳语气中带着些许生硬的拒绝，我已经很不好意思了……

出饭店的时候，两人不约而同地选择了沉默。看着走在前面的许沁阳不再昂首挺胸，而是松松垮垮得像一团软软的棉絮，杨念卿的心里五味杂陈。人家正是有困难的时候，我这样是不是落井下石？

许沁阳停住脚步，回过头。杨念卿急走几步，走到她身边。她拉着杨念卿的手说，念卿，我还有事要到我妈家去一下，就不跟你一起走了……谢谢了啊！

"谢谢了啊"几个字一丢过来，杨念卿几乎是条件反射性地回了一句"怎么这么客气"后，她忽然意识到，两人间从未有过的这种客气感无端产生了一种掏得人心空窒息的距离。看许沁阳拐入小巷，她捏着手指上失而复得的沉甸甸的戒指，有些不是滋味。

这时，电话响了。王冬霞！刹那间，杨念卿突然顿悟：今晚的情形绝对不是个巧合！这个许沁阳！她以为她螳螂捕蝉，我还黄雀在后呢。就这样，心中仅有的一点愧疚荡然无存。

电话一接通，王冬霞口口声声感谢杨念卿对她儿子的额外关照，说是那套辅导材料对儿子的帮助非常大。杨念卿说，你也不用跟我客气，教育孩子本身就是我们的职责。说真的，我还想好好感谢你呢！

感谢我什么？王冬霞接不上轨道。

那个翡翠戒指的事啊！杨念卿说。

噢！那个事呀！王冬霞支吾起来，对不起啊，杨老师，那事，我想来想去不知道怎么跟沁阳说，我还没说呢！我过几天再跟她说！

你没跟她说？杨念卿呆住了。她懊恼地捶了两下胸口，却莫名有了一种很庆幸的感觉。

杨念卿换鞋进门的时候，儿子正拍拍手上的碎末，把薯片的外包装袋信手扔进茶几旁的垃圾桶。邱少杰连忙起身，从垃圾桶里捡起那个包装袋。

爸，都吃完了，你捡那个空袋子干什么？儿子抹着嘴巴不解地问。

邱少杰轻轻摇了摇包装袋，袋子发出"沙沙沙"的细微声响。他面露喜色，将袋子倒扣在左手上，袋子的开口处果真又掉出一小撮薯片的碎屑。怕倒得不干净，他又将袋子上下颠了颠，确认再无遗漏，他伸出左手上的一小捧碎薯片冲着儿子说，你看，还说没有，这不是薯片吗？

那么碎，怎么吃啊？儿子皱着眉头。

邱少杰一仰脖子，将那一小捧碎薯片扣进了嘴里，而后重新揉了揉包装袋扔进垃圾桶。

杨念卿摇头在沙发上坐下的时候，邱少杰一眼就看见了她手上的变化。知道杨念卿滴水不漏地拿回戒指，邱少杰是高兴的。他挨着妻子坐下，拿过戒指说，早知道这么快就拿回来，昨天我就不找朋友借那3万元还同学了！他摸着这个小小的戒指，上上下下看个不停。你说这么个小小的玩意儿怎么就有人愿意出几万块钱来买？我看，咱干脆把戒指卖了，把银行按揭的钱还掉一部分，这样，我们的月供会省力些。

杨念卿拿回戒指说，这种翡翠越来越少，还会再涨价。既然现在不那么急着用钱，也不必着急出手……

我早知道你压根儿就没想过要卖！邱少杰腾地站了起来，说白了，还是想阉鸡趁凤飞！

趁凤飞就趁凤飞！杨念卿索性把戒指往手上套，以后，我还要把这翡翠当传家宝传给儿媳妇呢！

戒指戴在手上，却像那只八角章鱼伸出触手挠着心挠着肺，挠得杨念卿心神不宁。她给许沁阳卡上多打的2200元，被许沁阳退回来了。这让她更加寝食难安。

有几次，杨念卿约了许沁阳一起用餐一起逛街，许沁阳都拒绝了。许沁阳越是拒绝，她越是难以自拔。想要的东西回来了，日子却比没要回来时还难过。仿佛自己在手上剜了一刀，口子越来越大，而缝合的针线却在许沁阳的手上。

心上的螺丝渐渐松动。有时，杨念卿也会试探着跟邱少杰说，是不是该把戒指退给许沁阳？心上的天平是摇晃不定的，只要一句话的分量，就足以确定方向。邱少杰眼睛一瞪，你傻啊？也不是你主动找她要的，是她求你要回来的，你凭什么还把东西退回去？再说了，你该做的弥补也做了，你并不亏欠她什么！她应该感谢的是你！

于是，那杆秤死心塌地地朝着一个方向，再不犹豫。

大约半年后，杨念卿参加全市名师工程培训班。同宿舍的是一个满身珠光宝气的中年女子，脸上厚厚的脂粉像一层刷得并不牢靠的白漆，眼看随时都有掉漆的危险。她一眼就看到了杨念卿手上的翡翠戒指，抓起杨念卿的手就发嗲道，哇，没见过这么满绿的翡翠耶！要好几万吧？

杨念卿抽回自己的手，像抽回一张不小心让人看到的存款单。她受不了这种陌生人之间的过分亲切，这种亲切腻歪歪的，犹如每回焯过排骨的水面上漂浮着的那层泡沫状的血水。

女人并不放弃。她像嗅着腥味的猫，黏着杨念卿跟到卫生间里。怎么样，要好几万吧？

杨念卿一边往梳妆台上摆放化妆品，一边看了镜子中一脸虔诚的女人，不耐烦地应了一句，应该要吧！

我就说嘛！女人拍了一下手，扬了一下头，下巴高高地往天上翘着，颇有几分成就感。她说，我有个同事，前段日子送我一个跟你这个几乎一模一样的戒指，也是这种绿，也镶着这样细细的边，嵌着这样一二三四……七八，对，也是八颗钻，我一眼就断定是假的，绝对是假的！她一个小教师，哪有可能送那么好的东西？女人语气坚定，鼻子里吞吐着不屑的气息，举起杨念卿的手，像举着一把翠绿的火炬。你说，这么满的绿，这么透的冰种……啧啧，当时我还提醒她去做个鉴定，她居然还不大领情！说是好朋友转手的……

满绿！小教师！好朋友转手！一个个似曾相识的词语密密麻麻地摔在杨念卿脸上，嘎嘣一声，她怀疑自己的牙齿相互咬缺了角。

你是哪个学校的？杨念卿下意识地问。

向阳小学啊！女人反问，你呢？

杨念卿头皮一阵发麻。她忐忑地问，你是新来的副校长？

对呀，你怎么知道？女人很是惊讶。

向阳小学？女副校长？杨念卿只觉一阵眩晕。她扶住洗脸台，身体还是不由自主地晃了两下。就像看电视时突然断了信号，眼前闪现的只是白白的雪花，一闪，一闪。

怎么啦？怎么啦？女人受了惊吓，赶紧扶住杨念卿的身体。

杨念卿直直把女人推出卫生间。她抬起自己的左手，手心向着自己，手背向着镜子。镜子里，那颗满绿正在扩散，扩散，向着戒指的边缘，顺着手指头一点点往上爬，爬上那件久违的飘逸的白色长裙。她觉得自己就像那钻进戒指里的手指头，被箍得紧紧的，紧紧的。

杨念卿捏着自己的脖子，像许沁阳一样揪着脖子上的皮。她不觉得疼。她只觉得喘不过气来。她想在脖子上找到一个出口。

原来，沁阳已认定它是假的！她一定以为我骗了她。可是，可是，我真没骗过她……它到底是真是假？难道，难道，难道是表姐在骗我？难道？莫非？它真是假的？

趁凤飞！趁凤飞！杨念卿的耳畔不停回旋着邱少杰咒语般的话，目光承受不住这份重量，渐落渐低。突然，她瞥见自己手腕上的黄翡。

那么，这个，这个……杨念卿的心一沉。眼前一黑。

杨念卿一刻都无法停留。她一头扎进霓虹闪烁的街面，直奔东街口玉石店。

推开店门，一声"欢迎光临"机械化地响起。她低着头，在心中祈祷：最好它是真的……刚探进半个身子，她的双腿却犹豫了。万一它是假的呢？她放开手，收回探出去的半个身子。"欢迎光临"再次响起。不！不！最好它是假的……她再次半推店门。"欢迎光——""临"字还没响起，她又重新放手。万一它是真的呢？店门不解风情地夹住她飘逸的白色长裙，她只能再次手推店门。刚挨着玻璃门上的手把，"欢迎光临"就极其干脆地响起。有人从店内直接打开了门，一股力量把她往前送，她趔趄了两步。有人扶住了她，问，需要帮助吗？她用手搭住前额，急急退出店门，任由"欢迎光临"响在身后。

玉石店的拐角处有一棵广玉兰，杨念卿的后背重重地靠在树的主干上。两种截然不同的意念此时犹如交替冒出的管涌，一遍遍撞击着她的胸膛。"扑通——扑通"此起彼伏，"真的！假的！"愈演愈烈。

如果它真是假的，那么我亏欠的是沁阳。去年，在自己装修房子需要钱的时候，人家许沁阳连看都没看就买下了这枚戒指，还多给了2000元。如果不是多年的好朋友，人家能这样？即便后来知道是假的，并且因为这假给领导留下了极其不好的印象，她也没有一句怨言。她还一直默默地替我保存着。想来，她说"如果是你自己想要，我就给，你表妹嘛，就算了！让她另外去买！"是有着没有道破的一层深意的。如果不是碰上经济困难，她肯定也是不开口的。真正开口了，人家想的也只是要回原本给出的钱，这都是情理之中的事。对于我，人家可谓是仁尽义尽，而我呢？却在想方设法地算计！！

如果它真是真的，那么我亏欠的是表姐和许沁阳。表姐从小就那么疼我，重的活都自己扛着，好吃的好穿的都想着法子帮我留着。几年前，丈夫去世，经济窘迫，连唯一的一家店面都有人虎视眈眈，在自己最困难的时候，表姐还把这样的好东西原价给我，那几乎就是半送了。想想，那时的表姐得有多难？即使是假的，作为姐妹，就算当时帮她一把又怎样？何况，这么多年了，表姐说那是个好东西就一定是个好东西，自己怎么可以如此不信任她？这难道不是对她的亵渎吗？不仅如此。如果它是真的，那么自己低价从沁阳手上要回这个真玩意，真的能那么坦然？

既然这样，我何苦一定要知道它是真是假呢？

这样想着，所有难解的心事都像掉入水中的一滴墨，荡开了，释然了。

河流涌向了同一个出口。往下的一切都有了发展的理由和方向。

日子被重新捋平了。直到有一天，两人在看《鉴宝》时，邱少杰重新提及卖戒指之事。杨念卿说，你不用再做这个梦了，那戒指是假的。

假的？邱少杰正襟危坐。你去找人鉴定过了？

杨念卿摇头，轻轻地说，我当真的收藏就是了。

你怎么这么傻？邱少杰像全身竖起硬刺的刺猬。如果真是假的，我们不就亏大了？

你亏什么了？杨念卿问。买房子那会儿，表姐借给我们 5 万元的时候，你怎么就没想过人家亏了？人家那么困难的时候，即使真是假的，就当成付了利息又怎样？

什么付利息？她借钱给我们，我们是要卖她人情的，如果需要付利息，那就不必欠她这人情了！邱少杰说得理直气壮，那圈秃顶的包围圈似乎也跟着扩大开去。再说，付利息也要让她知道啊！不能不明不白地亏了这一万块！转念一想，还是觉得不对。他又说，不行不行，万一是真的呢？马上拿去鉴定！如果是真的，咱们就留下。如果是假的，就退给你表姐！

我看你这么多年在残联工作，肢体没残缺，心理已经残疾！一股气流涌上杨念卿的心头。她的拳头握得紧紧的。她再也抵挡不住。埋在心中多年的质问像浪潮涌动，一浪接着一浪。凭什么是假的就退给我表姐？是真的咱就留下？你怎么没想过，如果是真的，咱们应该退还给许沁阳？人家凭什么要白白给我们几万块钱？人家正是缺钱的时候，多出几万块钱自己不能用啊要给你？你能不能讲点良心？

哇，什么时候学得这么高的觉悟啦？如果不是你阉鸡趁凤飞，怎么会生出这些事？邱少杰讥笑地说，是，我心理残疾！你自己身上有几根毛最好看一下，不要阉鸡趁凤飞还想做善事！说我没良心？你有良心你有良心！这年头良心可以当钱使？可以还按揭？

好歹我还有趁凤飞的念头和勇气，而你呢？杨念卿看着眼前这个瘦小的男人，心生凄然。两个人似乎拉着一条看不见的绳索，越来越紧。这时候，儿子捧着周末练习跑出来问，妈，这问题也太弱智了吧？什么《项链》这一课里到底是项链重要还是友情重要？这还用说吗？

　　杨念卿看了一眼儿子，双手轻轻放开，软软地坐下，淡淡地说，是啊，这还用说吗？像是对儿子说，又像是对自己说。末了，她把头转向邱少杰，说，你爸未必知道啊！

9 / 居易难

/ 一 /

从梦中醒来，柳燕又是一身虚汗。她下意识地摸了一下自己的腰部，一切安然。可这一摸像是接通身体的电源，隐隐的麻意无端生了出来，迅速向着周边漫延开去。腰上俨然已经开了一道长长的口子，里面的物件活生生地被掏了个空。

立夏以来，柳燕重复地在做同样一个梦。即使黑灯瞎火，那梦仿佛也摸清了路径，顺着紧张的藤蔓，轻车熟路，隔三岔五地光临。好不容易做出的决定说出口时本是非常坚决的，可难以控制的梦境终究还是背叛了言语。

睡意全无。柳燕做了两个深呼吸，闻到的是枕巾上淡淡的薰衣草香，隐约还有窗前那盆薄荷清清凉凉的青草味。她半眯着眼伸手去摸床头柜上的小闹钟，小闹钟立刻发出微蓝色的光。这是她最为喜欢的浅浅的蓝，那光柔和得像是一席蓝色的绸缎，整个房间瞬间氤氲着，柔软着。

送你个礼物吧！他走到她的桌前，双手背在身后，声音轻柔得宛如四月里的风，嘴角的笑像是桌上那盆纤细的兰花枝条上长出的一长串的花骨朵，半开半合着。什么礼物？她把钢笔套进笔帽里，笑着站了起来。送你个起床器！他从背后拿出一个淡蓝色的小闹钟，调拨着上面的按钮说，这种钟是针对你这种赖床功夫了得的人设计的，每隔五分钟响一次，每次响铃的声音由小到大，大到你非起床把它关了不行……谁赖床功夫了得？她嘟着嘴，背过身去表示自己的不满。她比他小了整整六岁，那年她才十九岁，完全有撒娇和不讲理的理由。嘴巴再翘再翘……他一手捏住她的嘴唇，她一扭身躲开，他又追上捏住，大笑着说，再翘，再翘就可以吊水桶了！她闻到了他身上淡淡的烟味，闻到了他鼻孔里进出的气息，那些气息烧着红红的火，把她的脸灼得发烫。她捂住脸。窗台上的花开得正艳。黄的是玫瑰，红的是倒挂金钟，白的是龙吐珠。玫瑰的香气氤氲着，房间里的气息柔柔的、松松的、软软的。

已经是夜里十二点多了。微蓝色的光在桌上闪了两闪，屋里重新被刷成黑色。

进户门"卡"的一声重重地关上了。很快，随着主卧的门"砰"的一声响，周一舟夹杂着汗酸味的一身酒气钻了进来，屋里的灯也刺眼地亮了。柳燕厌恶地合上眼，背过身去。结婚十三年，这位周家二公子从来不懂得顾及他人的感受。尤其是在酒后，大凡有人数落他一两句，周遭必有物件遭殃。县城的那套小房子里，瘸了脚的靠背椅、抬不起头的电风扇、断了线的电话机，还有豁了口的盖瓯、茶杯，瘪嘴瘪脸不锈钢口杯，都是他耍酒疯的罪证。自从她调到 X 城后，他便进了她姐夫的公司当上车队队长，总算让一家人过了几天不沾酒的清静日子。孰料，车队队长并非企业高管，却是个再闲适不过的位置。从某种意义上讲，该算是姐夫为他量身专设的岗位——公司原本并无队长一职，车队管理一直是办公室主任的一项职能。因为闲适，因为这层背景关系，安分没几天，周一舟很快与公司的司机们打成一片，恢复了在小县城里的生活节奏，早出晚归，频频买醉。

你——呃——跟你姐说了——呃？周一舟一边打着饱嗝，一边扯着衣服上的扣子问。见柳燕一动不动，他把脱下的上衣砸了过去，问你话呢！别他妈跟我说你没醒！呃！

还——没！像是播放一组慢镜头，柳燕微微侧过身，动作刻意地放缓了。话语也受了动作的感染，慢得有些犹豫，有些没有底气。

为什么没说？呃！周一舟显然有些生气了，把脱下的裤子重重一甩，丢在靠窗的电脑桌上，扭头盯着妻子。他的眼里蹿着火苗，扑闪扑闪。

我，我开不了口……柳燕转过身坐了起来，她不想对撞周一舟的心火，只瞥了一眼就低下头去，喏喏地解释，那天当着那么多人的面我说都说了，怎么好……

切，有什么开不了口？都跟你说了，随便编个什么理由……脱得只剩下短裤衩的周一舟腆着个圆滚滚的大肚子，掏出口袋里的手机扔在床头柜上，不屑地打断柳燕的话。微蓝色的光扑扑闪了两下，颤巍巍地。他单脚站立，双手抱起右脚，身子弯成虾姑状，抓住右脚上的袜头用力扯了两下，袜子被扯得长长的，却没有完全被扯出。他单脚跳了两步，用力一拽，终于扯下了袜子，又如法炮制，拽下了另一只。他将两只袜子信手往地上一扔，光着脚往床边走。谁不知道，那天说纯粹是为了给她心理安慰？她还当真？

你也知道，我姐现在都快崩溃了，好不容易给了她点希望……柳燕低着头小声说。每个用词、每句话的语气，她都拿捏得小心谨慎，以避免对面这个人的借酒发挥。这些年来，她一直对咱们这么关照……

关照个屁！这算什么关照？周一舟松几下短裤的裤裆，又提几下裤头，裤头上的橡皮筋"噼——啪"响了两声。他进了卫生间，又折了回来，又开双腿站立，双手轮流拍在肚皮上，那面大鼓果真发出"啪——啪"的声响。你妹妹大学一毕业就留在上海当妇产科医生，一年几十万收入，这才叫关照！你弟弟本硕连读还不够，还要送他到美国去留学，这才叫关照！也就你，这一点点小恩小惠就感恩戴德的样子。他们那么有钱，自己住那么大的别墅，自己亲妹妹就住这么个小房子，也不觉得寒碜。等哪天我赚了大钱，什么50万，我加倍还给他们！

50万？还加倍？你说得倒是轻巧！我看你连5万都拿不出来！再说了，我姐给咱们的又何止50万？我姐又没欠咱们的，给了关照还要遭你嫌？凭什么人家一定要关照我们？！层层叠叠拥挤到嘴边的几句硬话，半路上已经被抽了丝剥了茧，终究被柳燕嚼得软软的，重新咽下。

周一舟一反常态，直接一脚踹开门，借着酒劲摔了桌上的花瓶，又摔了床头柜上的电话机。他甚至抓起梳妆台上崭新的摩托罗拉手机，往地上又是重重一摔。别以为自己还是没结婚的小姑娘，有几分姿色就可以去勾引小男人？他是我同事，你发什么神经？你不是不知道今晚我们同事聚会！他无非顺路送我回来！柳燕一边气咻咻地做着回应，一边蹲下身子捡起已经身首异处的手机。别打着同事聚会的幌子干见不得人的勾当！周一舟越说越难听，刚才我要不出现，可能都要来一首《吻别》了吧！只有自卑的男人才会去怀疑自己的老婆！柳燕再听不进这番污秽的污辱，用力回敬了一句。你他妈的还敢嘴硬！他的拳头赶集似的冲了上来。

十多年的软肋横在那里，从第一次家庭战争开始就被他十拿九稳地擒在手上。她曾经也想过试着去掉自己这根可怜的软肋，但她做不到。每个家庭都有发生战争的可能，唯一的差异只是战争的强度和频率。第一场战争的胜负是至关重要的，几乎主导着那之后任何一场战争的结局。谁在第一场家庭战争里取得胜利，谁就将长久地在家庭中占据要塞，取得主动权。对待同一件事情的不同态度，决定了战争的输赢。选择息事宁人的那一方，注定是战争的失败者——一次隐忍，终究得次次隐忍。

眼下，唯一的办法只有隐忍。十几年的时光，足以让她把隐忍的功夫炼到炉火纯青。他不喜欢她整天往外面跑，好，那她就整天待在家里看书、看小孩儿；他不喜欢她像别的女人那样做太时尚的黄色烫发，好，那她即使偷偷去烫了卷发，回到家里依然束成马尾辫的样式；他不喜欢她夏天的时候衣服一天一换，好，那她就一套衣服穿两天……看着马桶前那赤条条的周一舟，她咬紧牙根，不让那些碎末漏出。一股酒精混着荷尔蒙带着热气的尿臊味涌了过来，她的眼睛被熏得有些发酸。

柳家有四个孩子，柳燕与姐姐柳莺是双胞胎。虽为双胞胎，姐妹两个的长相却有着很大差别。柳燕长得瘦瘦高高，俨然那骄傲挺拔的竹子，昂首挺胸，她的皮肤白皙、水嫩，一对大大的杏眼，两弯细细的柳叶眉。唯一的不足就是长了两颗小小的虎牙，让她对自己的笑经常要注意尺度；柳莺长得矮矮胖胖，还微微含胸，她略显粗糙的皮肤有几分黝黑，眼睛不大，眉毛倒是浓密茂盛，头发也长得乌黑发亮，最漂亮的要数那排洁白整齐的牙齿，大小均匀，紧密有序，像箍在一个模子里长出来的，无可挑剔。

柳莺结婚得早，柳燕还在她的八年"抗战恋"时，柳莺已是两个孩子的妈。姐夫谢两旺是个中学教师，家里穷，经济负担重。而柳燕当年的男朋友周一舟家境殷实，又出手阔绰。一开始，都是柳燕在接济姐姐一家，有时三两百，有时百八十。两个外甥一年四季的衣服基本上她包揽了，偶尔她也给姐姐带一两套像样的裙子。不知从什么时候起，生活来了个180度大转弯，姐夫辞职后办的灯具厂一点点起色了，越做越大起来，周家砸进股市的钱却严重缩水，回归普通工薪阶层。长相差异很大的姐妹俩就像是坐在同一个跷跷板的两端，你高时我低，你低时我起。这两年，柳燕身上开始出现的名牌衣服、名牌手提包都是姐姐送的，女儿每天用的KAWAI钢琴是姐姐送的，一家子每年一趟的旅游是姐姐送的，周一舟买六合彩欠下的赌债是姐姐帮忙垫付的，甚至现在一家人刚刚搬进的这一套三室一厅的房子也是姐姐帮忙支付的50万首付款。

柳燕无奈地摇头叹气。婚姻有时真像一场赌局，押下的那一瞬间，就已经决定了输赢。二十年前自己押下的赌局，早已知道输赢，却注定要用一辈子继续赌下去。

周一舟嘴里说的话抖了几抖：再说了，再大的关照也不至于要拿自己的命来偿还！

哪有那么严重？！柳燕轻轻地说着，小妹说……

怎么没有那么严重？周一舟提上短裤衩，歪扭着身体往外走。光着的脚板许是沾上了他自己的尿水，砸在木地板上响得厉害。他的食指抵在柳燕的脑门上，一下，一下，又一下，数落着：你就知道你小妹说，你小妹说，既然你小妹说没关系，不影响，你让她去啊！她为什么不去？兄弟姐妹那么多个，谁没得到你姐的恩惠，凭什么就是你？要我说，谁得到最多恩惠，谁最应该主动跳出来。到了这个时候，你妹妹，你弟弟，怎么都不吭声了？

你不是不知道，小妹准备生二胎，小弟准备结婚……柳燕低着头，拿右手拇指的指甲尖不停抠着左手拇指的指甲面，像是要把听到的每句带着棱角，带着针尖麦芒的话磨得光滑些，再光滑些。她越说越小声，似乎是怕周一舟听不见，却又不想让他听得太清晰。

你不要以为你身上的东西就都是你一个人的！周一舟嘴上的话发了狠，手上也用着狠劲。他爬上床，一把揪过盖在柳燕身上的毛巾被，像裹春卷一般地裹住自己的身体，嘴里碎碎地念叨着：你一定是想讨好你当年抛掉的那只绩优潜力股吧？！后悔了吧？呃！呃！

柳燕看一眼已经开始打鼾的周一舟，一骨碌翻身下床，捡起地上的两只袜子，冲进卫生间将其丢进洗衣盆里。她冲了马桶，又拖干马桶前的尿渍，然后重重地关上卫生间的灯和门。

/ 二 /

院子里摊开晾晒着一地刚刚经过清水冲洗、新采摘的土牛膝草。这些连根带叶的绿色植株在下午阳光的照射下，散发出一阵阵青青涩涩，又带点泥土的热热气息。这是几经多手，好不容易才从乡下一个远房亲戚处要来的民间土秘方。谢两旺亲自比对过中医学书籍，确定它的作用。为慎重起见，每隔一两个星期，他都会自己开车去往乡下山上采摘。厨房柜子里收藏的是满满一柜已经晒成干的土牛膝草，他取了一小捆，约莫有一两重，洗净装入专门的药锅，加了水，置于煤气炉上。草药很快就烧开了，火调到最小慢慢煎熬。这当会儿，保姆已经洗好排骨、苦瓜，刮好鱼鳞，并剁好肉泥切好姜葱蒜。他先将鱼头鱼尾切下，鱼身切出一片片薄薄的鱼片，鱼片一片片码在碟子上；再将洗净的排骨一根根装在盘子里，撒上姜丝、蒜泥，再撒上少许盐，浇上少许酱油，放置一旁；而后，在剁好的肉泥里加入葱、淀粉、盐巴、五香粉，拌匀。他拿起一条苦瓜，切掉尖的一头，挖空瓜肚内的瓤和籽，再用汤匙将刚刚拌匀的肉泥一点点填进瓜肚，直到填满，又拿起刚切掉的那个尖头盖上，插入牙签，将瓜盖和瓜身重新缝合起来。

做好这一切准备工作，眼看离正式下锅开煮还有时间，谢两旺为自己煮上一杯咖啡。他端着咖啡站在落地窗前，望向西面的住宅区。窗帘有两层，内层柠檬黄的隔热窗帘已经拢到两边，外层咖啡色的蕾丝纱帘微微拉开一角，千万根金色的丝线从这里拥挤而入，像一条奔腾的金色河流，勾勒出他呈 45 度角的侧脸，鼻梁坚挺，下巴浑圆。白色笔挺的西裤，塞进裤头里的黄中带绿的 T 恤，把他挺拔的身姿突显得格外分明。四五十岁的中年人，却没有一点小肚腩，头顶依然葱茏，头发依旧乌黑茂盛。

一个恋家的男人，一个特别喜欢为妻子儿女煮饭的男人绝对是一个好男人。望着眼前这个越来越高大英俊的男人，柳莺心头涌动一阵强似一阵的怜惜。

请问，柳老师在家吗？他站在柳家门口，穿一件格子衬衫，搭一条水蓝色的牛仔裤。哪个柳老师？屋内的她一边用力打着碗里的蛋黄，一边昂起头问。她看他又瘦又黑，像是一截烧焦了的捣火棍。他窘迫地张大了嘴，侧着身子就要往后退。唉，你等等！等等！是这样的……她笑了笑，解释说，我们家有两个柳老师，我爸和我妹都是柳老师。不知你要找的是老柳老师，还是小柳老师？我以为我找错门了！他摸着后脑勺笑。那笑憨憨的，却是有厚度，有宽度，也是有长度的。这让她想起了电影里小兵张嘎做错事挨批时的窘态，她忍不住"扑哧"地笑出了声。他有几分慌乱，连做了几个深呼吸，才红着脸说，我是柳燕老师的同事，我叫谢两旺。

二十年了，那根捣火棍已经烧成一块黑金，释放出夺目的光彩与无与言说的魅力。她从背后轻轻环抱住他不粗不细的腰，脸贴着他的后背，摩挲来摩挲去，仿佛即将到来的是生死别离。

谢两旺回头见是妻子，迅速放下手上的咖啡杯，急急转过身，扶住她的手臂轻声问，怎么不睡了？

睡不着！柳莺缓缓抬起头，有气无力地说。她原本红润的脸上已无半点血色，无半点光泽，镀在暗淡与苍白上的是一层浅灰褐色的锈斑，或深或浅，或明或暗。嘴唇也是苍白的，干裂的，像是突然枯竭的河流，没有一丝水分。

医生说了，你一定要注意多休息，不要七想八想……谢两旺一边扶着妻子往餐桌走去，一边说，现在医学很发达，不要担心……

我不担心，真不担心……才走几步，柳莺已是气喘吁吁。她一手扶着餐桌坐下，另一手却死死地抓住谢两旺。我只是在想，哪天我真不在了，谢老师……你把燕子娶过来吧！

你看你，又在说这种丧气话！谢两旺轻轻站在妻子身旁，轻轻拍着她的肩，安慰道。燕子都已经答应了，你还担心什么？！如果不是我们运气好，如果不是你妈四十年前生下一对双胞胎，几千万人里才可能碰上的事怎么可能这么轻易就让我们给碰上了？想想都像是在做梦一样！

就因为她是我妹妹，我才更不安心。又不是随随便便一件什么东西，怎么能是说给就给的？我又怎么可以轻易说要就要呢？再说了，周一舟也未必就同意，是吧？柳莺伸出右手拉住谢两旺拍在自己右肩上的手，左手盖上，仿佛担心他会飞走，再侧过右脸贴在这几只手叠成的汉堡上，说，当年要不是燕子，我也不可能认识你，也就不可能嫁给你。这二十年的福，够了，真的够了！

这二十年，让你跟着吃了许多苦。谢两旺伸出左手摸着妻子的左脸，充满爱怜地说，现在，终于熬出来了，该是我们好好享福的时候了！你一定要坚强，我们一起努力！

可能我得到的太多了，又或许得到了不应属于我的东西，老天爷才会这么惩罚我？可是，我不抽烟，不喝酒，也不熬夜，怎么会摊上这病？！或许真的是命，当初如果早一点去医院检查，早一点发现，也不至于害上这害人害己的病。柳莺不停摇着头，燕子嫁给那个混账东西，我已经够自责的了，如果因为我，再把她的身体弄垮了，那我……我将愧疚一辈子！我不能再让她为我冒这么大的险……

柳莺的病确实不是一时半会儿就会得上的。好多年前，因为子宫内膜异位症，柳莺做过一次大手术。手术后，身体一直比较虚弱。服了一两年冬虫夏草粉，身子骨才逐渐硬朗。去年立春以来，柳莺突然又觉得哪里不对劲。先是胃一直出毛病，三天两头消化不良，没了食欲。找了乡下的老中医调理，服了几十副中药，不但没有好转，渐渐感觉身上没了力气，连上个台阶都气短。老中医说是心脏出了问题。又给开了几十副护心脏的中药。药还在吃，头却成日里疼得不行。以为是感冒，又自己胡乱吃了半个月头痛片和感冒冲剂，直到三个月前的一天夜里，头疼痛难忍，几欲爆裂，到医院急诊科一查，血压没有缘故地升到210。这才住了院，全身一检查——慢性肾炎，两颗肾萎缩得厉害，肌酐七百多，肾小球过滤只剩下

10% 的功能。谁都不相信这样的结果。于是，广州、上海、北京，医院越找越大，医生越找越权威，答案却出奇的一致，也不容置疑——换肾是迟早都必须要走的路。

病痛中的人是最脆弱的，就像风中的芦苇，容易随风左右摇摆甚至出尔反尔。得知病情后的几个月，远比之前的十几二十年还长。柳莺痛苦迷茫过，崩溃绝望过，重获希望过，却也焦灼犹豫过。立夏那天，当柳家几个弟弟妹妹与柳莺的配对结果出来，知道弟弟与她两点配对、二妹与她四点配对、柳燕与她六点配对的那一瞬间，她被重新点亮灯火。可是近段时间来，那灯火似乎是忽明忽灭，扑闪不定。

先不谈这些了！谢两旺轻轻抽出双手，搭在妻子的肩膀上，柔和地说，我先帮你打碗青草汤……晚上你不是还请了柳燕他们一家子来家吃饭？我准备了几道小蓝爱吃的菜……

/ 三 /

海湾丽景是十几年前兴建的一个高级住宅小区，曾经因为以台湾人为主要居住群体而被称为台湾山庄。小区内以椭圆形的人工湖为界，湖的东面均为单栋独户的高级别墅区，西面则是小高层的普通商住区。虽然住房和物业人员习惯性地将两个区域简化为富人区和贫民窟，但在 X 城，即使是普通小高层也都是价值不菲的黄金房。五年前，正是房地产市场萎缩的时候，谢两旺以较低的价钱从一个台湾人手里买下这座两层高的毛坯别墅。不满意它的楼房结构和层高，他一直没有对其进行装修。前年夏天，经再三考虑，他干脆将整座别墅推翻重建，并命名为"居易楼"。居易楼位于别墅区的正中心，地上楼有四层，一层为客厅、餐厅、厨房和一间保姆房，二层为四间卧室，三层为安静的书房、茶室和客房，四层为琴房和健身房。地下一层用作停车和储藏之用。楼的正面有一两百平米的大庭院，楼的背面有个露天大游泳池，楼的四周砌了两米高的围墙。庭院的南侧砌了个小池塘，塘里种着睡莲、荷花，养了几尾或红或黄或棕的观赏鱼。靠墙的位置堆了座假山，假山的背面朝前伸出几枝怒放的三角梅，有的红，有的紫。假山高出水面几公分的一个小平台上，两只小乌龟缓缓地爬着，探头探脑，煞是可爱。

进门就是客厅。客厅正中央悬挂的是祖籍 X 城的京城著名画家 A 的青绿山水画《初日照高林》，那山着上深的蓝、浓的绿、重的褐、浅的黑，一层叠着一层，绵延开去，千仞万仞都坚毅有力。山林深处的寺院若隐若现，山谷里云海翻腾，东边微微露出的初日把山的一角微微染红。近处山上的松树或三株成群，或两株成双，或一株独秀地挺拔屹立，隽秀清雅。在亭子旁，在石头缝隙，看得见那细密的松针，那斑驳的松干。那瀑布，那清泉，那山林里的鸟鸣，似乎都听得见……

画上色彩的明快与画风的灵动，反衬着画的左下方餐厅里那种灰蒙蒙的小心拘谨与紧张严肃。

饭桌上，周一舟坐得像尊罗汉，面无表情，一动不动。

柳燕为周一舟盛上饭，又打了一碗汤。她百般小心，但放下汤碗的时候，手还是一不小心碰到碗沿被烫了一下，放得急了，溅出几滴汤水。她抽了桌上的纸巾擦干汤水，又擦了碗沿。

周一舟微微抬了下眼皮，白一柳燕几眼，冷冷地说，让你柳家二小姐帮打个汤，委屈你了是不是？打得这么不甘愿，不甘愿你不用打啊？不甘愿你不要请我来啊！我也压根不想来！

你——柳燕瞪着周一舟看了几眼，嘴巴张了张，终于还是忍住了。她转身为女儿盛汤。每次约周一舟来大姐家，他总是百般推托，不是说自己"一介脚夫，难登大雅之堂"，就是说"到有钱人家里，浑身不自在"，或者干脆就说，"你那姐夫见着人就总爱说教，让人一点都不舒服"。好说歹说来了，回到自己家里也总能生出许多事，就像吃了一肚子牢骚，连续几天都发不完。若以为他真不爱来，干脆母女俩自己来，他也要倒几天酸醋，几番数落，说什么"你不就是怕我给你这人类灵魂工程师丢人现眼吗"，说什么"我是不是很让你拿不出手啊？"说什么"跟你姐姐姐夫比，你是不是特别心理不平衡啊？"

汤面飘着一层油，周一舟用筷子搅了搅汤，先是几块排骨若隐若现地浮了出来，而后又捞出几根冬虫夏草。他一头栽进汤碗，头还没抬起，口中的汤水已经和着谩骂声一齐喷了出去，你这是要烫死我啊？

柳燕把新打的一碗汤递给女儿小蓝，瞥一眼正在厨房里忙碌的姐夫，迅速侧过身子挡住他的视线。

吃过早餐，刚成为新娘的她一边叠着碗筷，一边极其顺口地对着坐在客厅里看电视的他喊了一句，周一舟，洗碗！他眼睛盯着电视，身子已经非常自然地离开沙发。虽有几分恋恋不舍，他还是一步一回头地往餐桌走。他的左手刚搭在碗上，右手刚抓起筷子，不知从哪里冒出的一句晴空霹雳呼啸而来。一舟，放下！正在水槽边洗衣服的婆婆大惊失色地冲了出来，抓过他手上的碗筷说，你几时洗过碗了？！他看一眼她，显然有几分犹豫。婆婆用手肘将他往一边顶开，说，这是女人做的事情，你一边去！一边去！别那么容易让老婆使唤！

她从窗台上拿了抹布慌乱地擦了几下桌子，小声埋怨道，你又不是三岁小孩，烫，你不会放凉了，等下再喝嘛！

是啊爸，这样吹一吹，吹一吹——六岁的小蓝不谙世事，歪着脑袋附和着母亲的话，鼓起腮帮对着面前的汤吹了又吹，很快就凉了！

我就知道你他妈的纯粹不想让我喝这冬虫夏草汤！周一舟并不领情，怒气冲冲地把汤碗往前一推。一大股汤水伴着他尖酸刻薄的话语溅了出来。你姐他妈的有钱整天吃虫草，咱没钱就只有吃虫草花的命是不是？

刚刚擦过的桌面瞬间又湿了更大一片。或长或短，或圆或扁，或滴状或片状的汤水静静趴在红木餐桌上，像是突然屏住的气息。

柳燕整个人呆住了。

女儿显然受了委屈，噘着嘴，泪水打着转儿。

怎么啦？一舟？柳莺扶着楼梯缓缓走到楼梯口，轻轻地问，什么虫草虫草花？谁惹我们小蓝儿不高兴了？

他！都是他！小蓝指着周一舟气嘟嘟地跺着脚。他惹妈妈生气了——

没——没——柳燕迅速横了一眼周一舟，向着柳莺迎了上去，一手扶住她往餐桌走。姐，不是说你刚躺下不久？姐夫正在炒你的菜，还没炒好——

周一舟把头一偏避开姐妹俩的目光，若无其事地就要起身。起得急了，拖鞋被甩出去一只。他跛着一只拖鞋，跄了两步，把另一只跛上，而后目不斜视地往洗手间的方向走。那拖鞋本是纯橡胶底，虽有几分分量，按着一般人的穿法，在脚趾上往下擒着力气搭住拖鞋，轻轻走在大理石地板上，完全可以没有声响地贴合着地面。可他的脚趾似乎是不用力的，拖鞋像是漫不经心地吊在他两只脚上的两只破鼓，懒懒散散地在地上拖着，扫着，响着，一步，又一步……

他都是被你给宠坏的！柳莺喘着粗气坐下，你啊，怎么可以任由他这么对你？男人不是等着女人来宠的，而是要懂得来宠女人的！

不是宠不宠的问题。不这样我还能怎样？柳燕低着头小声说。总有吵不完的架，总有骂不完的话，日子还怎么过？

柳莺把挂在左手手腕上的紫檀佛珠串急急往外退，退到虎口处，拇指搭住佛珠一个个地往下走，一句长叹几乎要被捏碎了，真是作孽啊！

居易楼的两个保姆都被放了假。此时，一个个摆上桌的都是谢两旺做的拿手好菜：蒜香排骨、酸菜鱼、瘦肉灌苦瓜、酥炸鱿鱼……最后端上的是专门做给柳莺的菜和汤，一小碟南瓜，一小碟地瓜叶，一小炖罐的瘦肉汤。炒菜用的油和盐都是肾病患者专用的，油是葵花籽油，盐是低钠盐。

谢两旺为妻子打上一小碗白米饭，轻轻地说，今晚打得不多，一定不要再留碗底了！无论如何，要逼着自己吃下去，总比吃药好吧？这样的言语，传递的似乎更多的是父亲或者是兄长的信息。

柳燕看着姐姐一脸享受中的幸福，拿了把小汤匙，轻轻舀起漂在汤面上星星点点的油花，而后帮姐姐打了一小碗没有任何油花的瘦肉汤。

吃饭时，柳莺夫妻俩聊到在加拿大读书的两个孩子，又聊到公司筹划上市的一些事情。柳燕时不时地插着话，周一舟却置若罔闻，只顾低头吃饭。说起公司内部管理，谢两旺顺口一提，一舟啊，听说你经常跟那些司机在外面喝酒？你现在是车队队长，队长要有队长的样子，不要整天跟那几个司机喝来喝去，上班也得准时点……

周一舟像是没有听见，始终埋着头，基本没有抬头的迹象，也没有应声。仔细观察，看到他只是微微放慢咀嚼食物的速度，像是在反复咀嚼谢两旺的话。

一舟，姐夫跟你说话呢！柳燕偷偷用手肘顶了顶周一舟。

周一舟依然不为所动。气氛一下子尴尬了起来。有三两分钟，饭桌上一片安静，只有汤匙碰上瓷质菜盘发出的清脆"吭——吭"声偶尔响起，让这份安静微微泛起点小涟漪。小蓝眨巴着眼睛，看看柳燕，看看柳莺，又看看谢两旺，再看看周一舟。

好不容易挨到最后一口饭，周一舟放下碗筷抹了把嘴角的油说，大姐，姐夫，有个事我觉得还是要说一下，我们柳燕……

一舟！柳燕猛然意识到了潜在的下文，急喊一声，打断了周一舟。

好，我要当坏人，是你不让我说的噢？周一舟站起身来，扔下牙签，比了个请的动作说，那好，你自己说！

柳燕并不往下说，只是别过头去，若无其事继续地给女儿喂着饭。

什么事？燕子？柳莺碰了碰柳燕的手臂问，什么事你说啊！

姐，没事！柳燕白了一眼周一舟，他昨晚通宵达旦喝酒，别听他说酒话！

是啊，是啊，我周一舟在你柳燕眼里，在你们柳家人眼里，就他妈的一文不值只配说酒话是不是？周一舟冷嘲热讽着，用力顶开身后的椅子，木质椅脚磨过大理石地面发出刺耳的声响。别以为我看不出来啊，你们柳家从来没把我放眼里！是啊，我当然跟咱们谢千万谢总没得比，我们所有人都得借住谢千万的万丈光芒啊……哼！哼！哼！

周一舟冷笑三声，摔门而出。

柳燕愣住了。窘迫和愤怒爬上她的脸，一点点红了，红了。她站起身来，不知该进该退。

你果真不走？客厅的门被重新推开，周一舟在门缝里露出半张脸，不走你就永远不要回来了！

只有几秒的迟疑，柳燕拉起女儿就要往外走。

你等等！柳莺急急叫住了妹妹，起身往厨房走去。出来时，她往柳燕手里塞了一包东西，这包虫草粉，你拿回去，给自己补一补！这段时间你也跟着受累……

这个我不要！你留着自己吃……柳燕连忙把东西往回塞。她知道，这包还带着冰箱冷气的虫草粉定然价格不菲。她姐刚做完手术时，她曾托周一舟在西藏做生意的战友帮忙买虫草，原本打算买半斤，一探听说是每克几百元的价格就傻眼了，最终花了25000元买了二两送给她姐。此时，手上的这包虫草粉，沉甸甸的，分量足有半斤多重，算下来该有五六万块钱。

哎呀，跟自己姐姐还客什么气？柳莺有些烦了，把东西塞到柳燕手上，说，这东西我现在又不能吃，将来恐怕也不大能吃这种高蛋白的东西了！你姐夫不吃这玩意儿，两个孩子也不需要用到这些东西。你拿回去，坚持吃，每天早上一汤匙，和着开水服下就可以，不出两三个星期就会有感觉。整天跟这种人折腾，没有气力也不行。柳莺一边做着交代，一边深有感慨。

要不是害上这病，我连续吃了两年效果还是挺好的。体力明显增强，免疫力也提高了不少……

顾不了再跟柳莺客气推托，柳燕一手抓着那包虫草粉，一手抓着女儿的手，追了出去。

他的目的就是让人难堪。他要主导方向。即使蛮不讲理，也要掌控全局。

他再一次达到了目的。用他多年惯用的伎俩。

/ 四 /

从公司出来，夜幕已经降临。柳莺又打来电话，催促谢两旺回家前抓紧办好那件事。为难之感犹如公司门口那两株铁树长长尖尖的枝叶，一根根刺向谢两旺。他知道柳莺的个性，决定了的事情是很难更改的。可是他也了解柳燕的个性，他怎么开得了这个口？他本不是优柔寡断之人，他为公司的任何一个重要发展阶段做出过无数次极其重要的正确决断。可是，眼下，姐妹俩正互不退让地拔着河，他只是绳索上被标注的中点，完全丢了自己的立场，时而偏向左，时而偏向右。奔驰车以时速60迈漫无目的地在海滨兜了一圈过来，又兜了一圈过去。海风徐徐吹来，他摇下车窗，左手支在窗沿，单手轻轻把在方向盘上，任那带着盐分的海风灌进脖子里，灌进鼻孔里。脸上，脖颈里，手臂上，一点点黏腻起来，跟心里胶着的想法混合在一起。于是，更黏，也更腻了。

也罢，也罢，既然早晚都要去面对，又何必这么兜兜转转？用力踩下油门，谢两旺的心随即跟着时速表飞快提速。

周一舟不在家！这或许还更好些。谢两旺无端地放宽了心，稳稳地坐下。柳燕母女俩榨好果汁，也给他倒了一杯。

该有多少年不曾这么单独面对面坐着了。谢两旺看一眼正对着客厅的那个主卧，开着的房门里不时传来喜洋洋、懒洋洋的歌声，灰太狼的尖叫声，还有小蓝捂着嘴发出的一阵阵"咯咯咯"的笑声。他双手捧起盛满果汁的玻璃杯，转动着，视线的落点不偏不倚正好落在柳燕的脸上。柳燕喝了一口果汁，头微微抬起，视线却定格在玻璃杯上那只抠着杯口的食指。眼皮沉沉地往下压，似乎只是为了牢牢关住她的门。她微微蹙眉，眉宇之间浅浅锁着一层忧郁。不像当年，她的嘴角总是微微翘起，像挂着两只小小的香蕉。

一张小小的茶几，短短的几十公分距离，隔出的是恍如昨日的十几二十年的青春，隔出的是熟悉的陌生和陌生的熟悉。

这个——给你！谢两旺从随身携带的手提包里缓缓掏出一个信封，放在茶几上，轻轻一推，送到柳燕面前。

是什么？柳燕放下杯子，视线也终于从玻璃杯上收回。只瞄了一眼，她立马就惊呆了。信封里装着的是一张股权转让书。上面赫然写着：谢两旺与柳莺夫妻自愿将名下璨然 LED 公司股份的 10% 无条件转让给柳燕。

这个……柳燕将转让书轻轻推回谢两旺面前，冷冷地说，我不能接受……

你不要误会……我……我们……原本想好的若干种合理的解释，此时却突然像卡壳的子弹，没有一颗出得了膛。谢两旺只能用手上的动作打破这份尴尬，他把那张纸再推给柳燕。

这是你的意思？柳燕问。这回，她的目光直视着谢两旺。

这是我的意思……谢两旺碰了碰柳燕的目光，赶紧接上一句，当然，也是你姐的意思。

如果亲情需要用这种形式来交换，那还是亲情吗？柳燕把转让书重新推回谢两旺面前，再不看他的眼，端起果汁连喝了几口。放下杯子时，她又补充了一句。需要用钱去买的一定不是亲情，用钱能买到的也一定不会是亲情。

你不要误会！我们不是这个意思！谢两旺解释道，我们只是希望你能过得好一些！

我已经过得挺好的了！柳燕软软地说。

不，不，你过得还不够好。谢两旺捏住转让书，晃了晃说，有了这些股权，你们可以过得更好些！

更好？你说，什么是更好？住更大的房子？开更好的车？柳燕冷冷地笑，每个人对好的理解可能各不相同，我觉得我已经挺好的了。

你姐说，你如果不收下这个——谢两旺把转让书放到柳燕面前，说，她就坚决不去做手术……她不接受你的肾！

为什么？柳燕喃喃地问。

她说如果这样，她即使活着也不会轻松。谢两旺试图把沉重的话题说得轻松些，她说，她会因为你愧疚一辈子……

给了这个，她轻松了那我呢？柳燕举起转让书，像在空中挥动一面旗。这样说，她是宁肯我对她愧疚一辈子？说着说着，柳燕突然强化了语气。不接受我的肾，她还能去哪里找这么好的肾源？

你如果不收下转让书，她说宁肯去医院排队等肾源，……谢两旺实在不知道如何继续往下说了。总会有合适的……

好，好……柳燕频频点着头，站起身来。既然这样，那爱排队就让她去排吧！

妈，排什么队啊？恰在这时，小蓝从屋里走了出来。她坐到柳燕大腿上，递上一个蓝色的小闹钟，问：妈，这个小闹钟怎么不走了？是不是没电了？

它不是用电池的，是电子的。柳燕接过女儿手上的小时钟，急急往抽屉里塞。你去看你的电视，妈妈晚上再去换个电池……

见小蓝进了屋，谢两旺指了指抽屉，说：那个小闹钟，你还在用？

柳燕盯着抽屉，只是"嗯"了一声。

门铃急促地响起。一下紧接着一下，伴着小狗的叫声。柳燕示意谢两旺把转让书收起来，这才起了身。门一开，一大堆的人和行李以及大姑子的小儿子手上牵着的一只小狗像管涌一般涌进了屋内。公公、婆婆和大姑子几次说过要来探访柳燕的新家，这个周末终于成行了。老老小小五个人拎着大包小包进屋的时候，一百平米的房子似乎一下子就被填满了。走在最前面的周一舟和婆婆一下子注意到了谢两旺，他起身告辞。婆婆以最快的速度进入主人的角色，拉住谢两旺就往门口送，伴着喋喋不休的言语，她姐夫，我们才来，怎么就走了呢？是不是我们打扰到你们说事了？柳燕真不懂事，姐夫来了怎么也没煮碗点心？吃碗点心再走吧？我知道，买这房子你和她姐没少出力，我让小舟他们每年还一点，还一点，十几二十年也就还完了……

不用，不用！谢两旺已无招架之力，只能频频摆手，甚至都说不完整是"不用还"还是"不用送"，就已经被送出了门。还没走到电梯口，他就听到防盗门"砰"的一声关上了，隔着门传来那个老女人捏着嗓门挤出的话。住这么点小房子，还不如我们家客厅大，怎么需要那么多钱？

回应她的似乎只有小狗的吠叫。只是三两秒的间歇，那个老女人尖厉的声音再次传来，他为什么来？是不是为了捐肾的事情？就这么点房子，就要咱们家一颗肾。她也太敢要了吧？你不要以为不说话就可以解决问题！你有能力去帮你姐，你也要有能力将来不拖累我们家一舟……

又是一阵犬吠。急促，凶猛。

电梯终于来了。

谢两旺迫不及待地把自己塞进电梯里。

柳燕的头快要炸开了。走来走去的人，横七竖八堆放的行李，很用劲的说话声、呼喊声、责骂声……好不容易停歇的空隙里也被塞进了"汪——汪——汪"的狂吠。那只小狗有一个非常暧昧的名字，叫"巧克力"。据说这个名字不仅来源于它全身巧克力色，还来源于它特别喜欢吃巧克力。此刻，它乌溜溜、圆滚滚的眼睛直勾勾地盯着小蓝手上的巧克力，张着嘴，伸出舌头喘着气。小蓝瞅了瞅，试着向它伸出手上的巧克力。

小蓝！不要！柳燕从厨房里直接冲了出来，惊恐万分地喝住了小蓝，一把将小蓝拉到自己身后。"不要靠近它！"

为什么？小蓝眨着大眼睛，怯怯地问。

你大姨就是去摸狗，被狗咬了，然后，打了狂犬疫苗，这才变胖变丑变不聪明的。柳燕蹲下身来，摸着小蓝的头说，你知道吗，如果不是因为这样，你大姨以前比妈妈还漂亮，比妈妈还聪明。

噢！原来是这样，我现在终于明白了。小蓝点着头说，一副恍然大悟的样子。我就很奇怪，大姨跟妈妈是双胞胎，怎么长得一点都不像？人家我们大二班和大四班都有一对双胞胎，他们长得都一个样儿，还穿一样的衣服，说话也一样一样的……

所以，你记住了？柳燕双手搭在女儿的手臂上，轻轻用了点力。一定不要接近小狗，它会让人变丑变矮！

小蓝似懂非懂地点了点头。

/ 五 /

公公婆婆来 X 城的这段日子，生活像进了剑拔弩张的战场，毫无节制地使用着弹药，一切都成了问题。关于睡觉的问题，柳燕提议一家三口暂时住到大姐家，屋里的三个房间全部留给客人。周一舟说他丢不起这个人，坚决反对。折中的办法只能是，女儿的房间腾出来给两个老人，小蓝挤到了父母的床上；客房的小床无法容纳下大姑子家来的三个人，柳燕主动把主卧换给他们，于是，每个夜晚，客厅的皮沙发成了周一舟的临时床铺，而小蓝总会在巧克力深更半夜莫名其妙的吠叫声中惊醒；关于吃饭的问题，再绕不过去多少有些烦人的一日三餐。原本母女俩的早餐是西式的，喝牛奶吃面包，周一舟则是到单位上班后再找时间到附近的小店吃碗米线糊、牛肉羹。一家三口的午餐都在各自食堂解决，晚餐也是极少动锅动灶的，除非周一舟到了饭点没有饭局。而现在，除了午餐，一天里工作之余的一半时间，柳燕不得不分配给了早晚两餐饭。来的都是客人，她是不好意思开口让他们帮忙的，而他们也在仪式性地问了句"需要帮忙吗"得到她礼节性的回答"不用不用"后，各自忙着看电视、打游戏、逛商场，心安理得地享受着她的忙碌。单投入时间还远远不够，她还得投入足够的精力来研究菜式。大姑子一家喜欢荤喜欢辣，公公婆婆喜欢素喜欢清，小孩子喜欢吃甜的油炸的，几者都得兼顾；关于购物的问题，每个晚上收拾好餐厅厨房里的诸多事宜，她还需要腾出点时间带着婆婆和大姑子去逛打折的时装店，一个晚上一家……如此往复，周而复始。

好不容易熬到了周末，总算可以睡得稍稍迟了些，但需要面对的是另一个问题——关于游玩。好在女儿小蓝与大姑子的小儿子形成了默契，她一直向往的 X 城野生动物园，总算在客人们的支持声里得以成行。

一起看了蛇屋，看了鲤鱼湖，看了黑熊，看了鸵鸟，已经接近中午了。再往上走，两条路一条指向猴山，一条指向跑马场。周一舟说，没时间了，两个只能选一个，去猴山就不去跑马场，去跑马场就不去猴山。

我要上猴山，山上有大尾猕猴！小蓝微微摇晃着身体撒娇道。

不要看猴子，不要看猴子！大姑子的小儿子跺着脚又是哭又是闹，很快，眼泪连着鼻涕都出来了，我要去跑马场，我要骑马驾驾驾！

柳燕俯身安慰着女儿说：我们跟弟弟一起去骑马，下次我们再来看猴子，好不好？

不好，不好！小蓝也开始跺脚。她摇晃身体的幅度大了些，频率也高了些。目光紧紧盯着柳燕，泪眼婆娑。不要骑马驾驾驾，我要上猴山！

不要上猴山，我要骑马驾驾驾！小男孩一蹦三尺高，撕心裂肺地叫嚷起来，我就要骑马，我就要骑马！

几个大人面面相觑。公公和婆婆对视一眼，加入了劝说小蓝一起去骑马的行列，小蓝一点也不领情，一个劲就是摇头。见公公婆婆如此偏袒，柳燕反倒一动不动了。她知道，当年周家人是非常希望她能生个男孩的。如果她真生出男孩，她在周家的地位可能也不至于如此。可周一舟不争气，连续播的都是女种。第三次怀孕查出是女孩时，医生说，你再流产的话恐怕以后想怀都怀不上了。她第一次拗着他们的意愿，坚决把小蓝生了下来……恰在这时，从山上往下走的一个人远远冲着周一舟打了招呼。哇，周公子，听说最近到省城发大财来了？！

打个小工而已，哪里发什么大财？周一舟笑嘻嘻地迎上去，两人相互递了烟，勾搭着肩往一旁的小道上走，耳朵贴得很近，似乎在说什么悄悄话，还时不时回头往柳燕处瞟几眼。

两个孩子还在争执不休。柳燕远远看到，那人拍拍周一舟的肩膀，继续往前走了。周一舟丢掉烟头，用力踩了几脚，又吐了口唾沫，独自一人往回走。他盯着她，面如土色，一把抓起小蓝的手，往前拖行了两步，凶了一句，看什么猴山，去骑马！

不要，不要！坏爸爸，坏爸爸！小蓝不停地扭动身躯，转动着被周一舟捏住的手腕，小手捏成拳头状一下一下地捶打着周一舟。好不容易挣脱他的手，她放声哭了出来。我要看猴子嘛，我就要看猴子嘛！

眼看周一舟怒目瞪得快要爆出来，牙齿紧紧咬合着，腮帮上的肉扑扑跳得急，柳燕把小蓝搂到腋窝下，用征询的目光软软地挡在周一舟逼近的路上。我们刚才商量了一下，要不这样，我们分成两路，我跟一舟带小蓝去猴山……柳燕以退为进，又回过头看看大姑子说，你们带小宝去跑马场，我们十二点在动物园门口集合。你们看怎么样？

都别看了！爱去你们自己去，我不去！周一舟气恼地摆手转身，朝着下山的指示方向大阔步向前。

这突然的变故斩断两个小孩子的争执，他们哑了口，无措地望向大人。大姑子问：那到底还去不去啊？

还去什么去？什么兴致都让你们给破坏了！婆婆拉过小外孙的手，怒气冲冲地直摆手，回去回去！

没人再提原本预定在动物园边上的海鲜馆吃午餐的事，垂头丧气地上了车。前后左右都停满了车，这简直是在挑战周一舟的忍耐力。完全没必要地急打方向倒车，再加上无端地猛踩油门再猛踩刹车，车子剧烈地颠着晃着，像是被技艺不精的初学者推动的石磨，进一点顿一下，退一点顿一下，再进一点再顿一下，再退一点再顿一下。

明明是满满一车不甘寂寞的人，却没人开口说第一句话。

又要空砍[1]势了！多年前惹下祸端的这个词突然从柳燕心底冒了出来。

咱们是来求姐夫办事情的，你怎么说话那么空砍势？她忍不住埋怨了他。他指着自己的鼻尖，质问：我那是在激将你姐夫，你说我空砍势？你再说一句！再说一句就再说一句，难道我还怕你不成？她心里想着，冷冷地一笑，说，你那是激将？哼，我可没听出来！你不知道你刚才说话有多空砍势吗？我都听不下去了！汽车像突然发疯了一样，急速往前冲进黑暗中，往左大打方向，再往右大打方向，左拐右扭，左冲右突，在公路上一个接一个地写着"S"形。发动机的轰鸣声，连续制动的摩擦声，长鸣短促的喇叭声，此起彼伏，交织在一起。你干什么？你不要命了？你真的是不可救药的空砍势！她有几分晕车，刚刚吃下肚的那碗鸡汤在胸腔里翻滚，翻滚。她摇下前排车窗玻璃，微微把头探出窗外。窗外的冷风受了蛊惑，一股又一股，不间歇地狂涌着，猛灌着。说我空砍势我就是要空砍势给你看！我就是要空砍势！他嘴里用着狠劲，手上也用着狠劲，接连调换了两

1　空砍：闽南语，意为嚣张、张狂，不识好歹

个挡位，车速已经上了 150 码，还在提速。柳燕紧紧地抓住副驾驶座位上方的把手，手心已经微微冒汗。新婚才三个月，这就是答应要保护她一辈子的人！摸着自己微微隆起的小腹，她的心脏"怦怦"地跳着。一束强光刺眼地打了过来。他用一束强光打了过去。对面的强光转化成了近灯的弱光。他的强光力度一点都不减。他带着挑衅地将车往中间的交会处别过去，别过去……近了，近了……柳燕"啊"地叫了一声，几乎与此同时，两辆车擦肩而过。她看到，他的脸上满是得逞后的快意。小腹一阵微微的疼痛袭了过来。

车厢里忽然响起王菲的《流年》，"爱上一个天使的缺点，用一种魔鬼的语言。上帝在云端，只眨了一眨眼，最后眉一皱，头一点。爱上一个认真的消遣，用一朵花开的时间。你在我旁边，只打了个照面。五月的晴天，闪了电……"那音乐悠扬、舒缓，犹如颗粒状弹起、跳跃，那嗓音空灵、清澈、缠绵，仿佛一根长长的丝线缠绕、纠结。柳燕第一次觉得这首听了十几年的歌里坑坑洼洼，长出了一层又一层酸酸苦苦的意味深长，拽着她，扯着她，让她欲罢不能。她和着音乐的节奏轻拍小蓝的后背，用的只是手指，像是在拨动琴弦，又像是在按下琴键。小姑娘粉嘟嘟的脸上残留着清晰的泪痕，即使在她的安抚里入睡，也仍然时不时地抽泣着，小胸脯一起一伏。

你是聋了还是故意的，手机一直响你听不到？身后传来变了调的吼叫。柳燕回过头，见坐在前排的婆婆正冲着副驾驶位指手画脚。她没回过神来，只是莫名地看着婆婆，不知道为什么婆婆的脸是臭的，脸上的肌肉是僵硬的，目光是凶的，下行的嘴角纹拼了命似的把嘴往下拉。才想着，婆婆的嗓门大了起来，声音因为受到挤压变得更扁更粗也更重了。你是不是真聋了听不到手机响？你好歹也看看，两个孩子都在睡觉，你这是存心想把他们吵醒?！

柳燕这才反应过来。她急慌慌地答着，我真没听到，急慌慌地掏出手机。电话是姐夫打来的，大意是柳莺听闻周一舟的父母好不容易来趟省城，今晚要请他们到酒店吃个晚饭。

柳燕把大姐的意思一转达，车厢里像是同时烧开的酱醋油辣，什么气味都有。

你大姐太客气了！公公端着个架子，用一贯的客套说出了香油的滋味。自家人，其实没必要这么客气的！

我看这顿饭没那么好吃吧？！婆婆挤着嗓门酸酸地说，我怕咽不下去噢！

不管好吃不好吃，总得要去吃，是不是？大姑子话语中倒出的该是暗红色的酱油，是咸的，又微含着糖的成分。毕竟柳莺人家一番盛情，是不是？

爱去你们自己去，我可不去！周一舟猛打一下方向，甩出辣得够呛的一句话。这股辣迅速传染到刹车踏板、挡位杆和油门板上，每个动作的幅度都极尽夸张之势，并且带着一股狠劲。

一舟，一家的老小在车上，你能不能不总是这么开情绪车？柳燕再也忍不住了，一边护着小蓝的头，一边鼓足了勇气说。本应是埋怨和责备，却因为被她收住了每个词语本应携带的语气和力量，只化成弱弱的诉说。

我就爱开情绪车怎么了？周一舟一拳砸在方向盘上，说，你们柳家的人这么对我，还不允许我有情绪？还不解恨，又砸了一下，骂道：一个个都他妈的虚情假意！大的钱舍不得给我们，搞这种小恩小惠做什么？

一舟，这就是你不对了！这都哪跟哪的事，你怎么扯到一块儿去了？大姑子实在看不下去了。

我们柳家人怎么对你了？你把话说清楚。柳燕的眼里已经噙满泪水。有了大姑子的仗义执言，她多少多了点底气，话语中多了几分力量。

怎么对我？周一舟从鼻孔里冷冷"哼"出一声，咬着牙齿恶狠狠地说，你姐放着你这个最好的肾源不用，居然他妈跑去公开征集肾源！

我就奇怪了，这不正是你想要的？柳燕回应以冷冷一笑，这冷自心底的笑让自己打了个大大的寒战。你不是就一直反对我捐肾给我姐？现在好了，我姐自己去找其他肾源，不用我捐了，这不正合了你意？你倒又要责怪上人家！

他们找外面的肾源说是要给人家 5% 的公司股份作为酬谢，他们倒是慷慨啊！周一舟一脚把刹车踩得死死的，盯着柳燕说，找你要肾的时候，他们怎么就没想过把这 5% 股份给我们啊？几百万啊，你说你姐这到底什么意思？她怎么宁肯把钱给别人赚，就不肯把钱给我们呢？你到底是不是她亲妹妹啊？

你姐这可太没有道理了，几百万钱给谁不是给，为什么不给咱们？婆婆的天平永远向着周一舟。

给了这股份你是不是就愿意我捐肾，不，是卖肾给我姐了？柳燕摇着头，再无法阻拦泪水的涌出。卖肾？卖肾？卖肾？你眼里是不是就只有钱啊？幸亏我姐不要，要真割一个给我姐我身体差了，就你这样一个眼里只认钱的，还能指望得上你来照顾我吗？

喜欢钱有什么错？是不是？周一舟转过头看了看父母，笑着说，谁不喜欢钱？有了那几百万，可以换大房子，可以买好车，有什么不好？目光绕了一圈，绕到柳燕身上的时候，周一舟"切"了一声说，真不知道，世间还有你这么傻到极致的人，你是跟钱有仇还是怎么的？你姐也就能欺负你这没有脑子的妹妹！

一股气流堵在柳燕胸口。什么话都说不出来了。

一切都模糊了。

一切又都清晰了。

/ 六 /

太阳光是一点点亮起来的，柳莺的天却是一刹那就灰掉的。腮帮子像是被拿刀齐齐削去两片，直贴着脸颊骨瘪了下去，眼窝深深地凹陷进去，这使得她原本小小的眼睛硬是给撑大了。没有血色的面孔更加苍白了，附在腮上的那层断断续续的浅褐色斑似乎一下子深了几分，连过渡的区域也越来越模糊，再难以区分开。两片嘴唇正像被秋风吹干的枯叶，干干的，皱皱的，起着褶子。她软软地陷在客厅的沙发里，身子蜷缩成一团，俨然是一颗被打开着的橙色太妃椅含在嘴里的弯弯的腰鼓豆。目光被抽去了支架，没有焦点地散落在茶几的位置，一动不动，连柳燕进门都没有丝毫反应。

好不容易见柳莺把眼睛合上，谢两旺取了条毛巾被为她盖上，招呼柳燕往餐厅的位置走。

怎么会这样？不是马上要做手术了？柳燕把声音压得极低。才几天没见，气色看起来更差了！

本来是件好事，有人跟莺子四个点配型成功……走到足够远的位置，谢两旺目光呆滞地望着柳莺，满怀惆怅地说。可是那个人犹豫不决，今天说好，明天又说不好。你也知道，前几天已经说好月底就可以做手术，把你姐高兴的，病都好了三分！可是，昨晚医院又打来电话说那人又反悔了，家里人都反对……这一反复，莺子的情绪马上就跌入低谷，一个晚上都没睡。整天被那个人搞得起起落落，像坐过山车一样，正常人都受不了，何况你姐现在的病……唉，早知道会这样，还不如当初就没这四个点的，心理也不会这么大起大落。

就像我当初……柳燕把发窘的脸埋了下去，一阵烧烧的热意蹿了上来。

不，不，这是两码事两码事，你千万不要这么想！谢两旺的目光像被收回的渔网，撒向柳燕。你要给，是你姐坚决不想要你的……她的血色素已经降到了 5，客厅里走不了几步就会喘。医生说这种情况不能再拖了……说着说着，他的目光渐渐飘移。没有目光的交接，说到最后似乎就变成一个人的喃喃自语。实在不行，两个点就两个点做了，有人只有两个点配型都很成功的……

躺在沙发上的柳莺动了一下，松松垮垮的睡衣发出"窸窸窣窣"的声响。站在窗前的两个人突然不知道该说些什么，同时把目光抛向柳莺，一层层地附着，包裹。

因为公司上市的事，谢两旺简单吃过早餐便赶到公司去开会。他刚走，柳莺就醒了。保姆给她打了碗白粥，炒了盘黄瓜，她却不想吃，只说，燕子，帮我梳个头吧！

柳燕扶着姐姐在院子里的石桌旁坐下。石桌旁有个巨大的花盆，盆里种着一株百香果，百香果的藤蔓顺着竹架往上爬，去年还只是到达窗台的位置，今年已经铺满了整个架子，又顺着竹架垂下来。一个个绿中带点紫、紫中带点绿的果实从绿叶间探出头来，颗粒饱满，煞是好看。

梳子刚从柳莺的头发上走一趟下来，柳燕的心就一阵阵发冷。去年国庆节时，姐妹俩相约去做了头发。为了应对周一舟"不勾引人烫什么头发"的胡搅蛮缠，柳燕做的是大卷发，一进家门随便一绑就可束起马尾辫，一出家门橡皮筋一解就是大波浪。柳莺做的是中发烫染，本是一头时尚的黄色卷发，几个月过去不仅头发已经有些直了，染成板栗色的部分也降到了半头的位置。此时，梳齿缝里交错塞满了白色、黄色、黑色三种颜色混乱交杂的一大把头发。

一定掉了很多头发吧？柳莺问。

还好，就几根！柳燕团起那把掉发，轻轻放置于窗台。像是一个经验丰富的老农在犁一块多年荒废的地，手下的梳子走得更轻了，也更小心了。

几次遇到头发打结的地方，她定然先停住梳子，然后用手护住发根这一头，梳子再从发尾处小心梳开，一点点往上走。

白头发很多吧？柳莺回过头又问。

不会啊！柳燕把新的一团掉发捏在左手手心，梳子轻轻走过柳莺的耳后，话语也带了几分调侃。上了四十岁有白头发也很正常啊，要知道咱家遗传基因那么差，没像咱爸当年四十几岁一头花白就已经很好了！

那倒也是！柳莺转过头去，心有几分释然，眼睛里的景物自然便多了几分生趣出来。枝叶茂盛的百香果架下，几盆去年新培的兰花已经抽出花枝打起花苞，那微微露出浅黄的奶白色在绿叶的环抱中，像是嵌在一堆绿翡里的一颗白玉。

小妹，你有那么多追求者，干脆把谢老师让给我好了！谢老师？你说的是谢两旺那个老古板？我觉得周一舟更适合你！周一舟家里经济条件那么好，又那么听话，简直唯你的命是从，你叫他往东，他绝不敢往西。可谢老师就不一样了……他虽然话语不是很多，但我觉得他应该很有自己的想法，他不可能像周一舟那样听凭你指挥。两个都太有主见的人生活在一起肯定是无法幸福的。什么叫太有主见……姐，你这是在夸我还是在批评我？如果不是太有主见，当年老妈不让我们参加学校的舞蹈队，我很听话地不敢再去，你呢？哪怕挨父母的打，偷偷摸摸也一定要去；如果不是太有主见，初中毕业，老爸让我们都报高中，我乖乖地填了高中，你不仅非要报考师范学校，还非报音乐专业不可；如果不是太有主见……好啦，好啦，先不要往我身上扯啦，先说说你吧！你喜欢谢两旺那个老古板？不会吧？！那是个只懂摩擦力、电能、动能，一点不懂浪漫的老男人！他其实不是不懂浪漫！他——姐，你要真喜欢，你就拿去好了，我才不会跟你抢！我还可以当你的红娘！

　　二十年就这么过去了。周一舟还是驾驶员周一舟，而谢两旺已经成了谢百万、谢千万，甚至是谢两亿。柳燕与周一舟确定恋爱关系后的第二个月，柳莺嫁给了谢两旺。婚后第二年，他从学校辞职，靠着自己擅长的物理知识，用借来的 5 万元创办了一家小灯具厂，他管生产跑业务，柳莺帮他管财务。十七年后，小灯具厂变成了 X 市最大的光电企业。柳莺觉得婚姻就像买股票，原本可能是 ST，她刚接手，股票就涨停了，而且是连续七个板，八个板，十几个"一"字形的涨停板。她知道，在自己的"股票"一路疯涨之时，妹妹柳燕买入的股票却是连连跌停。她知道，错的永远不是股票，而是选择，是做出选择的那个人。错过一个路口，就错过一生。何况，妹妹错过的不止一个路口。曾有几次，她动过把属于妹妹的股票还回去的念头，可"股票"却说：我又不是衣服，姐姐想穿就穿，妹妹想穿也可以穿！都老夫老妻了，还说这些不靠谱的话有什么意思？！

　　实在找不到更好的配型，还是我去吧？！洗手的时候，柳燕说。像是在询问，又像是在宣告。

　　原本以为一切就这么过去了，报应终究还是找上了身体。一想到这件事儿，柳莺又感觉什么都不好了，回答便也多了几分不近人情的烟火味，即使死，我也不会要你的肾！

　　这话一说出口，说与听的人都僵住了。

　　时间瞬间凝固。

/ 七 /

　　生活就是如此。吵归吵，闹归闹，日子还是一天一天地往下过。送走大姐大姐夫的第二天，周一舟破天荒地起了个早。父亲已经在看早间新闻，母亲在客厅的茶几上不停搅拌着碗里的什么东西，还时不时地啜上一小口。

　　妈，你在喝什么？周一舟问。

燕说是虫草粉，苦苦的，一点都不好喝。母亲指了指厨房里忙碌的柳燕，又指了指自己手中的碗说，我这两天老是感觉浑身没劲，柳燕说喝这个可以增强体力。

咱家哪里来的虫草粉？周一舟进了厨房，抓起刚炒的一颗花生丢进嘴里，往厨房门上一倚，满是讥讽的语气。不会是虫草花的粉吧？！

什么虫草花的粉？柳燕懒得理他，偏过身子从他面前一闪而过，捧起那碟炒花生往餐桌上一放，说，我姐给的。她看我脸色不好，要让我补一补！我看妈……

你姐给的？柳燕话刚说到一半，周一舟突然想到了什么，上前几步夺过母亲手中的碗，不要喝！

你干什么？难喝是难喝，终究还是好东西！母亲伸手又要抢回去，嘴上谩骂道。你不要空砍势，这一碗好几百块钱是那么好挣的？如果不是柳燕她姐送，我什么时候能吃上这好东西？

叫你不要喝，你就不要喝！周一舟来了个180度旋转避开母亲的手，又问，你喝过几次了？

今天喝第三次啊！母亲回答。

周一舟把那碗兑了水的虫草粉重重地往餐桌上一掷，大声喝道：柳燕，你是不是想害死我妈啊？！

你说什么呢？柳燕话还没说出口，泪水已经先期抵达。你还有没有良心？我姐给的虫草粉我自己舍不得喝，给你妈喝，你倒还说我想害死她？

你真的是聪明人在说空砍话！母亲用手轻轻拍了一下他的手臂以示惩罚。

那包虫草粉在哪里？周一舟全然不顾眼前两个女人的埋怨，发了疯一样地开始翻箱倒柜，咆哮道，赶紧把那包东西都给我扔了！

为什么？柳燕问。这五六万元的东西，你让我扔？你是脑袋被撞了吧？

是啊，你发什么神经？母亲也问。你是不是昨晚喝酒把脑子喝坏了？

找不着整包虫草粉，周一舟抓过那碗兑过水的虫草粉汤，倒进水槽里，语气弱了三分下来。你如果不想跟你姐一样，你就马上给我扔了！

跟我姐一样？柳燕盯着周一舟，呆住了。你，你什么意思？

周一舟避开柳燕的眼睛，扭过头去，突然就不说话了。

你是说……柳燕再不敢往下想，也不敢往下说。你是说……这虫草粉有问题？

见周一舟依然三缄其口，柳燕上前揪住他的两只手臂，拼命地摇晃起来：你说啊！你说啊！到底什么问题你要这么紧张？

这，这……就像被摇松动的树干，周一舟这棵厚皮老树终于还是落下了几片枯叶。里面……可能……含有……铅。

含铅？怎么可能？柳燕只觉一阵头晕目眩，一手扶墙，一手搭在自己额头上，以保证自己可以站稳。这不是姐夫托你买的？不是你那个战友卖给你的？

是我找战友买的没错……可我也保证不了他就不造假啊！周一舟一脸无辜样地解释着，我以为他是西藏的，原产地，自然可以买到便宜的，顶多就是小只一点的，哪里知道他的便宜是因为往虫草粉里添加铅粉！

你不知道？你会不知道？正常一斤多少钱，加了铅粉的该是便宜了好几万吧？柳燕摇头冷笑，那笑像尖尖的冰刀，在周一舟的脸上戳着，剜着，那碎裂的冰碴一点点扎进话语中。我姐找你买，也不图你便宜，不过图你可以保证质量，你，没想到，你……为了几万块钱，你居然可以置自己亲人的生命于不顾啊！我就觉得奇怪，我姐那么好的生活习惯怎么会尿毒症，原来……

你他妈的别把话说得那么难听！要不是那人被抓，我还真就不知道！周一舟振振有词。再说了，赚这钱我还不是为了把我们的日子过得好一点？！

为了自己的日子，就可以毁了别人的生活吗？你真是狗改不了吃屎的德性啊！柳燕一掌拍在餐桌上，周一舟，我鄙视你！

周一舟冲到柳燕面前，抢过她手上的麦克风往沙发上一扔，一手抓住她的手，说，你又不是三陪小姐，干吗来这种地方陪酒陪唱？！你，你这是说什么呢？柳燕掰了几下周一舟的手，没能掰得开。她环顾左右小声说：我姐，我姐夫都在这儿呢！一舟——谢两旺一手搭在周一舟的肩上，试图把他往边上推送，一边解释说，今天晚上……柳莺一看形势不妙，也赶紧凑了过来，叫道，一舟——。别他妈跟我废话！周一舟一抬臂，用力甩开谢两旺的手，手肘往后一顶，直接撞在柳莺的鼻子上。看着柳莺捂住了鼻子，他视若无睹，继续对着柳燕发飙：你姐你姐夫也不能让你来陪男人喝酒唱歌啊！周一舟，你怎么这样说话？！柳莺忍住痛大声回了一句。燕子是你老婆啊！对啊，你也知道她是我老婆啊？！周一舟将柳燕一拽，柳燕颠了几步到他身后。他摸了她的脸，说，我老婆我爱怎么说就怎么说，谁管得着？说着，把柳燕往门口一推。周一舟，我鄙视你！我鄙视你！我鄙视你！柳燕的目光死死地咬在周一舟的脸上，心里一千次一万次的咒骂只化为眼里汹涌的泪水。几个不知所以然的东北商人拥了上来，被谢两旺挡在身后。柳燕捂着脸跑出了包厢。

鄙视我？跟你那个能挣钱的谢两亿姐夫比起来，你当然鄙视我！周一舟叉着腰，摸几把光光的脑门，说，我他妈现在算是看明白了，你为什么不肯割一个肾给你姐了！是啊，你姐早一天走，你就可以早一天入主东宫了……多么如意的算盘啊！

你不要以为每个人都像你那么龌龊！柳燕不想再继续这种无稽之谈，只能选择出门。

电梯一层层地往下降，柳燕的心却一点点往上悬。平心而论，她并没有那么伟大，很多年前她就曾经设想过，自己当年如果嫁给了谢两旺，他是否一样会事业发达，是否同样会人丁兴旺，有儿有女？看着生病后的大姐夫妻俩依然相敬如宾，她也曾一次次幻想过自己取代姐姐的情形，是否依然可以如此和谐亲切？慢慢地，她发现，岁月已经冲淡了容颜的匹配，更强化了性情的整合。唯有大姐的温和、大度、不急不缓才可与姐夫的深沉、稳重配合得如此严丝合缝。纵使姐姐没有自己精致的五官、苗条的身材，但多年在富裕生活里的养尊处优，以及夫妻和睦里的安然与包容，共同涵养出来的气质却是自己永远无法比拟的，无一不在举手投足间展现出来。她觉得原有的平衡彻底被打破了。不是被自己，而是被姐姐。原本生活在不同的城市不同的圈，没有过多的交集，无所谓差距。而现在，无论在时间还是在空间上，都经常会有交叉的点，在这些交叉点上，她有时候觉得自己就像姐姐面前的哈哈镜，成日里用自己的自卑、小心与寒酸参照并放大着姐姐的自信、大方和养尊处优。多年前，她可以说比自己的姐姐漂亮，多年后的今天，她发现，两人的气质已无可比性。这种气质并非一朝一夕可以养成，它需要时间，也需要环境。这种环境来源于长期的家庭生活，来源于十几二十年的社会接触。去的终究去了，不可能重来。

柳燕向前伸展自己的手指。那一根根纤细的手指高高翘起，像是在手臂与手掌的地平线上突然长出又高又陡的坡。几滴泪水跌在坡顶上，顺着斜坡缓缓地往下滑，在平原处汇聚成河。

心中的花瓶碎了，满地都是血。

/ 八 /

事情突然就有了转机。

明天，就要上手术台了。母亲和三妹都从上海赶了过来。柳莺最希望见到的人并没有跟着她们一起来 G 城。

她一定还在生我的气！柳莺翻来覆去睡不着。

你不要胡思乱想！谢两旺躺在地铺上，转过身子，说，燕子不是说了，要去北京参加暑假培训吗？

本来我还想跟她说……柳莺已经有几分哽咽。万一我真的下不了手术台，你把燕子……

你又在胡思乱想！怎么可能下不了手术台？谢两旺说着话，已经起身坐到柳莺的身旁。他一手抓住她的手，一手轻拍她的背。医生不是说了，捐肾的人跟你是六个点配型，基本上后期的排异可能性非常小。

可是……万一——柳莺紧紧抱住谢两旺的手。

没有可是……没有万一……谢两旺用力握住妻子的手，给她力量，给她安慰。就像当年"她"对自己一样。

你真的决定了？她问。我姐怎么办？他"嗯"了一声，埋下头不说话。她默默地返身进了卧室。先是传来开橱柜的声音，接着是打开抽屉的声音，而后是"窸窸窣窣"的声响。走出卧室的时候，她的手上多了一包东西。她将那包东西轻轻放于他面前的桌上，也不说话。他小心翼翼地解开眼前的这包东西，先是一张报纸里包着的几千元，而后是一个小布袋，往里是一块绸缎，绸缎包裹着的是一个翠绿色的玉镯和一条金光闪闪的项链。那是她的嫁妆。他不解地望向她。先拿去用吧！她抬起头，望向的却是窗外。没钱怎么做生意？你就一点不怕我生意亏掉没钱还你？他问。不会的……也没想过要你还！可是……万一……他贴在她脸上的目光渐渐没了力气，一点点往下掉。没有可是……没有万一……她用目光握住他的目光，给他力量，给他安慰。咱们谢老师想做的事一定会成功！我一定让你姐过上好日子！有大房子住，将来还要有小汽车开……他的手上来了气力，重新将那几样东西一层层一点点地包上，心底有些东西在翻滚，在跳动。

一个月后，回到 X 城。

　　半年的观察期里柳莺需要把日子过得小心翼翼。除了必要的身体检查，只能成日窝在家里，出不得门，逛不得街，购不得物，甚至客厅人多的时候都不能待，家里有人打个喷嚏都得格外小心。从来没想过，如何在空荡荡的居易楼里耗掉大把的时间也会成为问题。毕竟电视也有看累的时候，书也有看烦的时候——何况她一向也不爱看书。看着谢两旺时不时地写几个大字，柳莺居然也有了重学毛笔字的念头——从小学三年级开始，姐妹俩曾被父亲逼着学了三年的书法。不管学的效果如何，学过终究是学过。于是，便有了每天上午半个小时的临帖，摹帖，一个星期下来，倒也很快重新找到感觉，渐入书境。

　　跟着一阵很响的雷，雨"沙沙沙"地下了起来。柳莺停下手上的毛笔，走到窗前。书房的窗户正对着游泳池，千万根细长的雨箭从天而降，争先恐后地射进水里，在水面射出千万个或大或小的窟窿。被冲撞得不再平静的水面性情依然是好的、柔和的，就这样不温不火、不急不缓地，不停眨动着眼睛，一开一合，一合一开，将一拨来者不善的雨箭悉数收揽入怀，又迎接新一拨雨箭的到来。而那雨箭被激怒了，不依不饶，结集了更多，用更大的力度直往水里俯冲、俯射，恣意要把水面射穿……就在这一刹那间，柳莺眼前突然闪现出谢两旺最常写的几个字。她急急关上窗，在书桌前提笔写下"居易以俟命行险以侥幸"。写完最后一竖，背后传来妹妹柳燕的轻声吟诵：居易以俟命，行险以侥幸。君子居易以俟命，小人行险以侥幸……

　　只一个多月没见，柳莺几乎要认不出站在自己身后的妹妹了。对于妹妹学习归来却迟迟没来看望自己，甚至连电话都是少的，她原本是心有硬硬的一股怨气的。她不知道有什么重要的事情，阻挡得住同一个小区几百米的距离？可看到比自己更像生了一场大病的妹妹没有预见地出现，此时的她心里生起的只有软软的怜惜，只有绵绵的不舍。柳燕穿一身绿色的真丝吊带长裙，外面套一件真丝绿色开衫——那是去年柳莺送给她的生日礼物，当时是合着她的身材订制的。可是现在，裙子和外套都显得宽了、大了，以至于掩饰了胸部浑圆的轮廓，也遮住了漂亮的腰身，只有那突兀地挤出衣领的锁骨，更细更长的脖颈，凹陷的脸颊，更高的颧骨，更大的眼睛，以及眼下那一大块黑色素沉着……她扶着一旁的书柜歪歪地站着，像是被风吹拂的柳枝，随时都可能飘摇而动。

你怎么回事？瘦成这样子？柳燕搁下笔问。

生了一场病……柳燕的言语跟身体一般虚弱，她把遮住脸颊的几缕头发往耳后一别，像是在道歉，也像是在解释。这不，担心身上的病菌会传染，所以一直也没敢来……

什么病能把人瘦成这样？柳莺关心的不再是来与没来的问题。她拉住妹妹的手往窗前的茶桌走，两人在茶桌前坐下。比我这动过大手术的还虚！

也——不全是病！像是嘴里含着石头，柳燕说得有些犹豫。最近想了好多事——想把一些事情也做个——了断！见柳莺眉头紧锁，一脸疑惑。她咬了咬嘴唇，头一点点往下低，说出的话也跟着她的头一点点往下跌。我打算——跟姓周的——离婚——这几天正在办手续……

离婚？柳莺先是一一愣，很快就拍手叫好。离了好！早就该离了！婚姻就像是一张活期存折，双方都要往里存钱，才能往外取钱。这么多年，我看唯独你一直在往里存东西，存爱，存责任，希望维持婚姻的丰盈。而他呢，从未往婚姻的存折里存过一分钱，只是一味地支取。一个人在婚姻家庭里变得可有可无，婚姻真是没有维续的必要了。

除了小蓝，我可能什么都不能要……柳燕喃喃喃地说，目光陷入迷惘。

有小蓝就好，有小蓝就好！柳莺紧紧握住柳燕的手，不停安慰着，没事，没事，钱我们可以再赚，东西我们可以再买，孩子我们一定要……

/ 九 /

刚接过电话，一种冰冷迅速冻上柳莺的脸。这种冰冷助推着她逼人的目光中带着迷惘的冰箭，攥着对面还没反应过来的温度。

就像一块烧得火热的铁突然被丢进了冰水里，柳燕觉得自己浑身正在冒白烟。她的目光也选择节节败退。

姐妹俩的目光没有交接。

书房内突然就空了。只有墙上的壁钟"嘀嗒嘀嗒"地在屋内来来回回地迈着老步，填补了这种空。固定不变的是"嘀嗒"的声响，时间却有了弹性，被拉得很长很长。柳燕的心潮了，也黏了。

为什么？柳莺双手捧住自己的脸，喃喃喃自语。为什么？为什么？如果需要在愧疚中度过余生，那余生再长又有何意义？

姐，你怎么啦？怎么啦？柳燕伸手掰了掰柳莺的手，却只勾住她的一个手指头。到底发生了什么事？你不要吓我！

柳莺放开手，抬起头，已是泪眼婆娑。你——过来一下！她冲着柳燕招了招手，待柳燕走到身边，她迅速撩起柳燕身上那件极其宽松的真丝长裙的宽下摆。柳燕几乎是条件反射性地倒退了一步，单手往下一压，迅速盖住裙子，但腰上那条蛇一样的红色伤疤却烙印一般刻在柳莺脑海里，那么耀眼。她指着那条红蛇的位置，哽咽着问：难道，你还要骗我？

姐——这——柳莺慌乱地理了理裙子，不停往下扫着下摆，仿佛那裙子还被姐姐高高撩起，那伤口还历历在目。她知道再掩饰下去已成多余。你——你怎么知道的？

你姐夫刚刚打来电话……柳莺拿起桌上的手机示意了一下，目光一点点分散开去，语速逐渐缓了下来。周一舟那个混蛋刚刚跑去你姐夫公司了……找你姐夫讨要那5%的股份！

什么？！他怎么这么不要脸？柳燕的杏眼瞪得浑圆，身体僵得直直的。不要理他！

他说你们还没离婚，你的肾他有一半的份额，至少也应该得到2.5%。柳莺"哼"了一声，冷冷地说，还骂我们夫妻俩狼心狗肺，拿了你的肾，却一声不吭！

叫姐夫不用理他！柳燕上前握住柳莺的手，斩钉截铁地说，不要管他痴人说憨话。我的肾爱给谁就给谁，凭什么他要一半份额？

燕子，你为什么割肾给我？柳莺握着柳燕的手在发抖，如果你知道了二十年前的事，你一定会后悔的。

不，不，我不会后悔。柳燕抽出下面的手叠在柳莺的手背上，绝不后悔！

燕子，这么多年，一直有个事压在我心底，今天我一定要说出来。柳莺从书柜的一本书里取出一封信，递给柳燕说，看了这个，你一定会后悔的。这是谢老师当年写给你的信。他托我拿给你，可是我……喉头处已经一点点发紧，她再说不出话来。

你一定不会知道，从你踏进校门的第一天起，一股奇特的电流便开始在我身体里乱窜。我想，你一定是我前世修行种下的缘分，我已经无法自拔地喜欢上了你。那一身粉红色的连衣裙，那一头披肩发，那一条与裙子相呼应的粉红色发带，每一个细节都像电流上四溅的火花，耀眼、迷人……

在你眼里，我可能是个老古板，甚至是所谓的绝缘材料。其实，我并非绝缘材料，我甚至是电的良导体，我原本可以导出我强大的电流，但我不敢，我没有勇气，我怕把自己烧灼了，把你吓跑了。所以，今天，我只能，也只敢借这小小一张白纸。写在白纸上的是黑字，更是我红色的血。但愿它足以承载我的上千伏电流，也但愿它能顺利到达彼岸……我知道，我现在穷，给不了你太多物质上的东西，但我保证，将来，终有一天，我一定让你住上大房子，开上大车子……我知道，力学讲究作用与反作用，感觉也是需要双向作用的。我会静心等待电流那端的回应，哪怕只是一点点，哪怕只是微弱的……

姐，不用说了，都过去了……柳燕把那封信回推给柳莺，只能说是我没有这个福分。这个福分命中就属于你，不属于我。

不，燕子，你一定要看看！柳莺用力把信往柳燕握成拳头状的手上塞，却是无济于事。这么多年，如果你幸福，或者你一直责怪我，我或许还会好受些。可是，你过得并不好，你又执意对我这么好，我受不了……柳莺已经说得泣不成声，她捶打着自己的胸部。我怎么可以这么自私，当年要了你的爱人，现在又来要你的肾？！

不，姐，你错了！这封信我其实早就偷偷看过，当年你总喜欢把秘密东西藏在枕套里……一切都是我自己的选择，不怪你，不怪任何人。柳燕掰开柳莺的手指头，轻轻抽回自己的手。这肾也不是你要，是我主动给的！我的肾在你身上活着，我的心才能够坦然、坦然……

乡下表姐结婚，柳母带着双胞胎姐妹去吃酒席。酒宴设在中午，姐妹俩早早填饱肚皮便坐不住了，两人牵着手到外面玩。天上飞的蝴蝶、蜻蜓，地上跑的小鸡、小鸭、小鹅，都是姐妹俩追逐嬉戏的对象。她们还在蓝天上飘忽的一朵朵白云里寻找着。见一群乡下小朋友蹲围在表姐邻居家门前指指点点，她们也凑了过去。原来，那里坐躺着一只狗妈妈，正在喂一窝毛茸茸的哈巴狗吃奶，几个年纪差不多的小孩子正歪着脑袋数狗妈妈究竟生了几个狗仔。有的说是六只，有的说是七只……有一只毛色又纯又白的小狗引起了柳燕的极大兴趣。它的额头正中间有一个小红点，像盖了个红印戳一样，煞是好看。看它憨头憨脑地趴在狗妈妈身下吃奶吃得正欢，柳燕喜欢至极，凑近了仔细看。姐，你快看那个小红点！柳燕兴奋地指着那只小狗向柳莺示意。柳莺也凑近了几步。狗妈妈似乎是听到了这句呼唤，漫不经心地回过头，吠了两声。柳燕并没注意，也完全没有意识到危险，一边轻轻唤着小红点！小红点！一边就忍不住伸出手要抱小红点。狗妈妈极其警觉地站起身来，盯着柳燕一阵狂吠。柳燕还没反应过来，站在一旁的柳莺看见了，往前一步站到柳燕身前把柳燕往身后一推，说，燕子，快走开！几乎就是同时，那狗妈妈像发疯了一样，扑过来，紧紧咬住柳莺的小腿，还发出"呜呜呜"的恐吓声。柳莺"啊——"的一声，所有的小孩子都吓得四处乱蹿。唯有柳莺一动不动地站着，看那鲜血顺着柳莺白白的小腿流了下来……柳燕逃过一劫，可柳莺的小腿却被咬烂了。三天的高烧，一个星期的点滴，几个月的狂犬疫苗……那以后，柳莺慢慢地变了，变胖了，变得不爱说话了，变得不爱笑了。身高一点点落在柳燕身后，学习也开始一点点往下掉。姐妹俩像是追着不同太阳的向日葵，向着各自的方向生长，一个瘦瘦高高、白白嫩嫩，学习优异，一个矮矮胖胖、又黑又粗，成了差生。大人说，那是因为打狂犬病疫苗伤到了脑子。她以为这一辈子都得这样在愧疚里生活，永远无法弥补，直到毕业那年谢两旺的出现，直到母亲说，你长得那么漂亮，随便都可以找到一个好的。而莺子这种情况，这恐怕是她唯一的希望了。她才知道，原来世间还有一种东西可以堵住愧疚——那就是割让爱情，那就是割让婚姻。

再加上割让的这颗肾，柳燕想，该够了吧？

她的心一下子平静了。

柳莺突然叫了一句，你是坦然了，那我呢？

10 / 逗阵

凌晨三点，防空警报声刺耳地响起。

密集的"轰隆"声由远及近，先是远远地飘来一阵轻轻的"轰轰"声，接着是重重的"隆隆"声在城内炸开，炸出一片转瞬即逝的天光。

目光代替了王章焰的手，缓缓移向屋内的每个物件，犹如在倾心抚摩。他的手是粗糙、干硬的，结着厚厚的老茧。每个茧里都藏着一泡好茶，甚至可以渗出茶香。他的目光却是细腻柔和的，聚敛着商人的精明和热情，一寸寸地溢出离情别意。

王章焰与妻子郑雪怡的目光撞在了一起。曾经，她就像茶树上最顶尖的那片新芽，细嫩中带着青涩，翠绿中带着鹅黄，蓬勃中带着娇羞。而今，那初始的新叶早已成熟，一天天下降自己在茶树上的位置，于是，又有了那第二片、第三片、第四片新芽，连着他这枝最早的老茎，构成王家这棵经风历雨的老茶树。三叶连着一心，本是铁观音茶叶从树上采摘下来的样式，可从去年开始它们却一片一片四分五裂地被剥离。老大被赶出家门，老二老三都到外地求学。而现在，与自己结合得最紧密的这一片叶子也要离去。他的心再次被绞出了苦涩的汁液。

"我留在茶行里。"王章焰搂过郑雪怡的肩膀，往自己的身上靠，"兵荒马乱的，孩子们万一回来，也好有个照应！等战争停息了，你们再回来……

上凤凰岛后直接去找刘会长，我给他打过招呼了，他会关照你们……"

郑雪怡的眼眶已经红了。二十三年了，她知道但凡他决定的大事情都是对的，也是不可辩驳的。但她还想劝说，"逗阵走吧……要不，让司机跟着你留下？……"她的闽南口音轻轻的、柔柔的，像四月里茶叶尖上的露珠，带着风的味道，带着阳光的味道，细腻温润，婉转含情。

"不用！我一个人更容易对付，你们上岛拖家带口，需要有个人在身边照应！"王章焰淡淡地说。

"想办法把邀青找回来……"郑雪怡带着无限的爱怜，"你说茶要多摇几遍青才会香，孩子要多摔几个跟头才会长大，可摇青不也要把握个度？发酵过头，茶就酸了。酸，就变质了……"

王章焰咀嚼着自己曾经说过的话。

炮声更紧了，也更近了。把几个人送上船回来，从凤凰路到嘉元路到观音路，炮弹似乎追着汽车行驶的路线，总在车后不远处落下炸开。观音路上整齐划一的骑楼在一次次的轰炸声中振荡，摇晃。

王章焰备下几天的食物和水，抓了个茶壶，独自躲进地下室。

地下室置于一楼茶行的正下方，四周摆放了十几口大陶缸，陶缸里有历年精选的上等铁观音，还有今春刚刚收购还未来得及销售出去的一小部分茶。当初在置下观音路上大量商铺的时候，王章焰预见到了今日茶叶的销量。早年挖这样一个用于存储茶叶的地下室，他绝想不到，若干年后，这里居然成为自己的栖身之所。

王章焰从缸里捏出一小撮茶叶，丢进茶壶里，瓷质的壶里发出清脆的"吭——啷"声。密闭的空间无形中放大了这种声响。他微微一笑：这是好茶该有的声音。第二遍茶水刚倒进杯里，一股淡雅的香气便迅速四处乱窜，整个房间里暗香涌动。王章焰深吸一口茶，杯中的茶水急急顺着舌面直接冲向舌根，发出一长串不间断的"咻咻"之声。茶水刚冲到舌根，他就缓缓收住气息，让茶水停留下来，不被吞下。茶水浸润着整个舌面，王章焰很陶醉地感受茶水的安抚。而后，他轻合上嘴，上下牙齿相互紧扣，往内轻吸几口气，让原本留驻在舌面上的茶水迅速挤向口腔两边、齿缝之间。这时，便有"呲呲"之声撞击着口腔，也撞击着密不透风的墙。

王章焰平时的生活，总是如此这般在茶中度过。早起空腹一泡春茶，下午饭后一泡秋茶，晚上睡前一泡陈茶。妻子不止一次地笑他，他连呼吸都带着茶香。一泡茶的时间，无非是一转眼的工夫。怎想到，一个人在焦虑中冲沏的一泡茶，却是如此缓慢悠长。他用茶水一遍又一遍地冲淡孤独与忧愁，冲淡担忧和恐惧，却也冲出了一层层悔意。他一直以为自己是最好的制茶师，他也一直以为调教孩子与制茶并无差异。孩子们不听话了或者哪里做得不好了，丢到生活的摇青筛里摇几回，凉几下，再扔进社会的炒鼎里翻几个身，慢慢就好了。去年，因为店里生意失误，王章焰怒责长子王邀青。借酒浇愁的王邀青被人拉进了烟馆、妓院，欠下了一屁股债。王章焰一气之下将其扫地出门。他决意像摇青过后的凉青一样冷却儿子暂时的狂热。不想，熬不住凉青寂寞的王邀青纵身一跃，提前跳进炒青的鼎里。他从雪怡处骗得商铺的地契进入赌场，结果血本无归。他斩断小指发誓洗心革面，但心灰意冷的王章焰交代所有茶铺都不要收留他。从此，他消失在他们的视线中。将近一年了，他没有任何音讯。他能在哪里？或许，雪怡说得对，我虽然是一个好茶师，早年也有炒青过火的时候，也有摇青过度的时候。每个人都需要在文火中慢慢烘焙，才有成为一泡好茶的可能，而我对儿子，是不是操之过急了？

有一阵子，炮声稀疏了。甚至，停住了。王章焰走出地下室，开一缝店门。几乎就在同时，一阵飞机的轰鸣声在城市上空诡异地响起。"呜——呜——呜"声音越来越稠，越来越大，透着越来越可怕的压抑，随后炸弹炸开。王章焰迅速合上刚刚开启的店门，重新钻进地下室。他果断地割断原本拉到地下室的电线，点起煤油灯。微弱的煤油灯光在一大片的漆黑里扑闪扑闪，犹如他此时的心跳。上了岛的雪怡他们应该已经安顿下来了，岛上是租界……煤油的气味逐渐覆盖了茶香，恐惧也随即覆盖过来。

轰炸声终于长久地停止了。取而代之的是，隐约的枪声，此起彼伏的哭泣声。情形越变越差，日本人真的要来了！

对于日本人，王章焰是熟悉的。

做茶叶出口生意二十多年，他认识了山本、松井等七八个日本茶商茶人，与他们结下了深厚的情谊。他们长得跟中国人没什么两样，也是黑头发黑眼睛，也是黄皮肤扁平脸，他们爱茶也爱盛产茶叶的中国，也有着像茶一样的善良、温情与美好性格，甚至，他们学会了说闽南语。可是，据说，日本军最先攻陷的虎歧村那边，他们对待中国男人就像掐茶树叶，男人的头纷纷被摘掉，女人一个个被先奸后杀，小孩直接被活埋，海滩那边已经是横尸遍野。他想，那作孽的肯定不是他所熟悉的日本人。

莫名的巨大声响爆开的时候，王章焰抱着棉被僵直坐起身子。他习惯性抬起手臂，才发现山本送的那块日本手表居然没在手腕上。他摸着空空的手腕，怅然若失。残酷的战争里还有人与人的交情吗？他突然想到了虎歧村的汉奸，传说那汉奸一家六口，夜晚被锄奸队的人用绳子勒死在家。他睁大眼睛，惶恐地四望。地下室内依旧是墨一般的漆黑。他不敢点煤油灯。他屏住自己的呼吸。他无从判断时间，无从判断缘由。他竖起耳朵倾听。

声响来自头顶的水泥地。有人进了茶行！很多人！应该是坚硬的皮靴踩在水泥地上，"嘭嘭嘭"急速、杂乱地撞击着地板，一个、两个……七个，八个……该有十几个。有三四双皮靴往柜台的方向去，有四五双皮靴往茶几的方向去，有五六双皮靴往后门的方向走，没了动静，该是直接上了二楼。桌子被拖动，椅子被砸，陶罐瓷罐瓷杯被摔碎，木制的茶桶滚动……有几双皮靴，已经逼近地下室的入口处。他们会掀起那块红木茶桌吗？王章焰浑身冒着冷汗。一股冷气在后脑勺上发出飕飕声，每根汗毛都立了起来。茶盘，茶瓯，茶杯，先后在地上发出刺耳的声响。还好，那几双皮靴又折了回去。王章焰忽然注意到，无论四周的皮靴如何折腾，有一双皮靴始终单独在茶行的中间区域徘徊，独自发出沉闷的声响。缓缓地向东，又缓缓地向西，然后朝南，又朝北。所有的靴子都向着这双靴子靠拢，而后，散开，朝向四面八方。开始有扫把扫过地面的"疏——刷"声，破裂的瓷器陶器刮过地面的"嚓嚓"声，桌椅拖过地面的"咯咯""楚楚"声。而后，所有的靴子一齐走出屋外。

尽管声音已经远去，尽管头顶已经没有声音，但王章焰不敢贸然行动。好不容易挨到晚上七八点，估计天已黑透，他喝下最后一口茶水，推开红木茶桌，摸出了地下室。左右察看一番，确认周边没人，他点亮了微弱的煤油灯。昏黄的煤油灯光下，房间内一切出奇的工整，出奇的完好。有一瞬间，他怀疑自己在地下室的时候耳朵出了故障。眼前，桌柜椅子凳子全都待在它们原来的位置上，无论朝向还是相互间的距离，都与先前无异，抽屉也是严丝合缝地缄言闭嘴。唯有一旁的畚斗里装着的陶瓷碎片，泄露了这里曾有过的风声……试茶桌上的一个大锡罐被拧开了罐盖，此时豁着嘴张着。锡罐旁边，是一块日本手表。王章焰本能地戴上手表，四下里又找了找，终于在柜子下方找到了罐盖。他拧紧盖子，又扶正了绕墙而立的一排茶柜上几个铁罐。二楼三楼也基本保持着原貌。这样的工整与完好让王章焰平添了几分担忧。他有种预感，他们还会来。他们似乎是在寻找什么。但他们还没找到。

屋外，黑暗与寒冷笼罩在沦陷后的阴森里，看不到丝毫带人情味的景象。不远处，时不时传来军车、军用摩托呼啸而过的声音。王章焰不敢久留于地面。他拿了些食物和水，迅速钻入地下室。果不其然，第二天，又有皮靴进入茶行。这回，皮靴来得比较少，声音相对稀疏。皮靴待的时间也比较短，仿佛例行公事的检验。令王章焰疑虑的是，那双单独的靴子依然踯躅在茶行中央，应该是在试茶桌前有了较长时间的停留。那双皮靴似乎是顺着一整排茶柜的轨迹走，缓缓地，有节奏地，画出一个漂亮的90度角。所有的靴子都向这双靴子靠拢，而后，散开。

连续几天都是如此。一个人在地下的时光被无限拉长，就像那扯不断的麦芽糖拉着长长的丝，黏黏的。王章焰的理性终究扛不过心中的好奇，夜里10点，他再次摸出地下室。他擦着火柴正要点煤油灯，一束耀眼的强光骤然齐刷刷地射向自己。他下意识地丢掉火柴，抬手挡住光芒。门被踢开了。一伙人硬邦邦地挺进屋内，填满了屋子。强光被收起。取而代之的是室内暗弱的灯光。

日本人！王章焰一阵眩晕，提在手上的煤油灯滑落到地上。有几分钟，他的耳朵里听不到任何声响。整个屋子里只有两种颜色。上半部的茶绿色和下半部的黑色。他们端着枪，尖尖的刺刀在眼前晃来晃去，将自己团团包围。

有一团茶绿色和黑色从这圈色彩中分离，"咚咚咚"节奏分明地走过来。那团茶绿色朝着包围圈挥了下手，一把把刺刀收了起来。王章焰逐渐回过神来。他看到，那人穿着同样的茶绿色军装和黑色皮靴，胸口的口袋上方同样绣着红色倒"山"字形胸章。不同的是，他的腰间挂着一把大军刀，他的红底衣领上绣着两条金线，金边别着一颗金属五角星。"金属五角星"戴着一副窄窄的的金边眼镜，眼镜后的大眼睛爬满得意的笑。这笑，带着似曾相识的味道。

"果真就在这屋内！"金属五角星开口说的是中文，微微带着闽南口音的蹩脚的中文。他走到试茶桌前，摸着桌上的大锡罐，说，"我等候多日了！"

王章焰知道了，因为自己顺手的一个细节透露了自己的行踪。事到如今，他已没有退路。他捡起煤油灯，就近在试茶桌旁安稳地坐下。

我知道，金属五角星不急不慢地说，"你是茶商，我还知道你，人称'茶王'。"

　　嘉元戏院已经挂上"共荣会"的牌子。王章焰被带进戏院二楼廊道尽头小舞厅旁的一个房间。

　　此时，房间里只剩下两个人。

　　金属五角星若无其事地泡起了茶。茶具用的是素净的白瓷杯，茶叶一看就是铁观音。气氛陡然在茶香袅袅中峰回路转。他提起水壶从高处俯冲，又迅速回落，因为没有章法，茶叶在杯中乱撞。他调整了几次瓯盖，让它与瓯杯间留出足够的缝隙，而后用食指扣在瓯盖上，拇指与中指搭着瓯盖的边缘，轻轻一提，一回落，一大股的茶水猛冲出来，冲出了茶杯。他重新调整瓯盖，再轻轻一提，这回茶水如涓涓细流般落入茶杯。王章焰看得很不自在，似有自家孩子被抱入狼窝一般的感觉。自己泡茶惯用的手势，缘何如此走了样变了调地嫁接在日本人的手里？他应该是知道音高位置的，但他挨不上调。这样的茶，泡出的不是茶水，唯独剩下让人琢磨不透的心机。

　　"你们中国人真厉害，可以制出这么美的茶……"金属五角星斟出茶水，举起茶杯，面带笑意地冲着王章焰比了个请的动作说，"来，逗阵喝，好朋友！"

　　王章焰的心猛地震了一下。地道的闽南语！而且还说得那么自然，那么亲切，俨然是一种习惯。那语气，仿佛听谁说过。他盯着对方，试图找出答案。

　　"茶王，这可是你们家的茶王……"金属五角星喝了一口茶，轻轻一亮杯底笑着示意。

　　"并不是所有的人都可以泡出茶王的味道！"王章焰面无表情地端起茶杯。

　　"怎么？我泡茶的方法不对？"金属五角星盯着王章焰诚恳地问。

　　"泡茶讲究的不是技术，而是一份对茶的敬畏之心……"王章焰避开金属五角星的目光，啜进一小口茶水，口腔里先是"咻咻"声，而后是"呲呲"声。

茶水入喉，他"吧嗒"了两下嘴，皱了下眉头，说，"这不是我们家的茶……"

金属五角星出了神地听着，看着。他微笑着说，"王叔叔，这确实不是你们家的茶。噢，忘了自我介绍……"金属五角星收起双手支在大腿上，身体往前倾，目光里流淌着友善与温馨，"有个日本商人山本太郎……他是我父亲……"

像炒青时手背不小心触碰到被柴火烧得滚烫的鼎，王章焰被烫了一下。大眼睛，往上挑的眉脚，特别是那浅浅酒窝里盛着的笑，都是一个模子里出来的版本。"难怪第一眼看见你，我就觉着有点眼熟。难怪你会说闽南语……你父亲现在可好？"

"他……"小山本低下头，喉结处接连往下蠕动。"就在我来中国前两天，他去世了……"

王章焰下意识地摸了一下手腕上的手表。十八年的手表，二十年的交情，二十三年的生意……从此，就都断了吗？许久，他才问，"得的是什么病？"

"母亲说他得的应该是茶思病。父亲最喜欢王叔叔每年送的茶王。他临终时还说，你到中国帮助中国人，记得要去拜望王叔叔，记得要带王叔叔的茶王回日本祭奠他。"小山本托起眼镜，擦了擦眼睛，指了指茶杯问，"对了，您怎么喝得出来这不是你们家的茶？这也是非常好的茶呀！"

"这确实是非常好的茶。"王章焰又啜了一口茶水，"这茶凉青的时候开着窗，风很大。啧啧，可惜了！就因为风大，水走得太快，没能锁住茶的醇厚。就像跑长跑，前面跑得太急，后面就没力了。如果自然凉青，这汤水会更饱满！"

小山本似懂非懂地听着，连连点头道，"怪不得父亲会那么喜欢您的茶王。"他从口袋里掏出一张纸，在茶几上展开，推送到王章焰的面前。"这几年，父亲一直在研究这一串数字。我们知道这肯定跟茶跟铁观音有关，但不知道具体有何关联。父亲对这些数字的痴迷简直到了走火入魔的地步。

一天晚上，他一边做茶一边研究这些数字，当第二遍摇青后的茶叶端到他面前，他又是摇头又是叹气，直喊胸口疼，第二天就病倒了。因为这些数字，他成日里郁郁寡欢……王叔叔，您能不能告诉我，这是不是茶王的密码？到底有什么蹊跷？"

王章焰看到纸上密密麻麻地写着几串数字：

1755–58–1857–95–2203–64–0359–69

1812–65–1901–101–2237–68–0415–75

1825–67–1908–98–2229–72–0423–72

……

王章焰端起茶杯。摇头，沉思，不语。

"父亲知道制茶的技艺是不能随便外传的，所以他一直不敢求教于您……"小山本面露窘意，收起纸条说，"父亲常说，您和他是好逗阵，逗阵喝茶，逗阵讲古……说实话，我带着美好的愿望来中国，很快，我就后悔了。但为了我的国家，我又只能卷入这场战争……不过，请您放心，我一定想办法保证您的安全！"

"可实际上，我和我的国家并不需要这种保护……"王章焰缓缓起身，说，"你，还是让我自己走吧。这样，也省得给你造成不必要的麻烦！"

小山本跟着起身，抓住王章焰的手，说："王叔叔，现在兵荒马乱，到处都不安全，好不容易在中国的人海中找到您，我不会让您走的。"

王章焰不愿再说话。

那一刻，他再次想到了汉奸的下场。

小舞厅旁的这个房间表面上是普通房间，实际上暗藏玄机。打开衣柜门，掀起天花板上的隔板，可以进入一条狭长的只容一个人通过的通道。沿着通道贴着墙体走，直通戏院一楼的舞台，据说是专为魔术表演而设。王章焰白天就蜷伏在通道里，晚上才进到房间，房间和通道外有荷枪而立的日本兵，他逃不出去。小山本做了充分准备，房间里有足够的食物和水，还有供休息的床。

小山本偶尔也会来。天黑了才来。除了带来一些衣物，常常是一壶茶。两个人静静地喝上一会儿，但沉默填满相见的每一分钟。王章焰觉得，随着时间的流逝，他正在成为观音路的"汉奸"，而保护他的小山本，正在徇私枉法。这里相当于小山本个人工作之余的休闲室，有时，小山本就只是一个人看一个晚上的书。没有谁会来骚扰他，自然也没有谁会来骚扰他安顿下的王章焰。

有天夜里，辗转难眠的王章焰先是听到廊道上有人开窗户的声音，夹杂着一句被捂住嘴没发完整的"啊"声。闷闷的一声枪响，王章焰一骨碌翻下床，迅速钻进天花板上的通道。一片宁静。只有"咚咚咚"的心跳声和"嘀嗒"的钟表声。已经是凌晨两点多。贴着天花板的耳朵清晰地听到，廊道窗台上"扑通""扑通"地接连跳进几个人，走廊上响起或远或近，或轻或重杂乱的脚步声，都敛着力气。脚步声汇聚到了门口。门被撬了开。一群人进了门，差不多有五六个。他们压低了声音说话。一个问，"你确定是这个房间吗？"另一个回答，"肯定是这里。那个少佐把他带进来，就没看见他再出去过！"一个又问，"可是，人呢？会不会被日本人转移了？"另一个又说，"要转移就一定要走出这个房间，没看见啊！"

尽管声音都压得低沉，王章焰还是听出了几分耳熟。他的手心热出了汗。他们是来锄奸的吗？会是他吗？会是他吗？怎么可能是他？他怎么知道我在这里？跟他来的都是些什么人？

"他已经被杀了？"一个人的声音在发紧，颤抖。而后，伴随茶杯被摔在地上的声音，另一个人咬牙切齿的吼叫喷薄而出："可恶的日本鬼子，我跟你们没完！"

突然，一句久违了的呼唤从寂静的坝内猛烈地冲了出来。"爸！"那呼唤深厚有力，一声接着一声，直往通道上冲撞："爸！爸！爸！"

一个声音说："王队长，您父亲果然不是汉奸！"

真的是他！真的是他！王章焰全身颤抖起来，他在心里大声喊："邀青——我的儿！"他多想冲出去拥抱他，像往常一样拍打他的臂膀，像往常一样跟他搭手逗阵摇青……可是，不行！一直以为自己早晚可以离开这里，但此刻，他清醒地意识到，自己其实哪儿也去不了了，他不能活着从狭窄的魔术通道里面爬出去了。

出口近在咫尺。但相见的路却是那么漫长。

戏院内响起刺耳的警报声，可能已经亮起了灯，大皮靴的声音紧随着响起来。整个戏院在警报声与皮靴声的叠加中震动着，震动着。儿子到来的温馨瞬间，被这台无形的机器碎成蘸着黑暗的恐惧与紧张。有个中年人的声音大喊，"鬼子来了！鬼子来了！"屋内的几个人纷纷端起枪，"咔咔咔"地上膛。

"你们赶快走，你们赶快走！"王章焰心里叫喊着。

"情况紧急，大家准备撤退！"王邀青在外面喊。

"走！走！走！赶快走！日本兵已经到门口了！"另一个声音喊，"赶快从窗户跳下去！"

"爸——儿子走了！保佑我，杀汉奸、打鬼子！"王邀青对着空荡荡的屋子喃喃自语。

王章焰从通道中爬出来，看见一个壮实的背影消失在黑乎乎的窗口——那是邀青。

室内室外已经一团黑，楼下枪声乱作，接着，枪声进了戏院，顺着楼梯往上爬。王章焰把脑袋伸出到窗外，只想看上一眼：楼梯口隐约躺着一具尸体。个头不是邀青的。王章焰缩回脑袋，儿子还活着！他双手捂着胸口，舒了一口气。

楼梯口密集的枪声渐渐地稀疏了。

一种令人无法安心的宁静不小心从稀疏间漏出。

这只是一瞬间。之后，密密麻麻的脚步声浪潮一样地涌了过来。房门被野蛮地撞开了。鬼子们端着枪在门口的两边站开。

一个留有八字须的矮胖军官迈着八字步晃荡着身子走了进来。小山本诚惶诚恐地跟在后面。王章焰走到茶桌旁，像迎接等候已久的暴雨来袭，表情冷峻。他轻拂两下真丝马褂的袖子，手搭在茶桌上。那人的红底衣领上绣着两条金线金边，别着三颗金星。三颗星双腿开叉，拄着手中的军刀，带着极度愤怒的目光直逼王章焰。他问身后的小山本："你怎么解释？"

小山本"嗨"地立定，他指着王章焰说："这是茶王王先生。我让他研究一个茶王密码，将来可以为我们大东亚共荣圈服务。之前一直没有跟大佐报告，是因为他还没研究出来！我本想……"

"茶王密码？为大东亚共荣圈服务？"三颗星抬了下手拦住小山本的话，他的话中满是狐疑，"果真如此？"他绕着王章焰转了半圈，一脸的坏笑，"你真的愿意为大东亚共荣效力？你真的愿意把茶王的密码献给皇军？"

"我不知道什么茶王密码！"王章焰凤眼一挑，王家男子标志性的五官此时在他脸上放大了特征。剑一般的浓眉，高高的眉骨，深陷的眼窝，长长的凤眼，狮子大鼻，宽阔的腮帮，薄薄的嘴唇。

"这就是你的解释？"三颗星问小山本。小山本躬下身子，肩膀内缩，唯唯诺诺地说，"我会再做工作！"

三颗星在房间里踱起步来，敲敲墙壁，打开柜门，上下左右看了个遍，又问，"不是说有六个人吗？怎么少了一个？"

王章焰盯着三颗星，搭在桌上的手指下意识地用着力。他往上提着气，生怕呼吸会泄露天机。小山本的目光从他脸上轻轻滑过，指着廊道说，"可能从那边窗户逃跑了！"

三颗星转向王章焰，"他们都是谁？是什么人？"

"我不知道。我不认识他们！"王章焰平静地回答。

"不认识？"三颗星被激怒了。他冲着小山本咆哮起来，一句接着一句，王章焰有限的日语听力跟不上。小山本左一声"嗨"，右一声"嗨"，频频点头，频频哈腰，就像绕着支点不停捣米的碓杆，一上一下，一下一上。

三颗星朝门外招了下手，"把这个人带回去！"两个荷枪实弹的日本兵迅速进来，架住王章焰往外拉。小山本挡在日本兵的行进路上，对三颗星说，"请大佐再给我两天时间……"边说边把目光望向王章焰。见王章焰用劲地摇着头，小山本刹住话语。

三颗星回头看一眼小山本。小山本立定，伴着一声有气无力的"嗨"。

浓郁的血腥味从楼梯口游游荡荡过来，带着地狱的阴冷和霉腐。血，火一样的血在燃烧。人，血一样的人横七竖八地躺着。惨烈的厮杀定格在最后的姿体上。一个高个小伙的脑袋被打爆了，白白的脑浆混着一地的鲜血。一把大刺刀插进中年人的身体，肠子被拖出了体外。一个瘦子直挺挺地躺在地上，瞪着大眼睛，却永远说不出话来……如果不用穿着来区别，王章焰根本分不清躺在地上的，谁是中国人谁是日本人。

大佐已经下了最后指示，摆在王章焰面前的只有两条路，除非他效力皇军，否则只有死路一条。效力的最好方式，是解密茶王。他没想到小山本情急之下脱口而出的说辞，居然成了捏在大佐手里的一个把柄。他暗自冷笑，没有发出笑声。

该来的终究要来。第二天，他想，死在这里其实也挺好。这样想着，一切就如冬天过后的春水，坦然地化了。

王章焰环视着曾经熟悉的嘉元戏院二楼的小房间，心如文火中烘焙的老茶，温暖，宁静，散发着岁月的暗香。原位摆放的床、柜，依然素净的茶几，茶几上如故摆着茶罐，茶盘，茶壶，盖瓯，茶杯，还多了一壶日本的清酒和两个酒杯。任何一个物件都罩上了一层久违的亲切。

此刻，听不到手表齿轮咬合发出的嘀嗒嘀嗒声，隔壁小舞厅的留声机里正在播放《四季歌》。甜丝丝、清爽爽、传来软绵绵的歌声："春季到来绿满窗，大姑娘窗下绣鸳鸯。忽然一阵无情棒，打得鸳鸯各一方……"

小山本端端正正地坐在面前。他先为王章焰倒上一杯清酒。杯子是带点绿色的瓷杯，淡黄透明的酒水在杯里微微漾着清亮。

小山本端起酒杯，喉头有几分哽咽地说，"作为山本的儿子，我实在愧对王叔叔，也愧对我父亲的亡灵。我敬您！"说完一仰脖，杯子见了底。

王章焰轻轻抿了一小口，轻松地咂巴着嘴说，"这酒再不是当年你父亲拿到我们家喝的那个味了！"

小山本连喝了三杯，也为王章焰续了三次酒。眼看小山本又拿起酒瓶，王章焰说，"还是喝茶吧！喝茶好！酒，容易让人迷醉，脑子犯浑。而茶，总是让人清醒……"

小山本拿过盖瓯，王章焰说，"我来吧！"他走到衣柜边，从角落里掏出一小包茶叶。这是他住在这里时特意让小山本从家里带来的。他往盖瓯里丢进一小撮茶，紧结的茶颗粒发出极其清脆的声音。他缓缓地说，"每泡茶，总有它的良心所在。它应该是纯粹、纯洁、纯正、光明的，就像人。"他提起水壶一冲，一回落，茶叶在杯中顺时针方向旋转。他利索地盖住瓯盖，食指、拇指、中指各就各位，轻轻一提，一回落，汩汩而出的茶水均匀安稳地入了茶杯。"今春的茶王……好茶，好水，好人，一定可以泡出好喝的茶！"

小山本深深嗅着茶香，一口就是一杯，"还是茶好！"

王章焰深吸一口茶，发出一长串不间断的"咻咻"之声。茶水刚冲到舌根，他就缓缓收住气息，让茶水浸润着整个舌面。而后，他轻合上嘴，上下牙齿相互紧扣，往内轻吸几口气，这时，便有"呲呲"之声撞击着口腔。如此反复。他闭上双眼，享受茶水的抚摩。

有很长一段时间，两人都不说话。在飘满茶香的空气里，似乎说什么都是多余的。

"现在，该是告诉你密码的时候了！"王章焰放下茶杯如释重负地说。他要小山本拿出那张纸条，指着上面的数字说，"其实你父亲如果早问我，根本不用搞得这么累。我也是这两天才琢磨清楚，你父亲所记的数字应该是这么一回事。这第一行：1755——58——1857——95——2203——64——0359——69，应该是指 17：55 开始摇青，摇 58 下，而后摊青；18：57 摇第二遍青，摇 95 下，再摊青；22：03 摇第三遍青，摇 64 下，再摊青；到了凌晨 3：59，摇第四遍青，摇 69 下，再摊青。这第二行：1812——65——1901——101——2237——68——0415——75，是另外一批茶叶的摇青时间……"

"您居然真的肯把密码告诉我？"小山本惊呆了。回过神来，他突然极其兴奋地蹦了起来，说，"我现在马上去告诉大佐，您有救了！"

"不！"王章焰断然打住小山本。"我说这些，是出于我跟你父亲的情谊。况且，密码是死的，茶是活的！单靠这些所谓的密码，也是做不出好茶来的。土壤不同，气候不同，做出来的茶肯定不同。同样是第一遍摇青，不同时间，不同茶叶，摇的次数力度都是不一样的……"

"也就是说，父亲当年看您做茶，记的这组密码并非关键？"小山本问。

不知过了多久，王章焰往面前的茶杯重新续上茶水，连啜了几口，说，"其实，茶王本无密码，就像友情没有密码一样。凭的都是感觉，讲的是交情。有了不透明之处，才有了密码之说。"

王章焰放下茶杯，又举起桌上的酒杯，问，"你知道，为什么中国的茶杯和日本的酒杯都是圆的？"

小山本摇头。

王章焰转动着手上的酒杯说："我相信，不管中国人还是日本人，都希望圆圆满满……"

之后，沉默像窗台上的藤蔓伸展。隔壁小舞厅的《天涯歌女》瞬间漫了上来，"天涯呀海角，觅呀觅知音。小妹妹唱歌郎奏琴，郎呀咱们俩是一条心……"

王章焰早就想起来了：那一年，山本和他那个叫山口杏子的小姨子一起上了观音岩。山口杏子穿着布鞋爬了一大段山路，到了王家的那片茶王园子时，却执意换上那双漂亮的高跟鞋。雨后的红黄土壤又滑又软，山口杏子穿着高跟鞋用力踩在茶园松软的黄土上，凹陷一个个又深又宽的窟窿，她的鞋跟上满是茶园的泥土，那些泥土跟着山本回了日本。

王章焰想起来了：那一年，他光着膀子，张开两腿站成马步，两手抓牢摇青筛，往上一提，一转，一放，"1，2，3……"满满的一筛晒过的茶青像被施了魔法欢快地旋转、跳动，绕着吊住摇青筛的吊绳，"刷刷刷"的声音开始极有韵律地响起，屋里也逐渐弥漫起淡淡的青草香。那香是叶片与摇青筛亲密接触后被激发出来的原始叶香，带着山野的味道，青青的、生生的。四次摇青，摇到最后，那经过多次发酵的香里已经饱满得几欲裂出夏天的气息。那时，雪怡、山口杏子就在身边，邀青带着弟弟妹妹把玩着筛篱上的茶青，而山本拿着铅笔，坐在一旁写写画画……

夜更深了一寸。黎明更近了。

王章焰取下手表，连同桌上的一小包茶叶，一起放到小山本手上。他说，"别糟蹋了好茶！也别脏了你父亲送的手表！"语速沉缓，语气有力，就像每个茶季开采前，他总对长子邀青说，"要好好善待我们的茶！"

"再泡一壶茶，逗阵喝，该有多好！"小山本说完，拿出一套日本军装，"王叔叔，穿上吧，我送你离开这里。"

"不，不，我不能这么做。"王章焰把衣服推回给小山本。他知道，战争正在让茶失去意义。这种气氛下，即使冲泡的是自己的茶王，也绝对泡不出一泡好茶的味道。他说，"你走吧！我不会走的。我怎么可以只顾自己活命，不顾你的安危？——你的长官不会放过你的！"他拍着小山本的肩膀，像拍着自己儿子的肩膀，"我已经活了这么大岁数了，你，才刚开始。要活下去，离开前线。"许久，似乎只是不经意的，他又说，"或者，逗阵走？"

　　"逗阵走？逗阵走？逗阵走？"小山本重复着王章焰的闽南语，一遍，又一遍。这短短的三个字悠悠地在小房间里回荡，久久，久久。突然，他摇了摇头，用闽南语问，"那我日本的母亲怎么办？"

11 / 双螺旋

　　直到夜里十一点，仍有人在微信里关心他。所有的问题他已回答了无数遍，却不得不一次次暴露伤口再重新缝合。你妈身体不是一向很好，怎么会？（不小心摔倒在卫生间。）家里没人？（我那天刚好下乡了。）你爱人呢？她不是没上班？（她正好出去了。）对了，葬礼上怎么没见你爱人？她怎么了？（嗯，啊，她身体不舒服。）什么病啊？这么严重？（也没什么病。谢谢。）他冷冷一踩"谢谢"的刹车，人家也只能跟着转弯。再往下，便是可惜啊，遗憾啊，不应该啊，如果……也许……可能之类的感慨，最终一定稳稳落在"节哀"上。除了安慰他短短几个月内父母双亡的哀，似乎每个人都多少有窥探他生活的兴趣。他们永远不可能知道，死亡已然只是一个契子，牢牢卯在他的生命里。而那个不成定数的问题正一天天突兀地从契子边钻出来，令他的生活重心不稳。他确实应该哀。可如何节得了？

　　他有了灌醉自己的最好理由——现在不会再有人管他喝酒的事情了。每天晚上 8:00，女儿小婉打来的电话更像是准点报时，一样地问，一样地答，一样无济于事，却一样坚持。在干吗？（在接待。）少喝点。（会的。）我妈好吗？（好！）你好吗？（好！）所谓的好其实都是心照不宣。公务接待喝下的两杯葡萄酒在他胃里发了酵，充分调动起他喝酒的欲望。接着，几个老同学约去班长家吃夜宵，又喝了两瓶白酒。他知道那个醺点还没到，便接受新单位同事的邀请又上大排档喝。他只是喝酒，基本不说话。

除了二十年前那个单位的个别同事，没有人清楚他们家曾经发生过的大变故。或许有人知道，但他们都将它放在心底。每个人注定都要成为孤儿——这是人生既定的命题，而那个大变故却像数学题里的孤子解——只属于他一个人的解，十几年，甚至是几十年都解不完。

下了出租车，他走路已经有些晃。身高只有 1.65 米的办公室小王主任架着高出一个头的他，两个人的重心直往一边偏。路口一个年轻的摩的司机凑上来问：需要帮忙吗？ 10 元钱，我负责帮你送上 8 楼！浓重的乡下口音，极尽谄媚。

他歪着头看了摩的司机一眼，把烟头往地上一丢，骂了一句：奶奶的，我自己走不了吗？我回家还要你送？走开！走开！

摩的司机嘟囔着，往地上吐了一口痰，又拿脚碾那口痰。

两个人费了好大的劲才走到楼梯口。他一手抓在小铁门上，一手把小王主任往外推：你——回去！

这是外人与他家的最短距离。

我送你上去！

不——用！他甩着手，像是要甩掉一团黏在手上的糨糊。你——回去！

不行，局长你这样我怎么可以……？要不，我打电话让局长夫人下来接？家里电话是……？

走！回去——我自己——上去！他进了铁门，把小王拦在门外。这样的事情，他已做了千遍万遍，几乎成了条件反射。

铁门没有锁，小王试图拉开铁门。他生气了。他的背挺得那么直，头摆得那么正，身体绷得那么紧，说出的话不容置疑。你再这样，我明天就撤你的职！

小王便再不敢靠近，只敢用目光揪着他的背影，用耳朵咬着他时轻时重的脚步声。

邻居家新安装的发出蓝莹莹光的门包裹着电视剧里的对白，将他家简陋的铁门映衬得格外落寞。同一楼梯的房子很多都重新装修过，没装修的干脆换电梯房。他没换也没再装修——所有的积蓄都给女儿在省城买房买车——就她一个人的力量，够呛。八层楼梯耗去了他太多力气，插了老半天才把钥匙插进锁孔里，转了老半天才打开。

一下子陷进了静得奇怪的黑暗里，人却一下子放松了。弯一下腰，垂一下头，扭一下身子，都是很舒服的事。不会有谁注意他。

房子是二十多年前的商品房，当年最流行的浅色斑点石板砖再照不出清晰的人影了，没有防盗门，没有猫眼。昏暗，晦涩，甚至没有色彩，没有气息，没有声响。她自然已经睡了——或者只是在自己房间躺着，听不到她的呼吸声。同一座房子里，唯有少到极致的交集才让日子得以过下去——哪怕是夜晚，彼此的呼吸也不会交集。

他的裤子被丢在沙发上。他还没适应母亲不在的日子。短短一个多星期，家里已烧焦了三个不锈钢锅，跳了四次电闸，厨房淹了两次。他没有经历过程，只看到并修复了结果。以前，他总是把换下来的衣服丢在床头柜上，他母亲估摸着该洗了就给洗了。现在，母亲不在，裤子与衬衫经常分离。此时，衬衫不在客厅，也不在浴室。它只可能有一个去处。知道这个秘密还是母亲出殡后第三天的意外发现。一大早，他想起装在西装口袋里的一份报告，却怎么都找不到头天换下的那件西装。所有能找的地方都找了，还是没有。他只有去问她。一推门，她坐在床上，双手捧着他的西装，把头深深地埋在他的西装里。

你干什么？他轻拍她的手臂，伸出手，说，把衣服给我。

她抬起头看了他一眼，又把头埋了下去。她的目光里只有沉醉般的迷离。他怀疑她在啃他的西装。

把衣服给我！他微微加重语气，半俯下身子，手伸得更长些。

她侧过身子，挡住他。他还是抓到了袖子。但她并不放手，死命地攥着，头依旧埋着。这回他看清楚了，她一个接一个地做着深呼吸——不，不，她急切地在衣服上嗅着闻着。仿佛衣服上有她的食物，可以填饱她的肚子。

晴媛！他重重地叫了一声。你干什么？给我！

迷离迅速退去。只剩惊慌。她的目光在躲闪，在分散，衣服被他抓在手里。那一刻，他突然很想抱她。他有十二三年没碰过她了吧？还是更久？他挨着她坐下，把她往自己怀里搂。她抬高自己的手臂，拼命地扭动身体，是挣扎，是抗拒，伴着歇斯底里。走开！走开！她夸张地甩动胳膊跑出去，仿佛胳膊上也黏附着什么不干净的东西。

这以后，只要没有及时放进洗衣机，他的衣服便经常会离奇地"失踪"——客厅，餐厅，厨房，走廊，但凡她走过，她发呆的地方都有可能落下他穿过的衣服。

他把裤子丢进洗衣机里，按下浸泡键。

沙发上有一团揉皱的报纸。不出他所料，那里面是一团粗硬微卷的毛发。自从那个大变故后，每隔一段时间，她都要修剪阴毛。一开始，它们在纯白坐便器的边沿遗留过。后来，它们又在垃圾桶里出现过。再后来，它们就被包进各种各样的报纸里，随地丢弃。他知道，她的心结顽固得像石板砖上的那块深色的石胆，怎么都擦不掉。她讨厌它们，憎恶它们。

如果他的母亲在，这团报纸早就被烧成灰了，电视柜前的石板砖上绝不会有这一摊水，沙发上不会有那些莫名其妙的撕成碎条的纸屑，两三个小凳子也不会这么无序地摆放，茶几上定然会有一杯蜂蜜水或者葡萄糖水。他的心突然被什么蜇了。这么多年，母亲挡在他身前，归整他无序的生活，让他得以全身心投入工作。从此以后，真的再没有母亲的气息了。只有散落的几粒药片。他数了数，大大小小完完整整的 12 粒，按着他一早上班前分成的三份散落在不同区域。很明显，她把它们从药盒里拿出来了，仅此而已。只要她不想做的事情，谁都拿她没办法。他母亲就为了让她做，把命都搭上了。

那段时间，她再一次强烈地抗拒吃药，把所有能看到的药瓶砸碎，药片直接倒进马桶里。她甚至拒绝吃别人做的饭，一日三餐自己做，做自己一个人的，没有肉没有菜，除了面汤就是米粉汤。他母亲偷偷把几种药片溶化在鸡汤里。

我不喝。她捂着嘴往沙发靠背挪，眼睛里满是惶恐。你们一定在里面放了毒药……

你怎么会这么想？他母亲舀了一勺汤喝给她看。你看……

你们都想害死我！她摇着头往沙发里缩。你们都想害死我！

你是耀儒的媳妇，我只有耀儒一个儿子，我怎么会想害死你？我还不是希望你早点好起来？他母亲坐到她身边，拉过她的手。来，乖，就几口，小婉再两个月就要生孩子了，咱把病治好了，到时就可以去厦门抱小孙子了！

她的手被拉得直直的，身子却依然黏在沙发上。不，不，你们都想害死我！你们都想害死我！

他看不下去了，大喝一声：你说什么疯话，她是我妈，怎么会害你！

她便不再抗拒，自己抓起汤匙喝了起来。喝完一口，她舀了一汤匙往他母亲嘴里送：你也喝！

他母亲的手拦在汤匙上往她的方向推送：不，这是专门熬给你补身体的。你喝！

你不喝我就不喝！她把汤匙一个翻转，汤水洒落一地。

我喝，我喝！她母亲拿过汤匙，自行舀了一勺汤。

他抓住汤匙柄，朝着母亲摇头。他母亲望望他，一点点掰开他的手，把嘴伸到汤匙边。就这样，婆媳俩一人一口，把一碗鸡汤喝完。接连两天，他七十八岁的母亲陪着她喝这个汤喝那个汤，把原本十足的精气神给喝没了，早上睡不起来，头脑也几次出现恍惚，直到一个跟头栽在卫生间。他母亲紧着父亲的脚步去了，只留下他和她了。

　　微信提示音响了。他知道，只能是云淡风轻。一个他此时特别想见又不能见的人。28 年前，两个人多么年轻啊——上班同一个单位，下班又腻在一起，彼此都已经不知珍惜了。他感冒了，一边咳一边写着材料，仍然不忘一口接一口地抽着烟。她被呛了，抢过他的香烟碾在地上。

　　如果你爱我，为什么就不能把烟戒掉？她说。最讨厌你没完没了地抽抽抽！臭得要死！你再抽，我马上走人。

　　走就走，有什么了不起？他被那些材料已经逼得够烦的了，又点上一根烟抽起来。如果你爱我，为什么连抽个烟你都不能容忍？

　　你不把烟戒掉，咱们就分手！她真的站了起来，话语中满是威胁。

　　如果谈个恋爱还要戒烟，这也太累了！分手就分手，谁怕谁！他不怕她的威胁。

　　真的分了手，谁也不愿意低头。他索性离开县直机关，兜兜转转几个乡镇，上个月才到局里报到，而她居然是他手下的科室负责人。三年前离婚后，她一直就租住在他同一个小区对面的房子，几年来却从没打过照面。正如她"云淡风轻"的微信名，多了几分丰腴的她脸色依然红润，眉目依然清新，笑容依然清爽，看不出已是年近五十的人。

　　又去喝了？云淡风轻问。

　　他按了"嗯"又删除了。

　　怎么喝到这么晚？

　　好想现在就见你！

　　别糟蹋自己的身体！云淡风轻连着来了三条微信。

　　他倒了杯水喝。微信又来了。留着好身体——给我！

　　他的身体热了一下。对面楼房不知哪扇窗户里有一双火热的眼正关注着。他关了客厅的灯，黑暗从头到脚淋了下来。他的身子凉了一点，却更重了。他拖着拽着，强行把自己丢进自己的房间，丢在那张一个人睡了20年的床上。从今往后，这屋里将只有更深更厚更硬的沉默和孤寂了。

所有的夜晚都是在那个冬天被强行按下的静音键。从香港出差回来，到家时不过晚上10点。屋里黑着灯，他以为她回娘家了。一开灯，她一个人蜷在沙发上，像受了惊吓，一动不动。

怎么啦？怎么躺在这里也不盖床被子？怎么不说话？

孩子没了。声音静静地从沙发传递过来。

没了？他松了一下，抱紧她。她还是紧紧蜷缩着。她的身上似乎没有一点热量。

是个男孩。

你怎么没打我呼机？

打了，打不通。

没事，我们不还有小婉？

是个男孩。

他突然不知道怎么接。

她似乎一夜之间说完了所有的话。不能说的话她也说了。从此以后，她不再怎么说话，沉默填补了生活的大多数缝隙。

这么多年，为什么不选择离开？云淡风轻的微信又来了。

他将手机调成静音。

她房间的桌子在动，椅子在动。它们摩擦着石板砖，发出刺耳的声音，生生切割着人的神经。

他只能任由她。酒精已经稀释甚至正一点点分解那声音的鳞片，时间也软化了它的存在。

楼下住户早已适应了凌晨的这种突兀的声音，不再提出抗议——抗议也没用。一开始，他们每天都上楼来吵来闹，他母亲一遍遍地跟人解释，说是自己睡眠不好，说是起夜不小心碰了桌椅。既然是老人家不小心，他们也就原谅了。后来，他母亲偷偷给每张桌椅都缠了布，这样，半夜就不再有声响了。可是，她不干。她非得解开那些布，听到那刺耳的摩擦声才能安静下来。再后来，实在解释不通，他母亲索性就说自己有怪癖，实在控制不住。于是，楼下的住户换了一户又一户，直到两年前有个昼伏夜出的赌鬼来租房子才算稳定下来……

声音突然间就收住了，像是被急急塞进多层密封罐里，没有一丝外泄。不出意外，她应该坐在黑暗中发呆。发呆是她的常态。每天 24 小时都在她的发呆里度过。随时随地，对着一棵树、一个水壶、一本书、一个杯子、一只蚂蚁，她都可以发上几个小时的呆。她的发呆有着坚硬的外壳，不可插入介入侵入——即使是光亮。他想象着她那张常年没有接受阳光照射的脸在黑暗中发出幽幽的白光，脸颊上、脖颈上的肌肉失去了弹性，往下垂着掉着堆着。黑暗与安静是她双重的护身符，唯有躲在里面，她才是安全的。

偶尔，有一两声浅浅的笑。那笑像是被折断了单边翅膀，扑扇着，掠在一屋子安静的边沿，迅速掉落了下来。

他迷迷糊糊地翻一下身，继续睡了过去。

很尖锐的一声"啊——"，他听见了。在梦里？在身边？他看见她"啊——"地惊叫着从卫生间里出来，身体打着战，手上举着一根纸棒，连眼睛都发着光。耀儒，我真的又怀上了！

是吗？他正在修理一台小型收音机，抬起了头。他吞下了后面的一句话——又生不了，有什么好高兴的？

我觉得是个男孩。她摸着肚子，幸福像是滴到水里的一点胭脂红，正一点点晕开。

噢！可是我们刚刚办过独生子女证，恐怕……他皱了一下眉。

我不管！

你妈知道这事吗？

不要告诉她！到时给她一个惊喜！我妈就喜欢男孩！记住了，不要告诉她！不要——

最后那两个字像是从满满的回忆里漫了出来，漫进他的耳畔。他听得如此清楚，清楚得如此失真。他一个骨碌坐了起来，尾音已经消失在了空气中。安静，只有安静。安静涂改了夜晚的痕迹。这安静，似乎有些怪异。

他努力地想，今晚的安静一定有什么区别。发呆过后的她一定会在房间里走动，客厅里走走，厨房里走走，这个抽屉里摸索两下，那个柜子里鼓捣半天。她没有白天与黑夜的概念，只有醒与睡的区别。而醒着又几乎占据了大部分时间。即使没有"吭吭砰砰"的声响，也该有"窸窸窣窣"或者"稀稀唰唰"的动静。可是，此时的房间里，什么声音都没有。她在干什么？又去睡了？

这种奇异的安静持续了几十秒。客厅里闷闷的一声抽泣打破了它。像是有人在哭？有人在说话？都往喉头处压抑着，打着战。他的双脚轻轻着了地，不弄出任何声响。手机接连亮了几下。云淡风轻的微信排山倒海地来。

你怎么这么硬心肠？你居然睡得着？

非得我跟你说我错了，你才肯原谅我？

好吧，我错了。

往下，没有你妈帮忙，你怎么过？

28年了，如果你过得好，我便什么都不说。可是，你过得好吗？别以为我不知道。20年了，她像幽灵在家里出没，过她自己的生活。她给你做过一顿饭吗？她给你洗过一次衣服吗？没有性，没有交流，甚至没有对话。如果赎罪，赎了二十年也够了！

难道还想这么继续过？

跟她离婚吧？开始自己的新生活！

有时候，我真想替你杀了她！

每条微信都如重拳打在他心头。他重新坐回床上，双脚重新缩回。身体的血液似乎瞬间凝固了。温度在上升，一切都在膨胀。

不要哭！听到没有？哭也没用！你老公醉成那样，现在睡得跟死猪似的，你哭给谁听？再哭，再哭，我杀了你！

真真切切，实实在在，冰冰冷冷，是一个男人颤抖地夹在嗓门里的声音。回应这个声音的是她急促的呼吸。他的大脑在第一时间做出了判断，有人闯进家来，此时他们在客厅里。

他相信，男人手上的工具正颤颤巍巍地架在她的脖子上，稍不留神就血流如注。

女儿小婉出生的那天，她也这样呼吸，短促，急迫。几分钟一次、一次几十秒的阵痛像紧密相连的浪头，拍打得她无法呼吸。她躺上产床，抓住他的手，目光里满是绝望：耀儒——我怕！

不要怕！他安慰着她。

我不怕疼，我是怕生女孩！我妈说，我一定会生女孩！

他说：女孩好啊，女孩没什么不好。

我不要女孩！她的身体绷得又硬又直，双手紧紧抓住他。我不要女孩！就因为我是女孩，我妈才把我寄养在乡下，我妈不喜欢我！

他第一次听她讲自己母亲的不好，她第一次见她如此害怕一件事。

哪个当妈的会不喜欢自己的孩子？一旁的他母亲笑了。你姐姐也是女孩啊！

你们不知道，你们不懂。我笨，我没姐姐聪明！所以，我妈喜欢姐姐不喜欢我！我妈把我丢在乡下……她的身体没有任何打开的迹象，呼吸如同她的言语在提速。如果我是男孩，她一定会把我带在身边。你们知道吗？

我才只有三个多月，我妈就迫不及待地怀上我大弟弟，三个多月啊，我就被丢到了外婆家。我两个弟弟在县城吃油条喝豆浆穿回力鞋，我一个人在乡下，要上山割山茅要下田拔兔子草，还要喂猪喂鸭，一年才能见上爸妈一次面。他们五六岁就有幼儿园上，我到九岁才读的小学，还要先把小弟弟送去幼儿园才能去上学……我说句话她不满意，我吃个饭她不满意，我绑个头发她不满意，我穿个衣服她也不满意。我做什么她都不满意，我什么都不说都不做她也不满意……他不知她哪里来的力量，抓得他的手臂生生地疼。

那年头，孩子多，大人又要工作，照顾不过来……他说。

孩子多，为什么在乡下的是我不是我姐姐？

你姐姐比较大了，待在身边可以帮忙照顾弟弟！他母亲说。

不！不！不是这样的！她捂住耳朵再不听任何劝告。只要我生的是男孩，她一定会满意一定会对我好的，一定！

果真生了女孩。早产的小婉只有四五斤，又黑又瘦，头发又稀又细，像只脱了毛的小兔子，连"哇哇哇"的哭声都弱得让人心疼。她不抱小婉，也不喂小婉吃奶。只是抱着双肩，把身体蜷得紧紧的，缩成一团躲在被窝里，肩膀却剧烈地起伏。只是一个劲儿地呼吸，呼吸。好像缺氧的是她，不是小婉。真的是女孩，真的是女孩？

女孩好啊！你看她，多像你！他母亲安慰着她，把小婉抱到她胸前，就是头发少了些，也细了些……

小婉好像知道了遭人嫌弃的事情，"哇哇"地哭了起来。

不过没关系，多剪几次就会慢慢粗密起来。他母亲颠着手上的婴孩又补充了一句。

是吗？是真的吗？真剪几次就会好了吗？她突然就来了精神，将孩子抱了过去。

自那以后，他感觉得到她整个人被什么包裹住了。她母亲似乎永远隐匿在一个没有阳光、阴暗潮湿的地方，轻易不会到达她的嘴。一旦到达，她会颤抖，她的眼睛里便迅速聚拢起一些浑浊不清的东西——一团乌云或者一团蘸了水的棉絮覆盖了她，一条看不见的绳索勒住了她的生活。能拨开那团乌云那团棉絮，能解开那条绳索的唯有"儿子"二字。产后一个月，她的奶水就枯竭了。他只说了句：奇怪，怎么会这样？她把小孩往他手里一塞，掀起衣服就挤起乳头来：你自己看，你自己看！有奶吗？我有骗你吗？六个月产假，他害怕跟她说话。每一句话在她耳朵里都会长成畸形，就像第二年怀上的那个畸胎。慢慢地，情况越来越糟糕。孩子周岁，两周岁，他还是害怕跟她说话。有一回，小婉扁桃体发炎，打针、吃药、点滴，各种折腾。他小心地说，以后孩子出汗要及时换衣服，免得又生病。她把孩子往床上一扔，收拾起衣服就要回娘家：你来你来！女儿是你的不是我的！

关于孩子的任何话题最好都不要提及，否则一定以吵架结束。好在，他一直在乡镇上班，好在，有他父母亲的帮忙。老人家帮忙带孩子，她只需要提前下班烧菜做饭。即使这样，问题也还是密集地出现。

今天的菜盐放得多了点。周末吃饭的时候他说，以后……

你是在嫌弃我！"啪"她摔了碗跑进房间，半天不出来。任凭你怎么敲门，任凭小婉怎么叫，她就是不出来。

像是谁给生活打了死结，这以后，就什么都不能说了。

现在，是想说也说不了。

他与她之间，隔着房间的一道门，隔着一个彪悍的盗贼，隔出了十万八千里。那人手里可能拿着一把水果刀，或者一把菜刀，或者一把匕首。而他们家里，凡是可能成为武器的，几乎都锁在母亲房间的抽屉里。离他最近的，只有电视柜上锁的抽屉里那把久未使用的菜刀。他环视自己的房间，除了书，再就是装书的架子——它是铁制的。

这么多天，我为什么从来没见过你下楼？男人半是疑惑半是不屑。浓得化不开的乡下口音。你是空气啊？

不是空气。她回答。不下楼。

你从哪里冒出来的？男人有些被激怒了。看着我！你怎么可以不下楼？

不下楼。她的回答一点力气都没有。

叫你看着我！是啊，你们这些有钱人，简直就是蚁后，不用去工作，不用去上班，不用去买菜，整天待在家里，风不吹雨不淋的却可以吃得好穿得好，养得白白胖胖，还闲得不睡觉。男人的语气一点点放松了下来。而我呢？你知道我现在最想干什么？现在如果能让我好好睡一觉该多好啊！可是我能睡吗？不能！我起早摸黑，我累死累活，跑一趟三块钱五块钱地挣，还会担心警察来抓非法载客，到头来老婆嫌我没钱还要跟别人跑。我要钱！要很多钱！钱！赶紧拿来！

循着男人稍微放松下来的语气，他判断盗贼的身高应该不会很高，体形应该偏瘦，他甚至判断那人的肤色应该偏黑，也许可能或者就是楼下的哪个摩的司机。他想象着黑瘦的摩的司机戴着口罩，妖魔般地挥舞着匕首的样子。

没钱。没有感情色彩的回答。

我已经观察很多天了，他每天都要十一二点才回家。一个每天喝酒的人怎么可能没钱？看他穿得那么好那么体面，每次还都有人送到楼梯口，还都局长长局长短地叫，一定有钱！快！不要啰唆！赶紧拿钱来！

他越来越觉得这声音有几分耳熟。他听到了金属触在玻璃茶几上的声音。

他有酒。她自顾自地说。

我说的是钱！盗贼强忍着。

他有很多酒。

你没听明白？我说的是钱！

他有烟。他有很多烟。

你个八婆，你真不要命了？再不拿钱来，我一刀捅了你！别以为我不敢，别以为我只是吓唬你！我真的干得出来！我老婆都要带着那还没出生的儿子跟人家跑了，我还管得了别人死活？儿子，是儿子啊！快——

只要再多一句话。一句话就够了。他想。

够什么？他打了个冷战，猛地清醒了。如果他的推理准确，此时那把刀已经在她的脖子上划出了口子。这个傻女人，当年因为太过疼痛得了病，现在，难道因为这病，她反而不知道疼痛了吗？

他极其清晰地听到她兴奋地说，儿子！我要儿子！我带你去！

开始有脚步声。两个人的脚步声，轻轻地，拖过石板砖。

他相信，男人的刀已经离开她的脖子。转移到她后背，或者是腰上。他相信，她是安全的。

他们进了他对面的储藏间。储藏间里没有多少章法的各种物品足够男人翻上好一会儿的。

都拿去，都拿去，给你老婆，救你儿子！她喋喋地说。这酒，这烟，值钱，都拿去！

你以为我是傻子啊？拿着这么多东西我怎么跑？男人的声音悠悠地传来。钱在哪里？卡在哪里？快说！快说！

我没钱！她嚅嚅地说。

那是在你老公房间里了？男人凶凶地说。走，在哪里，你带我去拿！

没有，没有！她慌张地说。我不知道！我不知道！

一番推拉的动静。

他摸摸裤子的口袋，两人的工资卡安然躺在里面。他掏出两张卡，把她的工资卡塞进桌脚。那张卡上还有3万多元，自己的卡上只剩5000多元。

他们正向着他的房间走过来。他一手顶在门上，一手点开微信，点开云淡风轻的对话框，快速输入——报警！快！

脚步突然停住了。一切都安静下来。

他的手指停在"发送"键的上方，耳朵紧贴门板。他清楚地听到她说，我有金镯子，金项链，都给你！很快，脚步声转向她的房间。

他们订婚的时候，他母亲送了她一只金镯子，金项链是她母亲送的。

他听到她在翻箱倒柜，他听到她一遍遍地说：给你儿子！你儿子！好好培养儿子！

男人不解：奇怪？为什么我一说儿子你就那么主动？

儿子好！儿子好！

儿子有什么好？儿子有什么用？我不是个儿子吗？我妈就生了我一个儿子，还不等于白生？自身难保，我还管得了他们？

我老公是好儿子！他长得可帅了，他对我可好了！儿子好！儿子好！双螺旋！

什么双螺旋？

好的坏的相互缠绕，爱的恨的相互依靠……

听不懂你这些鬼玩意儿！双螺旋是个什么鬼？什么缠绕依靠？

他在她家的储藏间第一次听到这个词。

那时候，她在县文化馆工作，他是她爸挂钩乡镇的秘书。春节的时候，她跟着她爸到他那个乡玩。饭桌上，乡长拿着他和她开了玩笑。那时候，他分手的初恋已经嫁为人妻，他"呵呵"地笑着说，人家是部长的千金大小姐，我可不敢高攀，她红着脸当真了。她先给他单位打的电话，接电话的正是他。

她说：我找章耀儒。

他说：我就是。你是？

她"扑哧"一笑：我是部长的千金大小姐。

隔着五六十公里的路程，听着却是再近不过的距离。有一回，他到她家去给她父亲送材料，正碰上她父亲与人在喝酒。她父亲让她带他去楼下的储藏间搬一箱啤酒上来。储藏间里没有灯，她打着的手电筒又恰巧快没电，时而亮时而灭，后来，干脆就都灭了。两人在储藏间里摸来摸去，摸不到啤酒箱，倒是摸着了彼此的手。她抓住了他。一开始，他试图往回抽。但她手上执拗地用着劲。索性也就不拒绝了。接受她的拥抱，接受她的吻。她长得不是很美，但确是他喜欢的类型——瘦高的身材小巧的脸，小巧的嘴，小巧的鼻子，连她的吻也是小巧的，像蜻蜓点了一下水，波纹微漾。没有疯狂没有炙热没有眩晕，但却是让人可以信任的。最主要的是她没有千金大小姐的架子——不像她的姐姐和弟弟总是板着一个高干子弟的嘴脸，拒人于千里之外。

我抽烟。一阵慌乱地触碰后，他说，有烟味，很臭。

才不臭呢！她扭动着腰肢。我喜欢烟味，喜欢抽烟的男人。男人怎么能不抽烟？我就喜欢你身上的烟草味。那味道可以让我有莫名的安全感，让我舒缓、放松，小时候关于父亲的记忆就是你身上的这种烟草味。她紧紧地握着他的手。第一次见你，我就喜欢上你身上的烟草味。

真的？他不敢相信。

高中生物课上讲的DNA双螺旋还记得？她在他的手心里画着，仰起头。整个高中阶段，生物是她学得最好的，她总喜欢拿生物学说事。爱情和婚姻都应该像那条双螺旋，它们色泽不一样，方向不一样，但却彼此缠绕，密切关联，共同向上……

说这话的时候，储藏间外昏黄的电灯闪了闪突然亮了起来。他看到她的嘴角微翘，神采飞扬，蒜头般的小鼻子上有几颗晶莹的透亮的小汗珠。

那个傍晚的时光多么美好！那个会唱歌会跳舞的她多么美好！那时的生活多么美好！

戴得起这么大的金镯子金项链，怎么可能一点现金都没有？男人并不罢休：这点钱怎么够？我还有个女儿在乡下，我没钱让她到县城来读书，没钱让她住县城……钱！给钱！快！快！给钱给钱！

脚步声再次向他的房间靠近，声音也越来越清晰了。

他已经做好了准备。他重新点开已经暗下来的微信，对话框里的三个字还在。

是不是这一间？男人的声音搭在了门把手上，每个字都加重了音量。赶紧进去拿！不然我一刀杀了你！杀了你！快！

你杀了我吧！我不想活了！不想活了！耀儒，耀儒，快跑，快跑！她扯开嗓子刚喊到这里，一切就都被捂住了。

他毫不犹豫地按下"发送"，毫不犹豫地抓起已经清空了书本的铁架，打开房门冲了出去。

即将到来的相见啊，因为多了别人，变得新鲜和灿烂起来。

12 / 关于田螺的梦

　　她像一个经验丰富的蒙面劫匪，语气平静但不容置疑。她说，脱掉裤子躺上去。我听见皮鞋在楼道水磨石上扣出的声响，或急促或散淡。乙醇的气味仿佛是突然出现，纷纷往鼻孔里钻。

　　她穿着白衣戴着白帽蒙着白口罩，这突出了她的双眼，黑亮，无邪，但冷漠，她的目光落在一张棕色的椅子上，而那椅子像一个人带着讪笑，张开热情的双臂。她说，内裤也要脱掉。我双腿张成 V 形，屈着两只脚蹬在检查床高高翘起的脚蹬子上。一切都是没有温度的白。白的天花板，白的墙，白的帐帘。我听见金属相互碰撞的声音，也许是钳子，也许是镊子。她说，腿张开点。才说着话，一种金属已经插入我的下体。它在扩张，它在深入，它在冒犯。冰块的冷，金属的硬，针刺的痛，流经我的全身。我打了个寒战，咬住嘴唇。紧接着，应该是一根蘸着药水的棉签在里面行走。许久，她戴着白帽子的头，在我的两腿之间抬起来。她说，阴道萎缩。

　　在看生理医生前，我只觉得下身老有一股气体往外窜。有时，它像鱼嘴里吐出的一个泡；有时，它像深巷里生成的一阵冷风，"呼-拉"快速冲过巷子冲出巷口。生理医生的解释是，雌激素水平降低，阴道没有足够的润滑剂，于是就生出很多褶皱，失去了弹性，再锁不住气体……

　　作为心理医生，我无法反驳生理医生给我开出的处方——"补充雌激素"。其实，卵巢上分泌雌激素的开关已经合闸，外来之药又有何用？她不知道我的病根，所以只能开出这种治标不治本的药；我知道，可我却当不了自己的医生。

我已疲惫不堪。我没有拿任何药品直接回了家，我知道任何药物对我这样一个刀枪不入的人来说已经失去了效用。

客厅里，张扬正和一对年轻人有说有笑。见我进来，他的眼神一闪而过，脸上的笑容也仿佛突然被打上了休止符。休止符后是很长一段时间的面无表情。我感受得到这种冷漠。

他没有关心我的脸色为什么那么难看。他甚至连过问我怎么那么晚才回来都没有。这种十年不变的习惯，就像桌上他经常冲泡的胖大海，寡淡无味，黯然失色，却也不足为奇。

瑶姐，回来了啊！坐在沙发上的男青年站了起来。所有跟他工作有关的人，无一例外地叫我瑶姐，不论男女，不论老少。我不喜欢人家叫我"张太太"或"科长夫人"，我不喜欢成为他的附属品。直到现在我都无法理解迟子建的小说《福翩翩》里的那个"柴旺家的"，因为爱她的男人，她居然忘记了自己的姓名，而把自己归属在男人名字后的那个"家的"，她是他"家的"什么？我是个不会丢了自己姓名的女人，我有自己成功的身份："梁医生。"

是小白啊！我礼节性地跟他打完招呼，一眼就瞄到了桌上放着的一大包喜糖。怎么，小白结婚啦？恭喜啊！

你看小白这么客气，因为我没能去参加他的婚宴，他们今天还特地来送喜糖。张扬嘴上与我做着常规性的交流，目光却没有递上。他的手忙着为客人倒茶，眼皮连抬都没抬一下。他漠然地为我也斟了一杯茶，用杯夹夹到我面前的茶几上。

我漫不经心地端坐着，听他们聊单位的一些事情，偶尔也会插上一两句。新娘子小鸟依人样地紧挨着小白坐着，不多说话，却时不时地与小白眉目传情。

我读得懂这种眼神。

我也曾有过这种眼神。

小瑶，帮我拿包烟！张扬可能已经发现了我的走神，说：再去切盘水果！

不用，不用！小白慌忙起身。不用麻烦瑶姐了！

我配合着张扬。端来切好的血橙，我很细心地注意到，小白为他新婚妻子送上一片血橙时，并不是简单地送上，而是将橙两边的皮与肉剥离开来，这样她用牙齿轻轻一咬就能咬起整块橙肉。她很幸福地享受着这种呵护与爱怜。

我的心为之一酸。多年前，那个唤我"小瑶"的张扬，更早那个唤我"小兔子"的阿伟也曾这么对待我。

他一边低头穿鞋，一边说，我——出去转转。头也没抬，像是说给鞋柜听。

他吃力地拔着鞋子的后跟，几乎到了龇牙咧嘴的地步。就在他左手边，端放着一把塑料和一把金属的鞋拔子，但他从来不去使用。仿佛那只是我的专利。

看着他狼狈的嘴脸，我突然萌生一种想笑的欲望。

但直到防盗门在他身后"砰——铳"两声响，我终究没能笑出来。我怀疑，我是不是已然丧失了笑的能力。又或者，我的笑已经没有沸点。

他并不是一个恋家的人。他更不是一个黏家的人。我知道，他是用"出去转转"来回避傍晚到晚饭我与他相对的这段空闲。一个小时的时间，他绕不过这样的轨迹。出小区，过一条马路，到对面的彩票点买几张彩票，转个弯到洗发店洗洗头，然后直走到河滨路看人钓鱼……我对他无聊的生活规律一目了然，就如同他对我此时在厨房里的精雕细琢了如指掌。

晚饭是一天中我们能够单独面对面待在一起的唯一一段时间。儿子寄宿在学校，只有周末才回来。因为上班时间的不同，早餐我们都会错开半个钟头，午餐都在各自单位吃，唯独晚餐，我会精心安排。我在用心品味自己对晚餐的感觉，而他从来都是囫囵吞枣地只将我的一番劳作作为果腹之用。

饭桌前，他吃得"吧唧吧唧"，无限夸大嘴巴张开的幅度。食物被嚼出的声响有些走样，但恰巧可以覆盖住我们两人间的沉默。那好像不是他的牙齿与食物碰撞的声响，更像是食物早已知道被迅速咽下的结局，各自在他的口腔里慌不择路。我总是吃得小心翼翼，连夹菜都仿佛怕夹出声音。我恣意让那些饭粒和菜叶在口腔里舞蹈，缠绕，缓缓地，就如我期待他离席后，我可以独享这悠闲的时光。

一股气不知从哪里突然冒出来，在下腹聚集。我像被按下暂停键，紧急刹住嘴上的动作。我听到它冲出关隘，开始行走在那条干燥的通道里。我放下碗筷，左手扳着桌角，右手指用力抠着桌面，绷住身体阻止它的继续前行。他起身盛了第二碗饭。我思维的千军万马再顾不得他的"吧唧吧唧"，全部调遣到那条通道里。我希望它不要发出声响。一声"劈——噗"闷闷的，但还是响了。我迅速瞟了他一眼。他停止了咀嚼。他听见了！我的脸上热了起来。他并没看我，只用舌头在口腔里鼓捣了两下，继续咀嚼。我微微松了一口气。可是，它还在！它像一个玩捉迷藏的小孩又出现了！我下意识地抓紧桌角，夹紧双腿，努力向内向上收气提气。我希望它不要再往外游走。我希望它不要再发出任何声响。可是它继续不管不顾地走着，"劈——噗——劈——噗——劈——噗噗"，它干脆一口气直接走到底。

我惶恐地看见，张扬皱着眉头张大了嘴巴。他听见了，他什么都听见了！它泄露了我的全部秘密。一种燥热由脸颊传向我的脖子。

张扬从嘴巴里掏出一粒沙，丢在桌上，非常不满地说，以后米要掏干净点！

……

晚上七点，我准时来到我的心理工作室。只有在这些病人面前，我才能显示出强者的威严，才能有实实在在的成就感。

今天第一个来咨询的是个中医院的美容美体医生，A 先生，以前来过两次，可是两次都是吞吞吐吐，欲言又止，尽讲一些无关紧要的琐事。我早就断定他说这些其实只是一个铺垫和试探，他心中肯定埋藏着一些难以启齿的事。作为心理医生，当一个有耐心的倾听者是最基本的，所以不管他讲什么，我都会先认真地听，哪怕他扯七扯八地打着一个个擦边球。

这一次，他不再躲闪他的话题。他的中医推拿技术是祖传的，以前多用于治病，用于美体是这一两年的事，生意却是极其火爆。由于职业的缘故，他经常要接触女人的身体，而且是零距离的接触。当女人，尤其是那些年轻的、貌美的，在他眼前一件件脱掉身上的衣物，只穿着胸罩和短裤，或俯或仰躺在那张美体床上，他就已经热血沸腾。尽管他会有一种很想进入的冲动，可理智和医生的道德放逐了他思想上的出轨，却一次次阻止了他行为上的出轨。每次为一个美女做一次推拿美体下来，他总有些几欲虚脱的感觉，仿佛连续做过几次爱。在差不多要怀疑自己性功能亢进的时候，他却意外发现面对老婆时自己竟然阳痿了。老婆已经将他逼到了离婚的十字路口。

我其实是挺爱她的，A 先生涨红着脸述说着，一脸痛苦，可为什么面对她却一点感觉都没有……而第二天在医院里，面对那些病人，我依然很兴奋……

你这是长期性压抑所致的心理障碍，我不假思索一瞬间就对他下了诊断，两种方法，一种是换掉你现在的工作，或者做一般的中医推拿，或者找一份没有生理刺激的工作，不用一个月的时间自然就好了；另一种方法让你的妻子也去学这个美体推拿，你在妻子的目光下工作，你便不会有那种欲望……你一旦适应这种形式以后就好了，妻子也会多一分理解……

我一边为 A 先生看病诊治，一边也在为自己把脉。从某种意义上来说，其实我病得比他重。起码见到异性他要压抑，那是因为他体内有巨大的能量需要释放，而我即使面对的是全世界最性感的男人，也没有了感觉。他是想跟自己的老婆有床笫之欢，可他不行，而我呢，我连床笫之欢的需求都没有。

他第一次来问诊后，我特意去找他做过美体。躺在舒适的美体床上，我听见维尼亚夫斯基的《传奇》渗着凄美的婉约，我闻到满屋子充盈的薰衣草的香味。我看见，粉的墙，粉的帘，粉的床罩，粉的枕巾。他的白大褂是一屋子粉嫩里的点睛之笔，眼镜后的微笑灿烂了白口罩的冷意。他用手代替了话语。他的手带着力气开始温柔地行走，他的眼光随着手在行走，仿佛那是他免费赠送的另一道按摩。他的手是细腻的。他的手是柔软的。他的手是温暖的。可是，仅此而已。他的手没能唤醒我的躯体。他戴着口罩，但我看见了他眼镜后偶尔微漾的光，我听见了他时而粗时而细的呼吸。我非常用心地感受他的每一寸按摩，我非常认真地倾听他的第一声呼吸。可是，我静若处子，心头没有任何一点微澜。他的气息依旧没能唤醒我的躯体。我为自己的麻木深感愧疚。就在这时，我只听到通道里有一股像风一样的气体奔腾而来，近了，近了。我借机翻过身，趴在美体床上收紧下体。床单已经不可避免地被我揪皱，可是，"呼——啦——呼——啦"，它们不受管控，狂傲地冲出道口，我心情低落至冰点。我看到他突然停止手上的动作，犹如听到有人当众放了个响屁。他不好意思地笑着说，不好意思，我忘记擦精油了！

一个钟头的心理咨询时间已到，A 先生如释重负地走了出去。接着进来的是一个乡镇干部，B 先生。他只要一接到妻子的电话就会紧张，不由自主地说谎话。明明是跟几个同学在一起聚会，只要同学中有女的，他就会条件反射地说成是跟几个男同事在一起。明明是跟同事在一起，只要同事是女的，他就会本能地说成是跟男领导在一起。跟自己的妻子，他已经不知道说了多少谎话了。他害怕自己长此以往，人将不人，会精神错乱，会思想崩溃。

你为什么要说谎？我其实已经大体猜出了问题背后的原因，只是我要让他自己说出来。这种版本的故事听得多了，不是男人花心，就是女人疑心。

只要听说有女的，她非得赶到现场来督查，她担心我跟哪个女人有一腿！B 先生的一只手往后脑勺摸了两把。

其实有病的不是你！我用笔敲着下巴。应该来心理咨询的是你的妻子！

我没病？B 先生有些不相信，他指着自己的鼻子，瞪大了眼睛。我真的没病？可我只要接到她的电话，两腿就会发软，脑袋经常会一片空白……甚至大白天上班还会出现幻听，一直以为她又来电话了。

只要你妻子把病治好了，你的病自然就不治而愈了！我轻轻合上了手中的记事本，向他宣告着谈话的结束。

我确实病得比 A 先生重。张扬病得也不轻。我们一病就是十几年，起先，只因为几句话。

阿伟出车祸的时候，我正怀着六个月的身孕。我说，我想去看他。埋在一堆辅导书里备考公务员的张扬生硬地抬头，酸酸地说，有那么重要吗？为什么非是今晚？明天去不行吗？又不是永远见不上。张扬一语成谶，当晚阿伟就永远地走了。整整一个星期，我都无法走出自责。头七的那天晚上，我像一个僵尸，直挺挺地躺着，任他脱衣服，任他亲吻，没有任何反应。他翻坐起来，大骂一句，我一个大活人还不如他一个短命鬼？如果死的是我，你会这么伤心吗？一把冷飕飕的剑直插我的心窝——张扬你不是人！他晚上不刷牙，上床不洗脚，他睡觉打呼噜，他吃饭"吧唧吧唧"响，他当众擤鼻涕、抠鼻屎、打响屁……他像一辆老旧的货车拖着一屁股生活陋习过活。这些我都无原则地吞忍了，可我却无论如何吞忍不了任何一个人亵渎我的初恋，亵渎我心中的阿伟——谁有权利嘲笑我的青春？

慢慢地，拒绝成为一种惯性。先是说来例假，然后说是没心情，后来干脆就说不想……就像那骑了多年的自行车，骑着骑着，就渐渐慢了下来，走着走着，再挂不住链齿。而他，也在以愈演愈烈的不配合或者不在乎，对抗着我的生活方式。我说，晚餐我们可以听点音乐。他说，吃个饭还装什么小资？我说，性事前你能不能先洗个澡？他说，洗完澡谁还想那玩意儿？慢慢地，言语上的交流、目光上的交流都成为一种奢侈品，成为挂在墙上的画，一年到头难得看上几眼。我们用所谓的心照不宣替代了彼此间密切关联、无法躲避的日常接触。经常，他在电话中有说有笑地与人谈及要到哪家酒店喝酒吃饭，但直到出门前，他不吭一声，我也不问一句。经常，他摸着儿子的脸说，爸爸要出差了，之后，就丢下十天半个月的空白。我们都行走在高空钢丝上，钢丝上只有自己。

我曾有过离婚的念头。孩子两周岁时，我通过在日本的姑妈争取到了一个到日本学习心理学的机会。我把孩子交代给我的母亲，跟单位请了长期病假。可是，我无法逃避作为一个母亲的责任，两年后，我还是选择回国，并创办了自己的心理工作室。除了在行政学院给学生上课，所有的夜晚，所有的周末，我都奉献给了那些等待光明的心理咨询者。

从日本回来，我们的婚姻，基本是无性的，并变得更为沉默与冰冷。都在忙，都在奔波，连交流的欲望都没有。十年前，我们开始分房而眠，一家三口每人一个房间。他频繁在外应酬，频繁缺席晚餐的会面。洗衣机里绞在一起的衣服一次次代替了我们彼此的相见。我们的性生活就像挂在墙上的月历，一个月甚至几个月才翻一次。偶尔为之，也是例行公事。他脱他的衣服，我脱我的衣服，两个人贴在一起，扎出我的疼痛，而后分开，比做作业还快。就像那冬眠前的蛇，实在饿了，狠狠吃上一口。吃一口，可以饱很久。

这就是我们的婚姻生活，有病的婚姻生活。十年如一日。可是，我们谁都没有开口提离婚。尽管婚姻只剩下壳，可我依然要在这忧伤的壳里躲避大众毒辣的眼光。如果离婚，大家责备的矛头所指向的定然是我，而不是他。因为我漂亮，做着心理咨询师的职业，接触着形形色色的人，更符合逻辑的大众说法自然而然是：能出轨的只能是我。

又或许，我们都需要婚姻这样的壳，这样一个掩人耳目的壳。哪怕它粗糙不平，它藏污纳垢，但毕竟它坚硬，足以挡住风言风语。

只是，我可以没有性，可我难以确定，一个生理健康的男人是否也可以如我一样不需要性？倘若他已经与其他女人有了身体上的媾和，那我还怎么偶尔安顿他身上的器具？

我把婚姻生活结余的大把时间，给了心理咨询这个倾听黑暗内心世界的领域。我专注于工作，自己的焦灼和恐惧，推延了它们到来的时间。我赚到了不比张扬少的钱。

今天晚上的最后一个病人，此时正坐在我面前。这个女人叫田螺，又是一个被情所困的角儿。这是我第128号病人，她是第二次找我。她的岁数和我差不多，她的经历却比我凄惨多了，跟她的名字一个样，总有绕不完的弯，过不完的坎。为了让自己的大哥有钱盖房子、娶妻子，她在父母的一片哀求声中做出妥协，逼走自己青梅竹马的初恋情人，嫁给了一个有钱人家的花花公子。结婚没几年，夫家家道没落，丈夫也在一次意外事故中死亡，她带着女儿苦苦支撑……去年，她意外地碰上了她的初恋情人，旧情复燃地走到了一起。

这是很多爱情小说里常见的情形，在她身上又复制了一遍。上一次就诊时她告诉我，男人每次激吻她，仍然像初恋时那般充满力量，她感觉到舌头几乎有被咬断的可能。她还应他的要求去做了处女膜修复术……她不知道他是不是有病态心理。我一方面告诉她，这个男人的报复心理是比较强的，激吻她是在报复，让她修复处女膜则是满足男人的一种虚荣。除非他们真正结婚，不然这种情况会一直存在下去。另一方面，我力劝她离开这个男人。

这一阶段，这个叫田螺的女人努力去试了，可是，她做不到。于是，她越来越心存愧疚，她觉得越来越对不起同为女人的他的妻子。她开始失眠。

你觉得他爱你吗？

应该是爱的。

既然爱，那他为什么不娶你？

他有他的难处。他的仕途还要发展，不能因为这些小事而负面影响了他。他的竞争对手巴不得他现在就离婚！一离婚马上给对手一个很好的机会！

这些可恶的男人！一样的德性！我在心中唾弃她的他，也唾弃我的他。他还不是一样在意自己的前程？副科时，他争取着正科的后备。正科后备上后，他又想着副处后备。这回，他的副处后备也上了，他考虑的又是怎么让后备成为现实。每个阶段，每个步骤，他都有他的打算。而我，迎合着他。我一直在做着牺牲。

如果这样，那为什么还要黏着他？跟这种人注定不会有什么结果的。我回到了病人的话题上。

我想过放弃。可我放弃不了他给我的感觉。他虽然很少在我身边，但当他在我身边时，他带给我的是无限的激情……你不要以为我是一个淫荡的女人。在老公死后的很多年内，我一次性生活都没有，我心如止水……直到他重新出现……你也是女人，你应该可以理解的。

听着她的描述，我妒火中烧。我也是女人，可我真的不能理解。

我竟然开始羡慕起这个叫田螺的女人来。她虽然没有婚姻，可她在物质与精神的双重通道上都是满载的。

他老婆是做什么的？他老婆知道吗？应该说这两个问题并不在工作范围之内，更多是出于一个女人的好奇。在羡慕她的同时，我也不由得想到自己与她背后的那个女人同病相怜。

不知道。他从来不说他老婆！这个叫田螺的女人掰着手上的指甲，抬起头。他唯一说过她的一句话是，她冷得像冰。

冷得像冰？我的后脑勺走过一阵电流，全身震颤了一下。我不确定，但张扬似乎也说过类似的话，或许是某次拌嘴他也随口说过？

梁医生！田螺的呼唤声打断了我的思路。我回过神来。

田螺继续往下说：我知道，他其实一直也有负疚感。在这种半明半暗的环境下，他还可以给自己一个原谅自己的借口，一旦公之于众，他怕社会的谴责！

爱本没有错。诸多世界名著歌颂的也都是伟大的爱情，这种爱情置于婚姻、家庭，置传统礼教之上……我轻声细语地开出我的处方。那么，既然想爱就要敢爱，就要做出选择，不能这么模棱两可……

我是没法主动离开他的。而他，不会离开我，也不会离开他老婆……这个叫田螺的女人喃喃自语。除非，除非让他的老婆选择离开？

千万不要有这种念想！你还是应该让他做出选择，不要继续这么不清不楚地过下去，对谁都没有好处。我不经意地瞟了一下墙上的时钟，一个小时的时间已经到了。田螺起身。眼神用力地看了我一眼。她迅速从刚才的情绪中走出来，没有过渡，速度快得让我有些适应不了。

和大多数病人一样，她看起来很矛盾，在爱与自责的边缘……和大多数病人不一样的是，她似乎又缺少点什么。几乎是一种条件反射，其他病人在讲述这些阴冷和黑暗的事时身体会自然而然地跟我形成一定的角度，一般在 45°－90°之间，而她两次都与我形成 0°角，近距离的面对面。所以，我不知道她所谓的矛盾与自责是否真带有诚意？可如果连这点诚意都没有，她又何必找我倾诉呢？

这个陷在爱的泥潭中的女人，已经动摇了一个家的根基，她怎么还敢想着让人家的老婆选择离开？

撕下日历的手停在新的日子上。我意外地发现，明天，不，只差一个小时，就是他的生日。或许是田螺的描述多少影响了我，我突然有了提前为他过生日的冲动。我突然很想让他知道，我也可以是火，我也有不是冰的时候。

抽屉里有姑妈送的还没开封的三星手机。我决定把它作为生日礼物。看着电视里不停晃动的镜头，我竟然开始期待着他回来。这是之前从未有过的某种期待。我知道，这种"期待"为我拯救自己的阴道提供了某种契机。

听，他带着酒意的大皮鞋"硿硿"地响在楼梯上，一声重，一声轻。我起身关掉电视。他站在门口，干呕了几下。钥匙插进门锁的时候，我已经闪进了他的房间。

我穿着薄薄的细吊带睡衣，歪靠在他的房间他的床上假寐。我听见先是"铳"的一声，防盗门关上了。而后，是台湾拖鞋"稀——苏——稀——苏"地走着。台湾拖鞋进了卫生间。抽水马桶"哗——空"。"稀——苏"声又响了。我的耳朵张着。我的心紧着。"稀——苏"声进门。灯亮了。我半眯着眼睛，坐起，在床沿。

你怎么在这儿？张扬带进了一身酒气。

我，在等你。做了将近二十年夫妻，这样的面对面，这样的对话，我竟然会有些不知所措和做贼心虚起来。我不想自己的一点小秘密赤裸裸地让他看穿，遂拿出儿子小凡做了挡箭牌。小凡刚才打来电话，让你少喝点酒。

噢！张扬的反应异常的平静。他把手机往书桌上一放，走到了床前，俯下了身。我的心莫名地激动了一小下，像新婚之夜似的低下了头。可几乎只是一瞬间，那感觉就消失殆尽了。他并没跟我亲热，我只是一厢情愿、自作多情地激动。他俯下身，却不是朝向我。他抓起了床头的睡衣，淡得没有感情色彩地说：很晚了，你睡吧！我到小凡那间睡！

我的脸上一阵燃烧的灼热。他知道我的想法，却如此不留情面地拒绝了我，他定然是要我也尝尝他当年饱受我回绝的滋味。

我的自尊受到了强烈的挑衅。我站了起来。不用了，我到自己房间去睡。

这一次，我刚上场就败下阵来。我把握在手中的新手机往他手里一放，这是送你的新手机，祝，生日快乐！

他轻轻一收，淡然地回了一句：谢谢！

接诊完预约的两个病人，我正要起身，那个叫田螺的女病人打来电话。梁医生，你今天晚上无论如何得听我把心里话掏一掏。

接连两天都接到田螺预约就诊的电话，我因为工作量调整的原因全力推托。她的心理疾病是比较顽固的。跟她同期就诊的 A 先生、B 先生经过一个阶段夫妻双方的共同配合治疗后都分别治愈了心理障碍，而她，却一直跟那个"情"字纠缠不清。在电话中她已表露出一种急切的焦灼感，我可以预想得到她遇到了棘手的问题。

对不起，我晚上真的有事。改天吧！

不行，不行，你再不听我说我会崩溃的。

门外传来急促的叩门声，我打开门。门外的田螺挂掉手机，不由分说把我生拉硬扯地拉回我的工作位上坐下。依然是不折不扣的 0° 角。她迫不及待地说：他妻子不知道使用了什么法力，他竟然提出跟我分手！他竟然一星期都躲着不见我！如果我得不到他，我一定毁了他！

我的心被揪紧了。前几次就诊时，田螺表现出的是非常温柔、无助、柔弱的一面。我只是微微感觉那温柔表象下可能掩盖着她的真诚。而现在，她仿佛突然换了另外一个人，声嘶力竭、强硬、蛮横……我把手提包重新放回桌上。何必呢？如果已经没有爱，何必强扭在一起？从一开始，你就应该明白，你们这种感情是很难有结果的……

不，不，他爱我！我也爱他！你不知道他带给我什么样的感受！那一时刻，我甚至都觉得两个人就那样死了都可以！

田螺深度陶醉，他验证了她的价值和生命的意义。

他说他好累，工作忙碌，上司无情，下级无能，压力巨大，他说我才是真正的女人：温柔、服帖，热情、温暖，跟我在一起，每天都跟新婚一样。他说我床上能带给他激情，场面上能带给他面子，餐桌上能带给他食欲，睡梦中能带给他温馨……

她这是在教我吗？我是心理咨询师，什么时候轮到她来教我？！我正想打断她的自我陶醉，田螺嚷嚷着：我热死了！热死了！旁若无人地脱起衣服……我闭上眼睛，一股热流在下腹中氤氲，像一团蒸腾的云雾。我意识到，那是久违的荷尔蒙。

有人在敲工作室的门。

田螺赤裸着身体冲过去，将门打开。

张扬！当田螺尖叫着喊出张扬的名字，我也大声尖叫着从梦中醒来。